Jennifer Waschke wurde 1988 geboren. Aufgewachsen im Kölner Norden lebt sie inzwischen in Dormagen, fühlt sich jedoch noch immer mit Köln verbunden. Sie ist staatlich anerkannte Erzieherin und Sozialarbeiterin und arbeitet in einer Abteilung vom Jugendamt. Seit ihrer frühsten Kindheit schreibt sie Geschichten und träumt davon, ihre eigenen Bücher in den Händen halten zu können. Dabei ist es ihr ein Anliegen, mit ihren Geschichten nicht nur zu unterhalten, sondern auch zum Nachdenken anzuregen.

Jennifer Waschke

Das Glück liegt in Cornwall

Überarbeitete Neuausgabe Juli 2023

Copyright © 2023 dp Verlag, ein Imprint der
dp DIGITAL PUBLISHERS GmbH
Made in Stuttgart with ♥
Alle Rechte vorbehalten

Das Glück liegt in Cornwall

ISBN 978-3-98778-433-0
E-Book-ISBN 978-3-98637-897-4
Hörbuch-ISBN 978-3-98778-407-1

Covergestaltung: Verena Kern
Umschlaggestaltung: ARTC.ore Design
Unter Verwendung von Abbildungen von
shutterstock.com: © Jakob Kalinin
stock.adobe: © Zaza studio, © piyaset, © 135pixels, © Om.Nom.Nom,
© Alberto, © Lukas Köhler
Lektorat: Stephanie Schilling
Satz: dp DIGITAL PUBLISHERS GmbH
Druck und Bindung: Books on Demand GmbH, Norderstedt

Für meinen Papa

Du bist so wild wie Matt,
so liebevoll wie Charlie,
so loyal wie Jack
und so cool wie Bruce Springsteen.

Vorwort der Autorin

Liebe Leserinnen und liebe Leser,
eine junge Frau auf einer Schnitzeljagd durchs Leben ihres Vaters – das war die erste Idee und der Funke, der mich zu „Das Glück liegt in Cornwall" geführt hat. Von dieser ersten Idee zum ersten Satz vergingen nicht mal zehn Minuten, weil sich mir Rileys Geschichte geradezu aufgedrängt hat und ganz dringend geschrieben werden wollte. Vielleicht, weil ich schon immer für Menschen empfänglich war, die auf der Suche sind. Erst recht, wenn diese Suche dann an einen so schönen Sehnsuchtsort wie nach Cornwall führt.
Durch die Neuauflage nun noch mehr Menschen mit auf die Schnitzeljagd und damit auf Riley Reise zu nehmen, ist toll und ich hoffe, dass es den Lesenden dieselben Gefühle vermittelt, wie mir beim Schreiben: Geborgenheit, Abenteuer und eine Spur Sommer.
Manchmal führt einen die Reise zu sich selbst an die verstecktesten Orte ... und manchmal findet man genau da das, wonach man die ganze Zeit gesucht hat.
Jennifer Waschke

Kapitel 1

Matthew Pommeroy.

Jahrelang verhielt es sich mit meinem leiblichen Vater, wie mit dem Weihnachtsmann. Mir wurde in meiner Kindheit erzählt, dass es ihn gibt und ich hielt daran fest, aber mit den Jahren, mit dem Älterwerden, verblasste meine Vorstellungskraft. Er war ein Mythos.

Bis heute. Bis zu diesem Brief.

Ich scanne seinen Namen ab, immer und immer wieder, um mir jeden einzelnen Buchstaben einzuprägen. Matthew. Meine Mutter hat immer nur *Matt* gesagt, wenn sie über ihn geredet hat, was zugegeben, nicht oft passierte.

Ich sehe von dem Brief auf und starre sie an. Ihre Lippen sind zu einer harten Linie geformt, die Stressader auf ihrer Stirn pulsiert.

»Also? Was hast du zu deiner Verteidigung zu sagen?«, frage ich.

»Ich weiß ja nicht mal, wofür ich mich verteidigen sollte.«

Entgeistert starre ich sie an. »Hallo? Hast du mir eben nicht zugehört?« Ich winke ihr mit dem Brief zu. »Ich sagte: Ich habe einen Brief von meinem Vater bekommen. Von meinem *Vater,* Mum. Von dem Mann, von dem du immer behauptet hast, er wüsste gar nichts von meiner Existenz.«

»Ja, und das habe ich auch so gemeint. Er war ein Urlaubsflirt, ich kannte ja nicht mal seinen Nachnamen.

Dass ich schwanger bin, habe ich erst erfahren, als ich wieder zuhause war.«

»Und wieso konnte er mir dann diesen Brief schreiben?«

Meine Mutter schüttelt den Kopf und reibt sich über die Augen, während sie sich gegen die Sessellehne sinken lässt. »Ich weiß es nicht«, flüstert sie fast. Sie wirkt ein wenig blass um die Nase. Obwohl ich stinkwütend auf sie bin, habe ich Angst, dass sie gleich aus den Latschen kippt und gehe zu ihr.

»Mum«, sage ich etwas sanfter und reiche ihr das Glas Wasser, das auf dem Wohnzimmertisch steht. »Er muss doch von mir gewusst haben. Er hat mir dieses Café hinterlassen. Er will, dass ich es weiterführe. Er wusste, dass ich seine Tochter bin.« Ich sehe nochmal auf das Schreiben vor mir. »War«, flüstere ich und spüre einen Stich in meiner Brust. Der Kontakt mit dem Anwalt, der das Erbe meines Vaters verwaltet und der mir diesen Brief gegeben hat, zeigt eins deutlich: Matthew Pommeroy ist nicht mehr am Leben.

Tränen bahnen sich an, während das dumpfe Gefühl in meinem Bauch wächst. Jahrelang habe ich mich gefragt, wer er ist, habe mich danach gesehnt, ihn kennenzulernen ... und nun ist er tot.

Es ist nicht fair.

»Ist dir klar, dass ich hier den Beweis dafür in den Händen halte, dass er von mir wusste? Jetzt kann ich ihn nicht mehr kennenlernen. Ich weiß nichts – absolut gar nichts – von ihm und jetzt ist es zu spät.« Ich schlucke die aufkommenden Tränen hinunter.

Mums Ausdruck wird sanfter und sie legt die Hand auf meinen Arm. »Riley, ich verstehe, dass du aufgewühlt bist. Glaub mir, dieses Schreiben wühlt auch bei mir einiges auf. Aber Matt ist dein Erzeuger, nicht dein Vater. Dein Vater ist und bleibt Jack. *Er* hat dich großgezogen. *Er* stand dir vierundzwanzig Jahre lang zur Seite, hat dir die Windpocken eingecremt und dich nachts ins Bett gebracht.«

Ja, Jack war immer eine Vaterfigur für mich. Ich brauchte ihn vor vierundzwanzig Jahren genauso wie ich ihn heute brauche. Aber er ist eben nicht mein leiblicher Vater. Er ist nicht meine Wurzel, nicht mein Blut. Dabei wollte ich immer wissen, wo ich herkomme. Ich wollte immer wissen, welcher Mann meine sonst so vernünftige Mutter dazu gebracht hat, einen Urlaub lang all ihre Prinzipien über Bord zu werfen und ein bisschen unvernünftig zu sein.

»Du verstehst es einfach nicht.« Das tut sie nie. Oft habe ich den Eindruck, sie versucht nicht einmal, meine Seite zu verstehen. Es geht immer nur um sie, nie um mich.

Ich starre erneut auf die verschnörkelte Handschrift meines Vaters. Der Anwalt hat ihn mir bei der Testamentsverlesung heute Morgen überreicht und mir gesagt, dass mein Vater ein Glioblastom hatte, laut Google ein Gehirntumor. Er wusste, dass er sterben würde, also hat er noch zu Lebzeiten dafür gesorgt, dass ich alles von ihm erbe: Seine Wohnung, sein Café und alles darin.

»Seagulls. Wo genau liegt das?«, frage ich.

»In Cornwall, soweit ich weiß«, sagt meine Mutter und klingt von dem Thema immer genervter. Ich tue ihr aber nicht den Gefallen, es ruhen zu lassen. Ich kann nicht. In mir tobt ein Sturm, der seit vierundzwanzig Jahren gewachsen ist, und ich kann ihn nicht mehr aufhalten. Der Wunsch, mehr über meinen Vater herauszufinden, ist übermächtig.

»Gut, dann fahre ich da eben hin«, sage ich und freue mich insgeheim über den erstickten Laut, den meine Mutter von sich gibt. Ich war noch nie in Cornwall. Es ist an der Zeit das zu ändern, obwohl sich die Vorstellung, dort eine Wohnung und ein Café zu besitzen, ziemlich surreal anfühlt.

»Riley«, seufzt meine Mutter und fasst sich theatralisch an die Stirn. Sie neigt zu Kopfschmerzen, wenn sie gestresst ist, aber bei mir nutzt sie diese Geste auch gerne, um mir ihren Unmut nahezubringen. Als würde das ihre genervte Stimmlage nicht schon genug verdeutlichen. »Du kannst nicht einfach so nach Seagulls fahren.«

»Ach nein? Wieso nicht?«, fordere ich sie heraus.

»Matt ist tot. Was also willst du noch da? Dort gibt es nichts mehr für dich«, erwidert sie, als verstehe sie die Welt sehr viel besser, als ich es tue.

Dabei versteht sie nichts von dem Wunsch meinen Vater kennenzulernen – hat sie nie und wird sie nie. Sie versteht nicht, dass es beängstigend ist, einen Teil von sich nicht zu kennen, nichts über die eine Hälfte der eigenen Wurzeln zu wissen. Und sie kennt nicht die unerklärliche Sehnsucht nach diesem fremden Menschen, die ich gerade, in diesem Moment, mehr als jemals zuvor spüre und die mich dazu bringt, nach Cornwall reisen zu wollen. Ich recke das Kinn und sehe sie herausfordernd an. »Ich habe dort eine Wohnung und ein Café. Mein Vater hat sich gewünscht, dass ich es weiterleite.«

»Du kannst kein Café leiten.« Meine Mutter verdreht die Augen.

»Und wieso nicht?«, frage ich sie herausfordernd.

»Riley, du hast zwei linke Füße. Du stolperst doch schon, wenn du nur aus dem Haus gehst. Wie willst du Leute bedienen? Außerdem hast du weder Ahnung vom Kochen noch vom Backen, geschweige denn davon, einen Laden zu führen. Du kannst nicht einfach irgendeiner Schnapsidee von deinem Erzeuger hinterherlaufen.«

»Von meinem *Vater*«, berichtige ich sie.

»Was ist mit deiner Wohnung? Deiner Arbeit bei der Werbeagentur?«

»Für die Wohnung suche ich mir einen Untermieter. Und du sagst doch immer, dass ich mich bei der Agentur total unter Wert verkaufe. Herzlichen Glückwunsch. Du hast jetzt eine Tochter, die Cafébetreiberin ist.«

»Das kann nicht dein Ernst sein. Sei doch bitte vernünftig.«

»Nein.« Ich schnappe mir bereits meine Jacke. Mein ganzes Leben lang war ich vernünftig, vielleicht ist nun die Zeit gekommen, unvernünftig zu sein und zu sehen, wohin mich diese Entscheidung führt.

»Ich fahre nach Seagulls!«, brülle ich. Dann lasse ich die Wohnungstür meiner Mutter mit einem lauten Krach ins Schloss fallen.

Mein linker Fuß drückt die Bremse durch. Ein Karton, der auf dem Beifahrersitz stand, kippt um und stürzt das Wageninnerste noch mehr ins Chaos. Kleidung und Kosmetika landen neben den leeren Kaffee-to-go-Bechern und zerknüllten Fast-Food-Tüten, die längst im Fußraum des Beifahrersitzes lagen. Keuchend starre ich auf die dunkelgraue Ziege, mit der ich um Haaresbreite zusammengekracht wäre. Eine Kollision, die mein alter VW Beetle sicher nicht überstanden hätte – und die Ziege womöglich auch nicht. Ich wundere mich ohnehin schon, dass mein Auto bei der langen Strecke noch keinen Motorschaden davongetragen hat.

Ich versuche, meinen Herzschlag zu beruhigen, schnalle mich ab und öffne die Fahrertür. Die Ziege bleibt an Ort und Stelle.

»Hey«, sage ich laut. »Ich muss hier lang.«

Das Tier reckt ihren Kopf in meine Richtung, doch ich beachte sie schon gar nicht mehr, sondern blicke nach rechts. Sofort habe ich nur noch Augen für den Ärmelkanal neben mir, dessen tiefes Blau sich über die Küstenstraßen und die Klippen hinweg entlangzieht und in der Sonne glitzert. Ich kann einen Streifen der Nordküste Cornwalls überblicken, mit den kreisenden Möwen, Surfern, die auf die perfekte Welle warten und Klippen, die aus dem Meer herausragen und an denen sich die Wellen brechen.

»Wow«, flüstere ich. Die Ziege setzt sich in Bewegung und macht den Weg frei, doch ich verharre noch ein paar Minuten und genieße die Aussicht. Bei dem Anblick werfe ich zum ersten Mal kurz alle negativen Gefühle über Bord, die sich in den letzten Wochen trotz meiner Entschlossenheit angehäuft hatten. Seit ich tatsächlich Nägel mit Köpfen gemacht und meine Stelle in der Agentur gekündigt habe, war mir regelrecht schlecht. Ich hatte immer die Stimme meiner Mutter im Kopf, die mir einzureden versuchte, dass ich diesen Schritt bereuen würde. Doch nun, hier in Cornwall, spüre ich nichts als Bestätigung. Es mischt sich auch etwas Angst und Nervosität darunter, tausend Fragen und der Wunsch nach Antworten, aber ich spüre nun auch etwas wie Freiheit, weil es das erste Mal ist, dass ich mich von den Vorstellungen meiner Mutter losreiße und meinem Bauchgefühl folge.

Ich steige wieder ins Auto und fahre weiter, dabei versuche ich mich nicht von dem Blau ablenken zu lassen, das immer wieder hinter dem Grün der Natur hervorblitzt und mich daran erinnert, dass ich am Meer bin. Als würde der salzige Geruch, der in der Luft liegt, mir das nicht schon genug verdeutlichen.

Nach rund dreißig Minuten teilt mein Navi mir mit, auf einen staubigen Weg abzubiegen, der mich daran zweifeln lässt, ob ich dem Gerät vertrauen kann. Doch schon bald erscheinen die ersten Schilder, die Seagulls ankündigen.

Nach weiteren zwanzig Minuten sehe ich endlich das Ortsschild. Schlagartig werde ich nervös, als die ersten weißen Häuser vor mir auftauchen. Kupferfarbene Dächer reflektieren die Sonne, erste Menschen kreuzen meinen Weg. Allesamt sehen sie neugierig auf meinen Wagen, der sich inzwischen durch die verwinkelten Gässchen manövriert. Meine Handflächen werden nass, ich bin so voller Anspannung, dass ich die Umgebung gar nicht mehr richtig wahrnehmen kann. In London bin ich vieles gewohnt: Verkehrschaos, unachtsame Fußgänger. Aber so enge Gassen? Beinah nehme ich eine Häuserwand mit, ich bekomme das Lenkrad gerade noch herumgerissen. Eine der Passantinnen schüttelt irritiert den Kopf, bei meinen Versuchen, im Schneckentempo durch die Gassen zu kommen und endlich an mein Ziel zu gelangen. Als mein Navi mir endlich mitteilt, dass ich mein Ziel erreicht habe, zittern meine Beine. Aber es ist auch der Aufregung geschuldet, die sich in mir ausbreitet. Ich sehe vom Lenkrad auf und schaue zu dem kleinen, weißen Backsteinhaus mit den großen Fenstern, vor dem ich parke. Ich steige aus und gehe unwillkürlich ein paar Schritte darauf zu, gefesselt vom Anblick des mintgrünen Schilds, das in abgeblätterter Farbe *Matts Café* ankündigt und im Wind schaukelt. Es quietscht bei jeder Bewegung und verursacht mir eine Gänsehaut, während ich realisiere, dass dies tatsächlich meinem Vater gehört hat.

Ich ziehe den Schlüssel mit dem ovalen Holzanhänger aus meiner Hosentasche. Der Schlüssel für das Café.

Mein Café.

Der Gedanke ist noch viel zu unwirklich.

In diesem Moment spüre ich unglaubliche Erleichterung, dass ich nun endlich da bin, endlich Antworten bekommen kann, doch ich spüre auch Wehmut, die mit Tränen hinaufsteigen will. Wehmut, weil ich Matt nicht kennenlernen konnte …, weil er mich nicht mehr empfangen kann. Ich hätte mir wirklich gewünscht, dass er dort hinter dem Tresen steht und meine Ankunft über die großen Fenster beobachtet, um mich dann in seine Arme zu schließen und mir alles zu erzählen. Seine ganze Geschichte, der Grund, wieso ich hier bin. Aber in dem Laden vor mir bleibt alles still.

Mir bleibt nur, selbst nach diesen Antworten zu suchen. Selbst herauszufinden, wer mein Vater war und woher er von mir wusste. Also gehe ich einen Schritt auf das Café zu.

»Hey, Sie dürfen da nicht parken.«

Erschreckt fahre ich zusammen. Ich war so mit dem Anblick des Ladens und meinen Empfindungen beschäftigt, dass ich die Welt um mich herum ausgeblendet hatte.

Ich drehe mich um und sehe in hellblaue Augen. Mein Mund steht offen, während mein Blick über seine dunkelblonden Haare und seinen Drei-Tage-Bart fährt und dann an seinem Bizeps kleben bleibt, der durch ein graues Shirt betont wird. So jemanden wie ihn, hätte ich hier in diesem beschaulichen, kleinen Ort nie vermutet. Ich muss mich zwingen, ihm wieder ins Gesicht zu sehen, mich jedoch nicht in dem Blau seiner Augen zu verlieren. Augen, die sich nun verengen. Offensichtlich wartet er auf eine Reaktion.

»Was?«, frage ich verwirrt.

»Ich sagte, dass Sie hier nicht parken dürfen. Das ist eine Fußgängerzone.«

»Oh.« Mein Blick fällt auf die Straßenschilder, die beinah penetrant daran erinnern, dass es sich tatsächlich um eine Fußgängerzone handelt. Dennoch nehme ich sie das erste Mal bewusst wahr. »Mist«, murmle ich und wühle in meiner Tasche nach meinem Autoschlüssel, doch die Handtasche entgleitet mir und fällt zu Boden, wo der gesamte Inhalt sich auf dem Bürgersteig verteilt. Kaugummis, benutzte Taschentücher, alte Einkaufsbons und ein paar Tampons kullern auf den Weg und lassen mich fluchend auf dem Boden herumkriechen. Der Typ mit den blauen Augen kniet sich neben mich und hilft mir, aber ich wünschte, er würde es lassen, denn seine Mundwinkel sind zu einem amüsierten Grinsen verzogen, als fände er meine Tollpatschigkeit urkomisch.

»Danke«, sage ich und nehme eilig meine Habseligkeiten an mich, um sie wieder in die Tasche zu stopfen. Neben meinem Fuß finde ich meinen Autoschlüssel, der ebenfalls herausgefallen war.

»Alles wieder beisammen?«, fragt er grinsend.

Ich richte mich auf, schwinge meinen Zopf nach hinten und versuche, ebenfalls ein Lächeln zustande zu bringen. Aber die Anwesenheit dieses Manns, in Verbindung mit meiner Nervosität, bringen meine Mundwinkel vor Anstrengung zum Zucken. »Danke«, sage ich nochmal.

»Schon gut. Aber ich würde den Wagen trotzdem wegfahren. Die Kontrolleure sind hier ziemlich streng.«

»Aber wo soll ich denn dann parken?«

»Kommt ganz drauf an, wo du hinwillst.«

Ich zeige auf das Café hinter mir. »Der Laden und die Wohnung darüber gehören jetzt mir.«

Er mustert mich sofort noch ein wenig neugieriger. »Ich wusste nicht, dass das Café verkauft werden sollte.«

»Wurde es auch nicht. Ich habe es geerbt von … nun ja, von dem Besitzer. Er war mein …«

»Lebensgefährte?«

»Was? Nein, natürlich nicht. Ich bin erst vierundzwanzig!«

Er zuckt die Schultern. »Der Besitzer war bekannt dafür, nichts anbrennen zu lassen.«

Na, ganz toll. Bin ich wirklich knapp dreihundert Meilen gefahren, habe alles aufgegeben und einen Streit mit meiner Mutter angefangen, nur um dann herauszufinden, dass mein Vater ein Lustmolch war?

»Ich bin Riley. Seine Tochter.«

»Oh.« Sein Grinsen verrutscht. »Das ist jetzt unangenehm.«

»Schon gut. Ich meine, bis vor ein paar Wochen wusste ich gar nicht, dass es Matthew Pommeroy wirklich gibt, geschweige denn, dass ich seine Tochter bin. Ich verkrafte das.«

»So schlimm war er auch gar nicht.«

»Sie kannten ihn?

»Ein bisschen. Ich bin manchmal in dem Café aufgetreten.«

»Als was?«

»Ich bin Musiker.« Er deutet auf den Gitarrenkoffer, der ihm auf dem Rücken hängt. »Also, Riley.« Ich mag es, wie er den Namen betont. »Wenn du jetzt die Besitzerin bist, darfst du durch die Fußgängerzone fahren. Parken würde ich hier trotzdem nicht. Um die Ecke gibt es einen Parkplatz, der zu dem Café gehört. Das ist dann Privatgrundstück und da kannst du dir keine Strafzettel einfangen.«

»Danke, ähm–«

»Sebastian.«

»Danke, Sebastian«, wiederhole ich seinen Namen und lächle.

Er lächelt zurück. Neben seinen Augen bilden sich kleine Lachfältchen, die ihn noch sympathischer wirken lassen. Wie alt er wohl ist? Ende zwanzig vielleicht? Höchstens Anfang dreißig, aber auf jeden Fall älter als ich.

»Ich schätze, dann sehen wir uns«, sage ich und lege meine Hand fester um meinen Autoschlüssel, bevor ich zum Wagen gehe und die Fahrertür öffne.

Sebastian bleibt stehen und sieht mir nach. »Dann machst du das Café wieder auf?«, ruft er mir zu. »Oder verkaufst du alles?«

»Ich will es wieder öffnen. Mal sehen, wie es läuft.«

»Dann werde ich dich definitiv hier besuchen kommen«, verspricht er, winkt mir zu, und verschwindet hinter der nächsten Häuserecke.

Ich sehe ihm noch eine Weile nach, bis ich mich wieder dem Café zuwende, das verlassen darauf wartet, endlich von mir begutachtet zu werden.

Kapitel 2

Das Café riecht nach Holzpolitur und abgestandener Luft. Ein dunkelbrauner, massiver Holztresen dominiert den Raum, dahinter befinden sich der Kaffeevollautomat und einige Regale mit Tassen. Ich streiche darüber, der Geruch der Politur scheint daran zu haften, ebenso wie der Staub der letzten drei Monate, in denen das Café nicht genutzt wurde. Der Gedanke, dass sich seit dem Tod meines Vaters niemand um sein Lebenswerk gekümmert hat, ist traurig. Hatte er keine weitere Familie? Niemanden? Hatte er nur mich, seine unbekannte Tochter?

Ich gehe an den weißen, viereckigen Tischen vorbei, die an der Fensterfront aufgebaut sind und genügend Platz bieten, um hier Gäste zu bewirten. Ich kann es mir regelrecht vorstellen, wie der Laden belebt aussieht, wenn die Tische gefüllt sind und es nach gerösteten Kaffeebohnen duftet. Ich bin mir noch nicht sicher, ob ich mich selbst inmitten dieses Bildes sehen kann, mit einer Schürze und dem Organisationstalent, das eine Ladenbesitzerin haben sollte. Aber ich weiß, dass ich mein Bestes geben werde, um es zu versuchen. Für Matt. Für meinen Vater.

Nachdenklich gehe ich zu den Bildern an der hintersten Wand, an der drei Schwarz-Weiß-Aufnahmen hängen, die das Café von verschiedenen Seiten zeigen. Ob er sie aufgenommen hat? Meine Finger gleiten über die Bilderrahmen, ich warte darauf, auf magische Weise eine Antwort auf diese Frage zu bekommen, als würde ich das Band zwischen ihm und mir wahrnehmen können. Doch ich spüre nichts, außer dem Kitzeln in meiner Nase, ausgelöst von tonnenweise Staub.

Mein Blick fällt auf eine weiße Tür, in der Nähe der Theke. Dahinter befindet sich die Küche und eine weitere Tür, die laut Notausgangsschild vermutlich nach draußen zu dem kleinen Hinterhof führt, auf dem ich meinen Wagen geparkt habe. Daneben ist eine Treppe. Neugierig folge ich ihr nach oben und komme zu einer verschlossenen Tür mit einer Willkommens-Fußmatte. Ich öffne sie, trete ein, und lasse den Raum auf mich wirken. Auch hier finde ich massive, dunkle Eichenmöbel, dem Tresen ganz ähnlich, und auch hier nehme ich den Geruch von Holzpolitur wahr. Ich stehe in der Mitte des Raums, direkt neben einem runden Esstisch, und überblicke somit das gesamte Apartment, das nicht viel größer ist als meine kleine Wohnung in London. Eine Küchenzeile, ein Doppelbett und ein Kleiderschrank, umrahmt von Dachschrägen und einem hellgrauen Anstrich. Pflanzen oder Deko Fehlanzeige, nur einige Fotos hängen gegenüber der Küchenzeile. Ich gehe darauf zu. Mein Herz beginnt zu rasen, als mir bewusst wird, dass die Bilder Männer zeigen. Vier Stück an der Zahl, einmal gemeinsam auf einem Bild, mit Angelruten in der Hand und strahlendem Lächeln. Ein anderes Bild zeigt zwei der Männer vor einem Motorrad. Die anderen beiden Fotos sind auf einer Feier entstanden, so macht es zumindest den Eindruck, denn ich sehe Bier- und Schnapsflaschen im Hintergrund, einer der Männer trägt ein Hawaiihemd und lächelt sehr verträumt. In meinem Hals sammelt sich ein Kloß, während ich auf den Fotos nach einem gemeinsamen Nenner suche: Ein Mann, mit meiner Nase oder meiner Haarfarbe. Aber ich sehe weder das Kastanienbraun, das mir im Spiegelbild begegnet, noch entdecke ich irgendetwas anderes Vertrautes. In dieser Küche sehe ich vier Männer, verewigt auf Bildern, und jeder davon könnte Matthew sein ... oder auch keiner von ihnen.

Frust schäumt in mir auf. Ich wünschte, mein Vater wäre jetzt hier, um mir das alles zu erklären. Um mich ihn sehen zu lassen. Wieso wusste er von mir? Seit wann? Wieso hat er mir alles vererbt, anstatt zu Lebzeiten Kontakt zu mir aufzunehmen? Wer war er, wer bin ich? Meine Mutter hat mir immer gesagt, dass ich auch ohne meinen Vater weiß, wer ich bin. Aber sie konnte diesen Punkt noch nie nachvollziehen. Ja, ich sehe mich. Ich erkenne mich deutlich. Ich weiß, was ich mag, was ich kann und was meine Schwächen sind. Aber dieses eine Puzzleteil fehlt. Ohne bin ich unvollständig und das ist verdammt beängstigend.

Ich blicke mich um, suche gezielt nach weiteren Fotos, doch ich finde keine. Dafür finde ich auf einer der Kommoden einen kleinen Flakon. Meine Hände zittern leicht, als ich die schwarze Flasche an mich nehme und den Deckel abhebe, um daran zu riechen. Der Geruch von Sandelholz, gepaart mit einer herben Note, dringt mir in die Nase und lässt mich innehalten. Lässt mich träumen. Von einem Vater, dessen Geruch mich beim Schlafengehen begleitet, der mich zudeckt und küsst, mir sagt, wie sehr er mich liebt. Von einem Vater, der mich umarmt und mir ins Ohr flüstert, dass er stolz auf mich ist. Ich schließe die Augen, sehe genau diese Szenen vor mir, doch die Erkenntnis, dass dieser Duft niemals mehr an Matt Pommeroy haften wird, setzt Tränen frei. Tränen, die ich gar nicht weinen will, weil ich doch so froh bin, hier in Seagulls angekommen zu sein. Ich möchte nicht traurig sein, ich möchte genießen. Genießen, dass ich endlich die Chance habe, etwas über ihn zu erfahren. Ich schließe den Flakon, stelle ihn zurück und gehe zur Dachluke, um frische Luft in das verlassene Apartment zu lassen. Dann beginne ich, meine Sachen aus meinem Auto in die Wohnung zu tragen.

Da ich nicht weiß, wie lange ich bleiben werde, habe ich nur ein paar Kartons gepackt, hauptsächlich Kleidung und meinen geliebten Katzenwecker, den ich von meinem Stiefvater Jack geschenkt bekommen habe und der schnurrt, bevor er zu klingeln beginnt. Eine kleine Albernheit, die mich immer wieder zum Lächeln bringt, und das, obwohl ich eigentlich kein Morgenmensch bin. Ich hole auch ein Foto aus einem der Kartons, das Jack, meine Mum und mich zusammen zeigt, wie wir an meinem Highschoolabschluss um die Wette lächeln. Sonst hat es immer auf meiner Kommode gestanden, aber nun ertrage ich den Anblick meiner Mutter nicht, also stelle ich es in eins der Regale in der Küche, raus aus meinem direkten Blickfeld. Aus einem der Kartons ziehe ich die Zeitschriftensammlung, die ich mir in den letzten Jahren angehäuft habe und die inzwischen vom Umblättern schon zerknittert ist. Sie landet in einem der Regale, direkt neben einer Schallplattensammlung, die meinem Vater gehört haben muss. Kurz werfe ich einen Blick darauf, entschließe mich dann jedoch dazu, sie in einer ruhigeren Stunde durchzugehen, und mich stattdessen dem Kleiderschrank zu widmen.

Nach rund zwei Stunden sehe ich mich zufrieden um. Ein paar meiner eigenen Sachen hier zu wissen, lässt die dunklen, einengenden Holzmöbel etwas vertrauter wirken. Ich klappe die Kartons zusammen und verstaue sie hinter dem Kleiderschrank. Dann inspiziere ich die Vorräte der Küche. Einige Konserven stehen in den Hängeregalen über der Spüle, hauptsächlich Dosensuppen und Ravioli. Es scheint, als wäre mein Vater ebenso kochfaul wie ich es bin. Ich nehme eine der Dosen in die Hand und genieße diesen Augenblick, in dem mir bewusst wird, dass dies die erste Gemeinsamkeit mit ihm ist. Es ist nicht viel, nur eine Kleinigkeit, und doch fühle ich mich ihm in diesem Moment nah. Und ich realisiere, dass das hier wirklich gerade geschieht. Dass ich wirklich in der Wohnung meines leiblichen Vaters stehe. Es ist verrückt. Aber wunderschön.

Eine Weile stehe ich einfach nur da, sehe gedankenverloren auf die Bilder an der Wand als würde ich auf dem zweiten Blick erkennen können, welcher der Männer Matt war. Bis ich mir eingestehe, dass dieser Moment des Erkennens nicht kommen wird. Ich muss weiter machen. Also nehme ich den leeren Kühlschrank wieder in Betrieb und entschließe mich dazu, endlich meiner Neugier nachzugeben und das Haus zu verlassen. Ich brenne darauf, die Stadt zu sehen, die mein Vater sein Zuhause genannt hat.

Planlos bummle ich durch die engen Gassen mit den weißen Häuserfassaden. Bunte Windräder, Fahnen und Willkommensschilder zeigen Gastfreundschaft, überall stehen kleine Leuchttürme und Holz-Möwen, die zum Ortsnamen passen. In den Fenstern hängen Fischernetze, die jeden daran erinnern, dass wir am Meer sind. Es duftet nach frischem Brot und ich folge dem Geruch, hin zu einer kleinen Bäckerei. Ich hole mir ein Apfelteilchen, schlendere damit weiter, an einer Pizzeria und einer Eisdiele vorbei, und setze mich auf eine Bank auf einem Marktplatz, um die Leute und die Stadt auf mich wirken zu lassen. Obwohl ich Menschen auf den Straßen sehe und auf dem Schulhof gegenüber Kinder spielen, wirkt Seagulls auf mich, die den Trubel Londons gewöhnt ist, eher verschlafen. Die kleinen, verwinkelten Gassen und der Geruch des Meers bekräftigen diesen Eindruck ebenso wie die Möwen, die ihre Kreise ziehen und auf dem Marktplatz nach Essensresten suchen. Es ist ein Ort der Ruhe, der Erholung, und ich spüre selbst, wie diese Erholung auf mich schwappt und meine Nervosität wegspült. Nur die Fragen, die sich minütlich vermehren, geben keine Ruhe. Was hat meinen Vater hierher verschlagen? Wieso lebte er gerade hier? Wieso hatte er ein Café?

Irgendwann reiße ich mich los und gehe zu einem Lebensmittelladen, den ich auf dem Hinweg entdeckt habe. Dabei komme ich an einem weiteren Café vorbei. Ein Blick durchs Fenster lässt mich einen moderneren Laden mit weiß-beiger Innenrichtung sehen. Ein Mann mit grauen, verstrubelten Haaren steht mit dem Rücken zu mir, er trägt eine Schürze und gießt einem Gast Kaffee ein. Ich überlege gerade, ob ich mir dort einen Kaffee holen soll, als das Vibrieren meines Handys mich davon abbringt. Auch ohne draufzusehen, weiß ich, dass es meine Mutter ist. Wer sonst?

Nur widerwillig gehe ich dran, aber wenn ich es nicht tue, schickt sie sofort ein Einsatzkommando, weil sie denkt, ich würde tot im Straßengraben liegen.

»Seagulls beste Cafébetreiberin am Apparat«, melde ich mich zu Wort und höre sofort das mir bekannte Seufzen.

»Kann ich also davon ausgehen, dass du gut angekommen bist?«

»Alles bestens, Mum. Echt super hier.«

»Ach bitte, du langweilst dich nach zwei Tagen sicher so sehr, dass du freiwillig zurückkommmst.«

»Ich habe ein Café zu eröffnen. Da wird schon keine Langweile aufkommen«, sage ich bissig.

»Hör zu, Schatz«, erwidert meine Mutter etwas ruhiger. »Du musst das nicht durchziehen. Was willst du denn ganz allein in diesem gottverdammten Kaff?«

»Ich bin nicht allein. Laut Google leben hier knapp 1300 Menschen.«

»Du weißt, wie ich das meine.«

»Ja, ich weiß.« Nun bin ich diejenige die seufzt. »Aber ich will das hier durchziehen. Und deine negative Energie hilft mir nicht.« Dann lege ich auf. Einfach so. Ein gutes Gefühl. Diese Diskussion haben wir in den letzten Wochen so oft geführt, dass ich einfach keine Kraft mehr dazu habe immer und immer wieder ihre Einwände zu hören. Sie versteht mich ja doch nicht.

Ich ignoriere, dass mein Handy danach sofort wieder vibriert, betrete endlich den Lebensmittelladen, wo ich mir hauptsächlich Nudeln, Fertigsoße und Süßigkeiten kaufe, und folge einem Straßenschild, das mich zum Strand lotst. Direkt hinter meinem Café, nur eine Abbiegung entfernt, liegt ein schmaler Weg, der mit weißen Holzpaletten ausgelegt ist. Der Weg ist eng, meine Hose bleibt zweimal an Gestrüpp hängen, das hineinragt, aber am Ende führt mich dieser Weg sicher zu einem menschenleeren Strandabschnitt. Ich sehe auf die Weiten des Ärmelkanals, nehme den salzigen Geruch in mir auf und kann zum ersten Mal seit Wochen wieder richtig atmen. Direkt vor den Wellen lasse ich mich in den Sand plumpsen und hole die Packung Chips hervor, die ich mir eben gekauft habe. Mit Blick in die Ferne esse ich und spüre, wie Zuversicht sich breit macht. Ich habe es geschafft, ich bin hier.

Seagulls ist fürs Erste mein Zuhause.

Während die Möwen über mir ihre Kreise ziehen, denke ich, dass ich in meinem Leben schon schlechtere Entscheidungen getroffen habe.

Als ich vom Strand zurückkomme, steht eine Frau vor dem Café und drückt sich die Nase an der Fensterscheibe platt. Wortwörtlich. Ihre Shorts sind so knapp, dass ihr halber Hintern rausquillt und ein weißes Tanktop betont ihren üppigen Busen. Sie könnte mit ihrem Outfit nicht weniger in dieses beschauliche Kaff passen.

»Kann ich Ihnen helfen?«, frage ich.

Die Frau zuckt zusammen und dreht sich nach mir um. Sofort fällt mir auf, dass sie von vorne viel jünger wirkt, als ich zunächst dachte. Sie ist höchstens Mitte zwanzig. Ihre barbieblonden Haare sind zu einem Dutt geformt und sie hat große Puppenaugen.

»Kommt drauf an. Bist du Riley?«

»Woher weißt du das?« Die Tatsache, dass sie meinen Namen kennt, macht mich stutzig.

»Hey, ich bin Lydia.« Sie grinst mich an. »Ich wusste nicht, dass du noch so jung bist. Als Sebastian mir sagte, dass du hier bist, hatte ich irgendwie mit jemand älterem gerechnet.«

»Wieso hat Sebastian dir gesagt, dass ich hier bin?«

»Weil er wusste, dass es mich interessiert. Allerdings interessiert es vermutlich jeden hier. In Seagulls steht man auf Klatsch und Tratsch und dass Matt Pommeroy eine Tochter hatte, hat uns alle umgehauen.«

»Dann wissen mehrere Leute von mir?«, frage ich überrascht

»Ich denke, inzwischen alle.«

Mir ist nicht wohl bei dem Gedanken, Bestandteil dieses Stadtgeflüsters zu sein. In London herrscht Anonymität, da weiß niemand, wer ich bin. Nicht mal meine Nachbarn kennen mich, zumindest habe ich noch nie mit ihnen geredet.

»Ich habe gehört, du willst das Café wiedereröffnen?«

»Ja, das ist der Plan.«

»Oh super. Weißt du, ich habe hier früher gearbeitet.«

»Was? Wirklich?«

»Ja, zwei Jahre lang, als Aushilfe neben dem Studium. Das habe ich inzwischen geschmissen und na ja ... andere Geschichte.« Lydia sieht mich verlegen an. »Tut mir leid, ich rede manchmal, bevor ich denke. Also ähm ... du brauchst doch sicher Hilfe, oder? Wegen dem Café, meine ich.«

»Wenn du hier gearbeitet hast, kanntest du meinen Vater«, sage ich und forme es mehr als Frage, nicht als eine Feststellung.

»Kann man so sagen. Er war eher der große, schweigsame Typ. Er stand nicht so aufs Kommunizieren. Aber ja, ein bisschen kenne ich ihn.«

Aufregung durchfährt mich. Vielleicht bekomme ich durch Lydia meine Antworten, die ich so dringend brauche. »Möchtest du reinkommen?«

»Gerne.« Sie lächelt mich an, ein warmes, ehrlich gemeintes Lächeln, das sie mir sofort sympathisch macht.

Gemeinsam gehen wir in den Laden und nehmen zwei der Stühle vom Tisch, um uns zu setzen. Ich ignoriere die dünne Staubschicht vor mir. Darum muss ich mich morgen kümmern. Oder zumindest zeitnah.

»Wie alt bist du?«, fragt Lydia, noch bevor ich etwas sagen kann.

»Vierundzwanzig.«

»Mhm ... dann muss Matt schon älter gewesen sein, als er dich bekommen hat.«

»Ja?« Ich war irgendwie davon ausgegangen, dass er genauso alt war wie meine Mutter. Bei der Testamentsverlesung war ich so nervös, dass ich gar nicht richtig zugehört habe als der Anwalt den Text heruntergeleiert hat. Und meine Mutter hat mir ohnehin nichts von ihm verraten. Sobald die Worte Matt oder Vater gefallen sind, war sie auf einmal so still wie eine Nonne mit Schweigegelübde.

»Wie alt war er?«, frage ich.

»Fast siebzig.«

»Was?« Ich sehe sie erstaunt an. Meine Mutter ist damit zwanzig Jahre jünger als er. Selbst wenn sie sein Geburtsdatum nicht kennt, hätte sie wirklich mal erwähnen können, dass ihr Urlaubsflirt damals so viel älter war als sie. Verwirrt runzle ich die Stirn. »Aber Sebastian hat irgendwas davon erzählt, dass er junge Frauen abgeschleppt hat.«

»Oh ja, dafür war er bekannt.«

»Aber wie konnten die sich auf ihn einlassen? Wenn er doch schon siebzig war.«

»Das Alter hat man ihm gar nicht angemerkt. Matt war die perfekte Mischung. Ein Draufgänger mit Lederjacke und Motorrad, aber durch seine eher schweigsame Art wirkte er trotzdem, wie ein richtiger Frauenversteher. Der Zuhörer. Verstehst du? Und auch wenn er oft eigensinnig war und er Leute bei sich selbst auf Distanz gehalten hat, war er für andere immer da und hat sie unterstützt.«

»Das klingt wirklich nach jemandem, den ich gerne gekannt hätte«, erwidere ich nachdenklich und starre aus dem Fenster. Lydia lässt mir diesen Moment. Ich liebe es, mehr über ihn zu erfahren, aber gleichzeitig bin ich wütend. Wütend, weil ich jede Information nur über Dritte bekomme.

»Du weißt nicht viel über deinen Vater, oder?«, fragt Lydia und sticht damit genau in die Wunde.

»Eigentlich weiß ich gar nichts. Ich weiß nur, dass er mir all das hier vermacht hat.« Ich zeige auf den Laden. »Aber ich habe keine Ahnung davon, wie man ein Café betreibt. Ich weiß nicht, ob ich es schaffen kann. Meine Mutter hält das alles für eine totale Schnapsidee.«

»Aber du willst es versuchen?«

»Auf jeden Fall«, sage ich entschlossen und denke dabei an meine Mutter und ihr genervtes Seufzen.

»Dann helfe ich dir. Viel weiß ich auch nicht, um ehrlich zu sein. Ich habe ein abgebrochenes Studium und eine abgebrochene Ausbildung. Wenn du die Leute hier fragst, bin ich eine ziemliche Versagerin.« Lydia sieht mich gequält an. In ihren Augen sehe ich Unsicherheit, es ist deutlich, dass sie bereut, es so ehrlich formuliert zu haben.

»Ich habe auch noch nicht viel vorzuweisen«, sage ich daher.

»Aber ich habe hier immerhin gearbeitet. Wenn ich dir sage, was ich weiß, bekommst du das sicher hin.«

»Und dann erzählst du mir von Matt, okay? Ich will wirklich wissen, wer er war.«

»Auf jeden Fall. Aber da gibt es jemanden, der sicher mehr über ihn weiß.«

»Wen?«

»Charlie. Du solltest Charlie fragen.«

»Und wer ist das?«, hake ich nach.

»So ziemlich der einzige richtige Freund, den dein Vater hatte, würde ich sagen. Er war außerhalb der Frauengeschichten ein Einzelgänger, aber Charlie hat er an sich rangelassen. Zumindest ein bisschen.«

»Wo finde ich ihn?«

»Keine Sorge. Charlie findet dich.«

»Das klingt sehr mafiamäßig, wenn du das so sagst.«

»Nee, hier finden dich nun mal alle von allein. Du wirst schon sehen, nach und nach kommt der ganze Ort, um sich Matts Tochter anzusehen.«

»Toll«, sage ich. Der Gedanke, so auf dem Präsentierteller zu stehen und begutachtet zu werden, macht mich schon jetzt furchtbar nervös.

»Wie wäre es, wenn ich morgen früh komme und wir gemeinsam den Laden herrichten?« Lydia guckt auf den Staub vor ihrer Nase. »So kommt höchstens die Gesundheitsbehörde, aber kein Gast.«

»Das wäre klasse«, sage ich ehrlich. »Vielleicht um neun Uhr?«

»Neun ist perfekt.« Lydia steht auf, säubert ihre Hände an ihrer Jeansshort und macht Anstalten das Café zu verlassen.

»Warte«, schreie ich beinah. »Kannst du ... würdest du vorher noch kurz mit nach oben kommen?«

»Ähm ...« Lydia sieht unsicher nach oben. »Klar.«

Dankbar lächele ich sie an, bevor wir ins Apartment gehen und ich sie direkt zur Fotowand in der Küche führe.

»Ist es einer davon? Ist auf einem der Fotos mein Vater?«

»Du weißt nicht mal, wie er aussieht?«

Ich schüttle betrübt den Kopf. »Ich sagte doch, dass ich im Grunde nichts über ihn weiß.«

Lydia sieht mich eine Spur zu mitleidig an. »Das ist er.« Sie zeigt auf das Foto ganz rechts, auf dem ein Mann mit schulterlangen, grauen Haaren an eine Häuserwand gelehnt ist. Er trägt eine Lederjacke, an seinen Augen erkenne ich ausgeprägte Lachfalten, die zeigen, wie alt er ist. Ich würde lügen, wenn ich sage, dass ich erkennen kann, seine Tochter zu sein. Ich sehe nicht viele Ähnlichkeiten. Und doch hat dieses Phantom, das mein Vater immer war, plötzlich ein Gesicht. Die Wurzeln, nach denen ich seit Jahren gesucht habe, beginnen zu wachsen.

»Das ist er«, flüstere ich mehr zu mir selbst. Ich trete einen Schritt vor, versuche mir jeden Gesichtszug einzuprägen.

Lydia räuspert sich. »Wir sehen uns dann morgen früh.« Sie zieht sich unauffällig zurück, als würde sie spüren, welch magischer Moment, das für mich ist.

»Danke«, flüstere ich ihr noch zu, als sie schon auf dem Weg nach unten ist.

Ich starre nur weiter auf das Foto. Vorsichtig nehme ich den Rahmen von der Wand und trage es zum Bett. Ich will das Foto nah bei mir haben, will es immer wieder betrachten.

»Woher wusstest du nur, dass es mich gibt?«, flüstere ich dem Bild zu. »Wieso hast du dich nie gemeldet, wenn du doch wusstest, dass ich existiere?«

Ich wünschte, das Foto würde mir antworten.

Aber im Apartment bleibt alles still, einzig das Pochen meines Herzens stört diese Ruhe.

Kapitel 3

Den Laden zu säubern, ist im wahrsten Sinne des Wortes Drecksarbeit, immerhin putzen wir eine drei Monate alte Staubschicht von den Möbeln. Am Ende bin ich total erledigt und fühle mich reif für eine Dusche, denn ich habe das Gefühl, dass der Staub sich nicht nur in meinen Haaren und auf meiner Kleidung, sondern auch in meiner Lunge festgesetzt hat.

»Gott.« Lydia lässt sich auf einem der Stühle nieder und wischt sich Schweiß von der Stirn. »Da soll meine Mutter nochmal sagen, ich wüsste nicht, wie man hart arbeitet.«

»Verstehst du dich nicht gut mit ihr?«

Lydia zuckt mit der Schulter. »Seit meinen verpatzten Zukunftspläne nicht mehr so gut.«

»Was hast du studiert?«

»Soziale Arbeit. Aber ich war als Studentin eine totale Katastrophe. Diese Freiräume waren nichts für mich, denn so habe ich fast nur gefeiert und nicht gelernt. Tja … und dann habe ich die ersten Prüfungen versemmelt und hab dann einen Schlussstrich gezogen.«

»Verstehe.« Ich nicke verständnisvoll.

»Denk jetzt bitte nicht auch, dass ich eine Versagerin bin.«

»Denke ich nicht«, erwidere ich ehrlich. »Ich bin vierundzwanzig und hatte trotz Studium nur einen schlecht bezahlten Job in einer Werbeagentur, der mehr einer Praktikantenstelle gleichkam. Ich durfte nämlich nur Kaffee kochen, kopieren und Anrufe entgegennehmen.«

»Eine Werbeagentur? Dann bist du sicher gut darin, Marketing für das Café zu machen.«

»Nein, ich war ein kleines Licht. Absolut unnütz.«

Lydia verzieht den Mund. »Aber sieh es doch mal so: Immerhin kannst du Kaffee kochen. Gut für ein Café«

Ich sehe Lydia an und pruste gleichzeitig mit ihr los.

Lachend wische ich mir ein Haar aus dem Gesicht und entdecke einen Mann vor meinem Fenster. Er guckt griesgrämig zu uns.

»Wer ist das?«

Lydia folgt meinem Blick. »Oh je.« Sie hört sofort auf zu lachen. »War ja klar, dass Adam neugierig ist.«

Ich mustere die grauen Haare, die in alle Richtungen stehen. »Dem Typ gehört das andere Café, richtig?«

»Du kennst es schon?«

»Ja, ich bin dran vorbeigegangen.«

»Adam und Matt haben sich gehasst. Totale Konkurrenten, schon seit ich denken kann. Ich glaube, das ging tief. Bis in die Grundschule.«

»Und beide haben ein Café eröffnet?«

»Verrückt, oder?«

Wie aufs Stichwort öffnet sich die Ladentür und dieser Adam kommt herein.

»So, so, so«, murmelt er und sieht sich um. Er guckt, als hätte er den Duft von Hundekacke in der Nase. »Dann ist es also wahr.«

»Kann man dir helfen?«, fragt Lydia genervt.

»Ich wollte nur mal gucken, ob die Gerüchte stimmen.« Adam sieht abfällig zu mir. »Der Laden sollte besser abgerissen werden.«

»Hey«, beschwere ich mich.

Sein Blick huscht zu mir. »Du bist die Tochter, nehme ich an?«

»Sie sind der, der unhöflich ist, nehme ich an?«

»Wie der Vater, so die Tochter.« Seine Augen verengen sich. »Aber mach du nur, eröffne das Café neu. Die Kunden sind jetzt eh lieber bei mir. Du kannst dich auf den Kopf stellen, aber der Laden wird sowieso nicht mehr laufen.«

Langsam macht der Typ mich echt wütend. Es mag sein, dass er irgendeine Fehde mit meinem Vater laufen hatte, aber das auf mich zu übertragen, ist einfach nur kindisch.

»Wir werden ja sehen«, sage ich patzig. »Und jetzt würden wir gerne wieder unter uns sein. Der Laden ist geschlossen.«

»Ach was. Öfter mal was neues.« Dieser Adam zieht eine Augenbraue hoch und stapft dann wieder aus dem Laden. Zum Glück verlässt er kurz darauf mein Blickfeld, denn sonst hätte ich ihm womöglich noch eine Beleidigung an den Kopf geworfen.

»Ich fasse es nicht.« Vollkommen perplex lasse ich mich gegen die Stuhllehne fallen. »Und ich dachte, Leute in so kleinen Städtchen sind nett.«

»Hast du ne Ahnung. Hier sind alle neugierig und aufdringlich, aber nett? Voreingenommen trifft es besser.«

»Voreingenommen?«

»Die meisten schon. Die Leute in Seagulls mögen keine Veränderungen.«

Ich starre Lydia ungläubig an. »Dann bin ich geliefert.«

»Wieso das?«

»Halloo?!« Ich zeige auf mich. »Weil *ich* diese Veränderung bin. Ich bin neu, niemand wusste von mir und mein Vater war der Einzelgänger unter den Leuten hier. Während dieser Adam – mein Konkurrent wohlgemerkt – schon seit der Grundschule hier lebt. Wieso sollten die Leute dann zu mir ins Café kommen, wenn sie auch zu ihm gehen können?«

»Weil wir auch Loyalität kennen. Matt war ein Einzelgänger, aber er war *unser* Einzelgänger. Jedes gute Städtchen braucht einen. Er war einer von uns. Genau wie du es, als seine Tochter, jetzt auch bist. So einfach ist das.«

»Trotzdem werde ich mich beweisen müssen.«

»Deswegen ja auch das hier.« Sie deutet auf ihre dreckige Hose. »Wir werden den Laden neu eröffnen und dann wird Adam schon sehen, was er von seinem großkotzigen Verhalten hat.« Sie nickt grimmig. Dann steht sie unter einem Stöhnen auf. »Komm. Ich zeige dir mal die Kaffeemaschine. Die ist etwas tückisch.«

»Und dann machen wir einen Plan für die Neueröffnung«, bestimme ich. Wenn dieser Adam vorhatte, mich mit seinem Verhalten zu entmutigen, hat er genau das Gegenteil erreicht.

Ich stürze mich in die Arbeit. Lydia zeigt mir, wo der Lagerraum ist, welche Kuchenangebote es wöchentlich gab und woher mein Vater sie geliefert bekommen hat, wie die Kaffeemaschine funktioniert und findet mit mir die Nummern der Vertriebsleute, von denen er seine Getränke geliefert bekam. Es sind nicht die Antworten, die ich mir erhofft habe, aber es bringt mich meinem Vater dennoch ein Stück näher.

»Wann willst du den Laden wiedereröffnen?«, fragt Lydia. »Du solltest das groß aufziehen, damit Adam gleich sieht, mit wem er es zu tun bekommt.«

»Vielleicht am Samstag?«, frage ich. Es sind nur drei Tage, aber ich dränge darauf, dieses Café zu eröffnen und somit die Menschen kennenzulernen, die meinen Vater kannten. Alle an einem Ort zu wissen, wird meine Chance sein, mehr über ihn zu erfahren, nachdem die Wohnung so wenig Persönliches offenbart hat und ich immer völlig im Dunkeln tappe. Ein Zustand, der mich viel stärker frustriert als ich mir selbst eingestehen will.

Lydia nickt zufrieden. »Wir bräuchten sowas wie Flyer. Oder Plakate.«

»Um professionell zu wirken, müssen wir die schon drucken lassen.«

»Genau. Bei Edwin«, erwidert Lydia.

»Wer ist das denn nun schon wieder?«

»Komm mit.« Lydia winkt mich raus aus dem Laden. Wir gehen durch die enge Gasse, in der ich fast mit meinem Wagen hängengeblieben bin, dann biegen wir zweimal rechts ab, bis wir vor einem kleinen, unscheinbaren Laden stehen.

»Ähm ... da steht, dass es ein Handwerkerservice ist«, sage ich.

»Ach, vergiss das Schild. Edwin ist ein Allroundtalent. Du wirst schon sehen.«

Wir betreten den kleinen Laden, in dem es nach Öl riecht und werden sofort von einem kleinen, sehr alten Kerl begrüßt. Er zittert wie Espenlaub, unvorstellbar, dass er ein Handwerker sein soll.

»Lydia«, sagt er begeistert. »Was kann ich für dich tun?«

»Das hier ist Riley«, sie schiebt mich vor sich. »Sie ist Matts Tochter.«

Edwin mustert mich neugierig, aber sein Blick ist freundlich. »Ach wirklich? Hab schon gehört, dass du in der Stadt bist. Willkommen, willkommen.«

»Danke«, sage ich.

»Dann ist es wahr? Du willst Matts Café leiten?«

»Genau deswegen sind wir hier«, erklärt Lydia. »Wir brauchen Flyer und Plakate für die Wiedereröffnung.«

Sofort funkeln Edwins Augen. »Oh ja, am besten in mintgrün, passend zum Schild. Oder wirst du es ändern?«

»Nein. Es bleibt«, sage ich entschieden.

»Gebt mir die Daten. Ich lege sofort los.«

»Samstag, um 10 Uhr«, sage ich.

Lydia nickt. »Schreib: Mit Livemusik.«

»Was?« Ich sehe zu ihr und runzle die Stirn. »Wir haben doch gar keinen Liveact.«

»Doch. Sebastian.«

»Und weiß er schon von seinem Glück?«, frage ich, auch wenn Lydia sehr überzeugt klang.

»Natürlich nicht. Aber lass mich mal machen.«

Ich mustere sie. Erst erzählt er ihr von mir und dem Café, dann lädt sie ihn ungefragt zu uns sein. »Seid ihr zwei ein Paar?«, frage ich.

»Was?« Sie prustet los. »Wie kommst du denn darauf?«

»Ich weiß nicht. Ihr scheint euch nah zu stehen«, erwidere ich. Lydia wirkt kein bisschen ertappt.

»Nö, eigentlich nicht«, bestätigt sie meine Gedanken. »Wir sind nur beide etwas orientierungslos. Das schweißt zusammen. Aber nicht auf diese Art.« Jetzt ist es Lydia, die mich mustert. »Die Antwort, die du hören wolltest?«

»Ich weiß nicht, was du meinst«, sage ich und richte mich wieder zu Edwin, doch Lydia grinst verschwörerisch und lässt ihr Hüfte gegen meine stoßen.

»Er sieht gut aus, oder?«, trällert sie. Mein Blick fällt zu Edwin, der stumm danebensteht und sich Notizen zu den Flyern macht, als würde er das Gespräch gar nicht hören. Tatsächlich frage ich mich, ob er vielleicht etwas schwerhörig ist, denn er reagiert wirklich gar nicht auf Lydias Kommentar. Meine Wangen glühen trotzdem verräterisch.

»Das tut jetzt nichts zur Sache«, antworte ich und sehe Lydia triumphierend grinsen. »Hör auf«, zische ich ihr leise zu. »Dann sieht er eben gut aus. Aber deswegen habe ich nicht gefragt.«

»Schon klar.«

»Ehrlich«, sage ich. Als hätte ich gerade Zeit, mir Gedanken um irgendwelche Kerle zu machen, während ich gerade erst dabei bin, diese Reise hierher zu verdauen und das Café wiederzueröffnen.

»Ist registriert«, schmunzelt sie, auch wenn ich noch immer einen Funken Skepsis heraushören kann. Doch sie lässt das Thema offenbar auf sich beruhen und wendet sich stattdessen wieder zu Edwin. »Livemusik also, okay?«

»Mach ich euch fertig. Könnt ihr morgen abholen.«

»Du bist der Beste.« Lydia drückt ihm einen Kuss auf die Wange, bevor wir wieder aus dem Laden eilen.

»Weißt du«, sage ich, während wir wieder zurück ins Café gehen. »Irgendwie ist Seagulls merkwürdig.«

»Merkwürdig gut oder merkwürdig schlecht?«

»Ich bin mir noch nicht sicher. Neugierige Menschen, alte Fehden, Handwerker, die gar keine Handwerker sind.« Ich sehe auf die kleinen Häuschen und die Windräder. »Aber ich mag es«, sage ich ehrlich. »Ich bin auch etwas merkwürdig. Vielleicht passe ich also gut hier rein.«

Kapitel 4

Am Samstag wache ich viel zu früh auf und bereite schon in den frühen Morgenstunden alles für die Eröffnung vor. Allein der Gedanke, gleich endlich die Bewohner von Seagulls kennenzulernen und damit Freunde und Bekannte von meinem Vater, lässt Hoffnung, aber auch Nervosität, in mir aufsteigen. Ich will allen beweisen, dass ich das Lebenswerk meines Vaters ehre … und ich will endlich mehr über ihn erfahren. Das ist es, worauf ich brenne, worauf ich seit Tagen hoffe. Seit ich vorgestern das Apartment auf den Kopf gestellt habe, um noch mehr über ihn herauszufinden. Doch die meisten Schränke waren, bis auf die Plattensammlung, einigen Konserven und ein paar Motorradzeitschriften leer. Entweder war Matthew Pommeroy minimalistischer veranlagt als ich, oder mein Vater hat, mit dem Wissen, dass er sterben wird, sein Leben entrümpelt. Und mir damit Chancen genommen, ihn besser kennenzulernen.

Als Lydia und Sebastian meinen Laden betreten, sind die Tische bereits gedeckt und Begrüßungsgetränke kaltgestellt. Auf dem Tresen stehen Teller mit Scones, die ich von der Bäckerei habe, die meinen Vater immer mit Kuchen versorgt hat. Kuchen, auf den ich bei meinen miserablen Backkünsten auch angewiesen bin und der nun in der Vitrine neben der Theke auf Gäste wartet.

Lydia sieht sich anerkennend um. »Sieht toll aus«, sagt sie und umarmt mich schwungvoll, ehe sie Jacke und Tasche im Vorratsraum verstaut.

»Hey Riley«, sagt Sebastian. Er steht da, mitten in meinem Laden, mit seiner Gitarre auf dem Rücken und eine seiner Hände in der Hosentasche. Ein lässiger Anblick, der mich in meiner ohnehin nervösen Stimmung verunsichert. Lydia hat recht, er sieht wirklich verdammt gut aus.

»Wo soll ich aufbauen?«

»Dahinten habe ich dir einen Stuhl bereitgestellt. Ich hoffe, das reicht so? Wasser bringe ich dir dann noch.«

»Klar, das geht in Ordnung.« Sebastian lässt sich auf dem Stuhl nieder und beginnt, seine Akustikgitarre aus der Tragetasche zu holen. Ich beobachte ihn dabei, wie er sie stimmt, immer wieder an Rädchen dreht und dann kurz einen Ton spielt, bis er offenbar einen zufriedenstellenden Sound hat. Lydia kommt, bringt ihm eine Flasche Wasser und stellt eine kleine Schüssel auf den Boden neben ihm, in die die Leute später Geld einwerfen können.

»Bist du nervös?«, fragt sie mich musternd.

»Ist das so offensichtlich?«, frage ich zurück und schlucke schwer. Nur noch zwanzig Minuten, bis die ersten Gäste kommen sollten.

»Du bist etwas blass um die Nase«, erwidert Lydia und nimmt mir den Lappen ab, den ich noch in der Hand halte.

»Das wird schon werden«, sagt Sebastian und beugt sich über seine Gitarre. Seine Haare stehen heute ein wenig ab, als wäre er eben erst aus dem Bett gefallen.

»Ich hoffe, du hast recht.« Langsam legt sich die Nervosität auf den Magen.

»Lydia und ich kennen die Leute. Wir helfen dir, wenn es sein muss.«

Dankbar sehe ich zu ihm. »Dass du für uns spielst, ist übrigens auch supernett. Du hast was gut bei mir.«

»Ach, schon okay. Es schadet nicht, hin und wieder auf meine Musik aufmerksam zu machen. Vielleicht springt ja etwas Trinkgeld für mich heraus.«

»Wenn überhaupt jemand kommt«, murmle ich.

»Und wie sie kommen«, sagt Lydia und etwas in ihrer Stimme lässt mich zu ihr umdrehen. Sie zeigt auf die Fensterfront, hinter der schon die ersten Gäste zu sehen sind, die neugierig ins Ladeninnere sehen. Es sind sicher sechs oder sieben Leute.

»Soll ich sie schon reinlassen?«

Lydia schüttelt den Kopf. »Es ist gut, wenn sie etwas warten müssen. Dann wirken wir exklusiver.«

»Dann bereite ich schonmal Kaffee vor.«

Sebastian beginnt im Hintergrund sanfte Melodien zu spielen, Lydia wischt nochmal über die Tische und ich kämpfe mit der Maschine. Doch es passiert nichts. Ich drücke, ich ziehe, ich mache alles so, wie es Lydia mir erklärt hat und versage.

»Verdammt. Wieso macht diese dämliche Kaffeemaschine nicht das, was ich möchte?«

Lydia taucht neben mir auf. »Ich habe dir doch gesagt, dass sie widerspenstig ist.«

»Das kann man nicht nur widerspenstig nennen«, sage ich brummend. »Ich glaube, wir brauchen einen Exorzisten, um damit klar zu kommen.«

»Komm, ich mache das. Du kannst jetzt keinen Nervenzusammenbruch gebrauchen.«

Lydia übernimmt die Maschine, ich hingegen richte nochmal meinen Zopf, setze ein Lächeln auf und sehe zu den Leuten vor der Tür. Es sind noch mehr geworden und meine Hoffnung und meine Zuversicht werden immer größer. Ich zähle schon neun Gäste. Neun Menschen, die meinen Vater kannten. Neun potenzielle Antwortengeber.

»Ich lasse sie jetzt rein«, sage ich entschlossen und gehe zur Tür.

»Schön, dass Sie alle da sind«, sage ich und trete zur Seite, damit die Leute hineinkommen können. Vier Männer, drei davon schon etwas in die Jahre gekommen und fünf Frauen mittleren Alters kommen hinein und sehen sich um. Ihre Blicke schweifen über den Tresen und die dort ausgelegten Scones, zu Sebastian, der allen zuwinkt und dann zu mir. Ich stehe da, werde immer nervöser unter den neugierigen Blicken, aber mein Lächeln verrutscht nicht.

»Willkommen zur Neueröffnung von Matts Café«, sage ich in die Runde. »Ich bin Riley Rivers, Matts Tochter und werde ab sofort das Café leiten. Setzen Sie sich ruhig, trinken Sie etwas und genießen Sie die Musik.«

»Wir wussten nicht, dass Matt eine Tochter hatte«, sagt eine der Frauen. Sie ist vielleicht Anfang Vierzig, hat einen stufigen Bob und ein rundes Gesicht.

»Ich wusste auch nicht, dass er mein Vater ist. Aber ich bin froh, jetzt hier zu sein und seinem letzten Wunsch nachzukommen.«

Ein paar Leute nicken.

»Du hast nichts verändert«, stellt einer der Männer fest.

»Mir war es wichtig, dass erstmal alles so bleibt, wie mein Vater es ausgesucht hat. Es soll auch nach seinem Tod noch sein Café bleiben. Ich werde vielleicht hier und da meine eigenen Ideen miteinbauen, aber das meiste wird bestehen bleiben. Den Namen werde ich auch behalten.«

Einer der ältesten Männer geht einen Schritt nach vorne. Sein Blick ist viel finsterer als der der anderen. »Ich verstehe nicht, wieso du das Café bekommst. Du kanntest ihn doch scheinbar gar nicht.« Die Türglocke kündigt weitere Gäste an. »Tochter hin oder her, Matt hätte sein Café lieber jemandem vermachen sollen, der hier lebt und der die Leute kennt.«

Ich werde nervöser. Das ist dann wohl die Voreingenommenheit von der Lydia gesprochen hat.

»Ich bin hier, um ihn kennenzulernen. Ich will mehr über ihn erfahren.«

»Und das wird sie auch«, mischt sich Lydia ein, in ihrer Hand ein Tablett mit Sektgläsern. »Darf ich euch etwas zum Anstoßen geben? Das hier ist schließlich eine Eröffnungsfeier.«

Als hätte Sebastian die Worte gehört, werden die Gitarrenklänge ein wenig lauter.

»Danke«, flüstere ich in Lydias Richtung, die mir beruhigend zunickt. Das alles hier ist schwerer als ich dachte. Lydia reicht mir auch ein Glas, dann nimmt sie selbst eins und hebt es in die Luft. »Auf Matt«, sagt sie, und der ganze Saal wiederholt ihre Worte. Eine Gänsehaut kriecht über meine Arme, während ich im Kopf diese Worte wiederhole.

Die ersten Gäste setzen sich an die Tische und bestellen Kaffee, aber die griesgrämigen Männer bleiben stehen und gucken als würde ich alles falsch machen. Obwohl mir bei ihrem Anblick regelrecht übel wird, entscheide ich mich dazu, sie vorerst zu ignorieren und gehe zu der Frau mit dem Bob.

»Darf ich mich kurz zu Ihnen setzen?«, frage ich. Die Frau nickt, ich ziehe mir einen der Stühle heran.

»Sie kannten meinen Vater?«

»Ich war hier früher sowas wie ein Stammgast. Jeden Mittwoch, an meinem freien Tag, habe ich mir hier einen Kaffee geholt und in meinem Buch gelesen. Die letzten drei Monate waren trostlos.«

»Sie wohnen hier in Seagulls?«

»Genau. Ich bin Miranda Summers, ich arbeite in der Eisdiele.«

»Oh, daran bin ich schon vorbeigekommen. Das Eis sah unglaublich gut aus.«

»Das ist es auch. Jimmy, der Besitzer, macht alles selbst, nach einem alten Familienrezept. Und dabei nutzt er nur Zutaten hier aus der Gegend. Alles in Bio-Qualität.«

»Ich werde definitiv mal bei euch vorbeischauen.«

»Und ich werde definitiv mittwochs wieder herkommen, um meinen Kaffee zu trinken«, erwidert sie lächelnd.

»Wenn Sie ein Stammgast waren, müssen Sie meinen Vater gut gekannt haben, oder?«

»So gut es als Gast eben geht«, sagt sie und ihr Blick ist warm, aber ich sehe auch etwas Mitleid darin. Sie weiß genau, was ich mir erhoffe und dass sie mir dies nicht in dem Umfang geben kann, den ich brauche. »Matt war charmant. Er war nicht gerade ein großer Redner, aber dafür ein wirklich guter Zuhörer. Und er hatte gute Kartentricks drauf.«

»Kartentricks?«, frage ich nach.

»Er hatte immer einen Stapel Karten hinter dem Tresen. Manchmal, wenn nicht viel los war, hat er mit den Gästen ein paar Runden gespielt, oder seine Tricks vorgeführt. Er war wirklich geschickt.«

»Wissen Sie, warum er sich damals entschieden hat, ein Café zu eröffnen?«

»Nein, tut mir leid. Als ich hierhergezogen bin, gab es das Café schon. Aber du solltest Charlie fragen.«

»Ja«, sage ich nachdenklich. Schon seit Tagen überlege ich, zu diesem ominösen Charlie zu gehen, aber ich hatte damit gerechnet, dass er heute hier auftauchen würde. Lydia hat es mir quasi versichert. Keine Ahnung, was ich mache, wenn dies nicht der Fall sein sollte, wo ich doch so darauf brenne, ihn endlich zu sehen und mit ihm zu reden.

Ich sehe mich um und stelle erschrocken fest, dass sich die Menschenmenge verdoppelt hat und Lydia umherirrt, um den Bestellungen gerecht zu werden. Sofort bekomme ich ein schlechtes Gewissen. Ich entschuldige mich bei Miranda und eile hinter den Tresen, um Lydia zu helfen. Nur ganz kurz wandert mein Blick zu dem Kartenspiel, das dort liegt und das ich schon beim Aufräumen entdeckt habe. Nur dass ich es jetzt mit anderen Augen sehe. Plötzlich bedeutet es etwas. Plötzlich sehe ich Matt vor mir, die Karten in der Hand und ein verschwörerisches Lächeln auf den Lippen, während er mir einen großen Kartentrick ankündigt. In diesem

Moment nehme ich mir vor, mir auch einen Trick bei-zubringen, um diese Tradition fortzuführen, auch wenn ich sicher nicht annähernd so geschickt bin, wie er.

»Kann ich Ihnen noch etwas bringen?«, frage ich in die Männerrunde, die noch immer in Nähe des Tresens steht.

Einer der Männer, Lydia hat Ian zu ihm gesagt, schüt-telt den Kopf. Dann mustert er mich. »Hast du über-haupt schonmal ein Café geleitet? Oder auch nur in ei-nem gearbeitet?«

»Nein«, erwidere ich. »Aber Lydia schon, und sie hilft mir, so gut es geht.«

»Ich weiß nicht, was ich von all dem hier halten soll. Matt hätte den Laden besser verkaufen sollen.«

»Aber er wollte, dass seine Tochter ihn bekommt«, sage ich. Was haben diese Männer nur gegen mich? Liegt es wirklich nur daran, dass ich neu hier in Se-agulls bin? Einige der Gäste scheinen damit kein Prob-lem zu haben, die Tische sind inzwischen voll. Viele ha-ben Getränke bestellt, auch wenn ich bei ihnen eben-falls ein paar skeptische Blicke wahrnehme.

»Tochter hin oder her, du wirst trotzdem immer eine Fremde bleiben«, sagt eine mir vertraute Stimme. Die Menge, die sich vor mir versammelt hat, teilt sich wie Jesus das rote Meer. Adam kommt auf mich zu, in sei-nem Blick noch immer so viel Hass wie ein paar Tage zuvor. »Du bist eben nicht Matt.«

»Da hat er recht«, sagt ein Typ, der neben ihm steht.

Adam starrt mich herausfordernd an. »Ich denke, die Leute wissen schon, wem von uns sie die Treue halten sollten.«

»Aber –«

Lydia schüttelt neben mir den Kopf, ein eindeutiges Zeichen für mich jetzt keinen Streit anzufangen. Wenn ich einen Langzeitbewohner wie Adam vor allen angreifen würde, wäre das vermutlich mein Aus.

»Ich denke, alle können selbst entscheiden, wo es ihnen gefällt«, sage ich so diplomatisch wie möglich. »Ich jedenfalls möchte keinen Streit. Ich will einfach nur das Lebenswerk meines Vaters ehren und ihn besser kennenlernen. Und dieses Café so betreiben, wie es sein letzter Wunsch gewesen ist.«

»Das wirst du«, sagt eine neue männliche Stimme. Sie klingt weich und warm, überhaupt nicht skeptisch wie die anderen. Erneut teilt sich die Menge und ein Mann, mit braun-grauen Locken und einem Hawaiihemd kommt auf mich zu. Ich erkenne ihn von einem der Fotos aus der Küche.

»War ja klar, dass du Partei ergreifst, Charlie«, höre ich Adam sagen. Mein Herz rast, als ich den Namen höre und den Mann vor mir mustere. Er erwidert nichts darauf, sondern lächelt mich an – ein breites Lächeln, das mit Grübchen versehen ist. Ich sehe eine goldene Krone hervorblitzen.

»Du bist also Riley«, sagt er und nimmt meine Hände, als hätte er lange darauf gewartet. »Schön, dich kennenzulernen.«

Die Eröffnung läuft ganz anders, als ich erwartet habe. Die Männer gehen gemeinsam mit Adam wieder heraus, ohne etwas gegessen oder getrunken zu haben. Offenbar waren sie wirklich nur hier, um mir zu zeigen, dass ich wieder gehen soll. Leider folgen ihnen einige Leute, die sich auch nur einmal umgesehen haben. Übrig bleiben zwei Hände voll Gäste, darunter auch Miranda, die in Ruhe ihren Kaffee trinken und Sebastian lauschen, der unermüdlich weiterspielt. Aber obwohl weniger los ist, als ich dachte, störe ich mich nicht daran. Weil Charlie hier ist. Ein warmer, freundlicher Mann, der einzige richtige Freund von meinem Vater. Sie passen zueinander. Ich kann den Mann auf dem Foto in der Küche genau neben ihm sehen. Beide haben diese Löwenmähnen, beide dieses einnehmende Lächeln. Nur der Stil ist anders. Während Matt eher wie ein Rocker wirkt, sieht Charlie aus wie einer der Beach Boys. Aber dennoch passt es irgendwie, als wären beide jung geblieben, egal wie grau und störrisch die Haare werden.

Er bleibt sitzen, bis der letzte Gast weg ist. Sebastian und Lydia verabschieden sich irgendwann, beide sicher mit weniger Trinkgeld als erhofft, und dann bin ich allein mit ihm. Er sitzt immer noch lächelnd an einem der Tische am Fenster und rührt in einem Cappuccino, den Lydia gemacht hat, weil ich die Maschine immer noch nicht verstehe.

»Darf ich mich zu Ihnen setzen?«, frage ich.

»Wenn du aufhörst mich zu siezen.« Er zwinkert mir zu. »Sonst fühle ich mich älter als der Papst und so will ich mich wirklich nicht fühlen.«

»Geht klar«, grinse ich. Ich stelle einen Teller mit zwei Scones ab, bevor ich mich setze.

»Jetzt fragst du mich sicher alles über deinen Vater, richtig?«

»Bin ich so durchschaubar?«

»Ich denke, es ist natürlich, dass du mehr über ihn wissen willst. Und es ist natürlich, dass die Leute dir sagen, dass du deswegen zu mir kommen sollst.«

»Mir wurde gesagt, dass du sein bester Freund warst. Oder sein einziger Freund. Und ich weiß doch nichts über ihn.«

»Ich verstehe durchaus. Du bist neugierig, erst recht jetzt, wo du hier bist. Matt war auch immer furchtbar neugierig in seinem Innern, aber er hat es versteckt, hinter großen Mauern des Schweigens. Er war immer sehr cool, wirkte überlegen. So war er schon in der Grundschule.«

»Solange kanntet ihr euch?«

»Ja, seit der ersten Klasse. Damals ist er mit seiner Mutter hierhergezogen.«

»Nur mit seiner Mutter? Was war mit seinem Vater?«

»Verstorben, soweit ich weiß.«

Ich kaue auf meiner Unterlippe herum und sehe kurz aus dem Fenster. Draußen hat es angefangen zu regnen und Wasser tropft von der Regenrinne. Dann ist Matt also auch ohne Vater aufgewachsen, genau wie ich. Obwohl ich zumindest Jack an meiner Seite hatte.

Ich sehe wieder zu Charlie, der mir Zeit gelassen hat, die Information zu verdauen. Er nippt an seinem Cappuccino und strahlt absolute Ruhe aus.

»Weißt du, woher er von mir wusste? Und seit wann?«

»Nein.« Charlies Lächeln verschwindet. »Ich hatte keine Ahnung.«

»Aber ... die Art, wie du mich begrüßt hast. Ich dachte, du hättest vielleicht schon früher von mir gewusst.«

»Seit seinem Tod«, sagt Charlie. »Er hat mir einen Brief geschrieben und mir gesagt, dass er dir sein Café vermacht hat.«

»Mehr stand dort nicht?«

»Leider nein. Ich wünschte, ich könnte dir mehr sagen, aber unsere Freundschaft war speziell. Matt hat nicht viel geredet, nicht wenn es um Persönliches ging.«

»Was habt ihr dann gemacht, wenn ihr zusammen wart?«

»Musik gehört, Bierchen getrunken, ein bisschen mit Frauen geflirtet. Manchmal haben wir auch gewerkelt.«

»Gewerkelt?«

»Matt war leidenschaftlicher Schreiner, allerdings ungelernt, sodass er diesen Beruf nicht ausgeübt hat. Das Café gehörte früher seiner Mutter und als sie viel zu früh verstorben ist, hat er es, ohne zu murren übernommen und das Beste daraus gemacht. Aber seine Leidenschaft waren die Holzmöbel.«

Mir kommen die massiven Eichenmöbel im Apartment in den Sinn. »Hat er die Möbel hier und oben in der Wohnung selbst gemacht?«

»Oh ja. Alle.«

Unwillkürlich schäme ich mich dafür, dass ich sie für zu dunkel und massiv gehalten habe. Plötzlich sehe ich sie in einem anderen Licht, es gefällt mir, dass ich in der Wohnung so von ihm umgeben werde. Von seiner Kreativität, seiner Leidenschaft.

»Hast du Fotos von ihm?«, frage ich.

»Nur ein paar. Ich bringe sie dir die Tage vorbei, wenn du möchtest.«

»Das würde mich sehr freuen.«

»Ich sag dir alles, was ich weiß. Aber ich fürchte, Matt war ein Brief mit sieben Siegeln, den kriegt man nicht so schnell zu durchschauen.« Er tätschelt gedankenverloren meine Hand. »Aber ich freue mich, dass du seinem Ruf gefolgt bist und das hier durchziehst. Wie du schon gemerkt hast, hat man es hier als Neue nicht immer so leicht, aber ich bin sicher, dass sie sich an dich gewöhnen und lernen werden, dir zu vertrauen. Die Leute in Seagulls brauchen nur immer eine Weile.«

»Dabei sollte man doch meinen, dass man in einem Touristenörtchen wie diesem offener ist.«

»Ja, das sollte man meinen.« Charlie schmunzelt. »Aber vergiss nicht, dass Touristen wieder gehen. Fremde hingegen, die hier einen Laden übernehmen? Das passiert selten, eigentlich nie. Die meisten Geschäfte sind seit Jahrzehnten in Familienbesitz. Nun ja, streng genommen ist es hier nicht anders, oder? Matt hat das Café von seiner Mutter geerbt und hat es dann an dich weitergereicht. Es bleibt in der Familie. Nur hätte eben niemand gedacht, dass der eigensinnige, störrische Matt eine Familie hatte.«

»War denn da nie jemand an seiner Seite? Eine Frau?«

»Oh doch. Natürlich. Aber in den letzten Jahren waren da nur noch Abenteuer. Keine Liebe.«

Ich blicke auf den Tisch, meine Augen fixieren ein Staubkorn, das irgendwie unseren Putzmarathon überlebt hat. »Wusstest du es?«, frage ich leise. »Wusstest du, dass er krank war?«

»Ja. Wir alle wussten es.« Charlie wird blass bei seinen Worten. Er trauert noch um seinen Freund, es ist offensichtlich.

»Dann wusste er sehr lange davon, oder?«, mache ich meinen Gedanken Luft. »Er hätte genug Zeit gehabt, um Kontakt mit mir aufzunehmen. Aber das hat er nicht. Erst, als es zu spät war.«

»Versuch nicht, es zu verstehen. Ich weiß auch nicht, wieso er sich so entschieden hat. Aber Matt war klug, er hätte es nicht leichtfertig getan.«

Ich möchte wirklich glauben, dass es so ist. Aber wenn ich an seiner Stelle gewesen wäre, hätte mich *nichts* davon abhalten können, meine Tochter kennenzulernen. Er hätte mir alles persönlich sagen sollen, anstatt Anwaltsschreiben vorzuschicken. Wir hätten uns noch kennenlernen können. Aber er hat sich dagegen entschieden und ich habe keine Chance mehr, herauszufinden, wieso das so ist.

Kapitel 5

Die nächsten zwei Tage laufen so schleppend, dass ich Lydia wieder nach Hause schicke und den Laden allein schmeiße. Letztendlich kommen nur Miranda und Charlie in mein Café und auch er trinkt nur einen Kaffee, sagt mir, dass die Fotos, die er versprochen hatte, noch kommen werden, und geht dann wieder. Es ist ermüdend. Am Ende dieser zwei Tage bin ich so erschlagen vom Nichtstun und Auf-die-Tür-starren, dass ich mich auf mein Bett schmeiße und dabei prompt mein Glas Orangensaft auf der Bettwäsche verschütte. Fluchend ziehe ich alles ab und starre auf die nackte Matratze, als mein Handy klingelt.

»Hey, Mum«, sage ich genervt. Ein Anruf von ihr hat mir gerade noch gefehlt.

»Hey, Mum? Ist dir klar, dass ich den ganzen Tag versucht habe, dich zu erreichen?«

»Ich habe gearbeitet.« Löcher in die Luft gestarrt, denke ich, sage es aber nicht laut.

»Das ist kein Grund, mich zu ignorieren.«

»Entschuldigung«, murre ich. »Also, was gibt's denn so Dringendes?«

»Ich wollte nur wissen, wann du gedenkst, nach Hause zu kommen.«

»Nicht schon wieder die Tour.«

»Du hattest eine Woche. Ich finde, das reicht. Langsam musst du einsehen, dass das eine dumme Idee war.«

Leider trifft sie damit genau ins Schwarze. Sie hat von vornherein gesagt, dass ich es nicht schaffe, ein Café zu leiten und diese hässliche Stimme in meinem Kopf, die sehr nach der fiesen Stimme von Adam klingt, flüstert mir ins Ohr, dass sie recht hatte. Wieso sonst kommt niemand?

»Nein«, sage ich entgegen meinen Zweifeln. »Ich ziehe das durch.«

»Riley«, stöhnt meine Mutter. Vor meinem inneren Auge sehe ich ihre Stressader förmlich pulsieren.

»Willst du sonst noch etwas, außer mir Zweifel einzureden?«, frage ich bissig. »Denn darauf kann ich getrost verzichten.«

»Du bist meine Tochter, ich mache mir doch nur Sorgen.«

»Das brauchst du nicht. Ich bin erwachsen.«

»Nicht so erwachsen, wie du denkst.« Ihre Worte sind der Tropfen, der das Fass zum Überlaufen bringt.

»Okay, ich muss jetzt Schluss machen«, sage ich. Ich kann ihre Worte gerade einfach nicht hören. Nicht, wo mich mein schlechtes Gefühl wegen des Cafés ohnehin schon so herunterzieht. Sie macht alles nur noch schlimmer.

»Wage es nicht, einfach aufzulegen«, schimpft meine Mutter.

Und da mache ich es. Ich lege einfach auf und schmeiße das Handy auf die Matratze, wo es sofort wieder zu klingeln beginnt.

»Lass mich in Ruhe«, sage ich zu dem Handy und funkle es böse an, als könnte ich ihm damit befehlen, mit dem Klingeln aufzuhören. Aber meine Mutter kann man nicht so leicht abschütteln. Nach dem dritten Klingeln verlasse ich das Apartment und lasse alles hinter mir: Das Handy, meine Mutter und die Zweifel, die sie gesät hat. Die Wut in meinem Bauch schäumt. Meine Mutter und ich hatten schon immer ein spezielles Verhältnis, aber seit der Testamentsverlesung kann ich einfach nicht anders als wütend auf sie zu sein. Sie will daran festhalten, dass Matthew nichts von mir wusste? Dass sie ihm nie gesagt hat, dass sie schwanger war? Woher wusste er dann von mir? Wie kam er sonst darauf, mir sein Café zu hinterlassen? Und wieso lügt sie mich an? Das passt doch alles nicht zusammen.

Ich stapfe zum Meer. Erst bin ich so in Gedanken, dass ich die enge Gasse, die zum Strandabschnitt führt, nicht finde, doch dann sehe ich den Zugang. Es dämmert bereits, als ich endlich das Meer sehe. Niemand außer mir ist hier. Ich ziehe die Ärmel meines Sweatshirts länger, um meine Finger vor dem Wind zu schützen. Obwohl ich friere, setze ich mich in den Sand und sehe hinaus aufs Wasser. Um mich herum ist Stille, ich höre nur die Möwen und die Wellen.

Unwillkürlich schreie ich. Ein Schrei voller Frustration und Wut – auf meine Mutter, meinen Vater und alles, was dazwischen liegt.

»Schlechter Tag?«

Ich drehe mich erschrocken nach der Stimme um.

Sebastian taucht hinter mir auf, in der Hand eine Flasche Rotwein und ein Weinglas, sein Gitarrenkoffer auf dem Rücken. »Entschuldige, ich wollte dich nicht erschrecken.«

»Verfolgst du mich etwa?«, frage ich schlecht gelaunt.

»Klar, ich bin ein Stalker. Deswegen habe ich mich auch angekündigt und dir gezeigt, dass ich hier bin.« Er lacht auf. »Keine Angst. Ich wohne nur ein paar Häuser weiter. Und ich verbringe meine Abende gerne hier am Strand, wenn alles ruhig ist.«

»Und jetzt zerstöre ich diese Ruhe«, sage ich entschuldigend.

»Nicht schlimm.« Er lässt sich neben mich in den Sand fallen. »Es sei denn du hast vor, noch weiter hier rumzuschreien. Das wäre schon etwas nervig.«

»Tut mir leid. Es ist nur alles etwas viel.«

»Was genau?«

»Alles. Die Familie. Das Café.«

»Wein?«, fragt er und hält demonstrativ die Flasche in die Höhe. »Ich kann noch ein Glas holen.«

»Ehrlich gesagt, hört sich das sehr verlockend an.«

»Okay.« Er drückt mir Glas und Flasche in die Hand. »Warte hier.«

Nur ein paar Minuten später kommt er zurück, in der Hand ein zweites Weinglas und eine Jacke, die er mir um meine Schultern legt. »Du solltest den Wind hier nicht unterschätzen«, sagt er sanft und setzt sich wieder neben mich.

»Danke.« Unwillkürlich ziehe ich die Jacke etwas enger an mich, ein sanfter Duft nach Kaminholz umhüllt mich augenblicklich. Kaminholz mit einer leicht herben Note.

Sebastian reicht mir eins der gefüllten Gläser und prostet mir zu. Ich nehme einen Schluck und entspanne mich sofort. Generell trinke ich lieber Weiß- als Rotwein, aber allein der süß-herbe Geschmack hebt meine Laune.

»Also, was gibt's für Probleme?«

»Da fragst du noch? Du hast doch gesehen, wie Adam und die anderen auf meine Anwesenheit reagiert haben. Heute waren nur zwei Gäste bei mir. Wenn das so weiter geht, bin ich in ein paar Wochen pleite und habe damit alles mit den Füßen getreten, was mein Vater und meine Oma aufgebaut haben.«

»Hast du nicht. Immerhin bist du hier und versuchst es, oder?«

Ich starre missmutig in den Sand. »Nicht gerade erfolgreich.«

»Du bist doch auch erst eine Woche hier. Wieso gibst du so schnell auf?«

»Ich hatte noch nie ein sonderlich gutes Durchhaltevermögen.« Ich seufze. »Mein Vater hat sich gewünscht, dass ich es mache. Und es fühlt sich falsch an, diesen Wunsch nicht zu respektieren. Aber ich kenne ihn im Grunde genommen ja gar nicht, also bin ich ihm auch keine Rechenschaft schuldig, oder?«

»Ich vermute nicht.«

»Ich hatte mich auch wirklich darauf gefreut, hierher zu fahren, aber es ist anders, als ich dachte. Ehrlich gesagt, habe ich nicht mal viel darüber nachgedacht. Ich bin einfach meinem Bauchgefühl gefolgt.«

»Und das sagt dir jetzt, dass es die falsche Entscheidung war?«

»Nein«, erwidere ich sofort. »Ich bereue es nicht. Es ist noch nicht viel, was ich über Matt herausfinden konnte, aber es ist weit mehr, als ich noch vor einer Woche wusste. Ich bekomme ein Gefühl für ihn als Person. Und das habe ich mir immer gewünscht. Das ist der Grund, wieso ich hier bin.«

»Dann geht es dir also eigentlich darum, deinen Vater kennenzulernen. Nicht um das Café.« Er fährt sich mit der Hand durch seinen Drei-Tage-Bart. »Du könntest noch eine Weile hierbleiben, ohne das Café zu leiten. Niemand zwingt dich, es zu führen.«

»Da hast du recht. Aber Matt hat es sich gewünscht. Und das kann ich irgendwie nicht ignorieren.« Ich sehe in mein Weinglas und denke an meine Mutter. Sofort ist die Wut wieder da. »Außerdem nervt es meine Mutter, dass ich hier bin und es versuche, also ist das ein großer Pluspunkt für das Café.«

»Du solltest es weiter versuchen«, sagt Sebastian. »Wenn es dir nicht gefällt, kannst du es immer noch verkaufen. Lass dir einfach Zeit. Probiere es weiter aus, bis du genau weißt, was du tun willst.«

»Ja«, sage ich nachdenklich. »Ich habe es mir nur viel einfacher vorgestellt. Ich dachte, der Laden würde von selbst laufen. Ganz schön naiv.«

»Die Leute werden schon noch kommen. Da bin ich mir sicher.«

Ich nicke stumm, meinen Blick in die Ferne gerichtet. Ich bin hier, ich bin in Seagulls, und mit jedem Tag, den ich durchhalte, bekomme ich ein Stück Verbindung zu meinem Vater. Es sollte Grund genug sein, um durchzuhalten. Genug Grund, um mich nicht verunsichern zu lassen, nur weil die Bewohner hier mich nicht mit einem roten Teppich empfangen haben. Ich habe Lydia, Charlie, Sebastian und Miranda auf meiner Seite. Vier Leute, darunter der beste Freund meines Vaters, der für mich Fotos heraussucht und mich empfängt, wie eine verlorene Tochter. Wieso also lasse ich mich dann von Adam oder meiner Mutter derart negativ beeinflussen?

Eine Weile sitzen wir einfach im Sand, trinken unseren Wein und lauschen den Wellen. Irgendwann holt Sebastian seine Gitarre heraus und spielt darauf. Sanfte Melodien, Lieder, die ich nicht kenne, die aber meine Zweifel langsam verebben lassen. Sebastian beginnt leise zu singen, während der Wind mir ums Gesicht jagt. Er wird stärker, also ziehe ich seine Jacke noch ein wenig enger und grabe meine Nase in den gefütterten Cord. Ich gieße mir Wein nach, während der Abend den Strand in Dunkelheit hüllt. Die einzigen Lichtquellen sind der Mond und eine kleine Laterne am Weg. Genug, um Sebastians Silhouette zu sehen.

Seine Stimme ist brüchig und dunkel, emotional und tief und sie umarmt meine Seele. Ich spüre die Intensität seiner gesungenen Wörter, die von Liebe und Einsamkeit erzählen, und fühle jedes davon in meinem Herzen. Und mit jedem Wort spüre ich auch die Leidenschaft, die Sebastian für die Musik empfindet. Sie berührt mich, gibt mir Kraft, aber auch den Wunsch, ebenfalls eine solche Leidenschaft zu empfinden. Für irgendetwas, irgendwen.

»Das klingt schön«, seufze ich.

Sebastian lächelt sanft. »Danke.«

Ich nicke und bereue es sofort, denn in meinem Kopf ist weiche Watte, die endlich meine Gedanken verschluckt hat. »Ich glaube, das war zu viel Alkohol. Den habe ich noch nie sonderlich gut vertragen.« Das Wort *sonderlich* kommt erstaunlich schwer über meine Lippen.

»Und das sagst du mir erst jetzt?«, fragt er belustigt.

»Hast mich ja nicht gefragt«, sage ich. »Aber es hat mir sehr geholfen. Das mit dem Wein.« Ich stehe auf, die

Welt schwankt ein wenig, das Meer vor meinen Augen droht zu kippen. Trotzdem beginne ich umherzugehen. »Du hast recht«, sage ich. »Du hast absolut recht.«

»Und womit?«

»Mit dem, was du eben gesagt hast. Ich bekomme das hier alles hin. Ich muss nur noch etwas durchhalten.«

Sebastian nickt, dann sieht er mir zu, wie ich immer wieder ins Wanken gerate.

»Na komm«, sagt er und steht ebenfalls auf. »Ich denke, ich sollte dich nach Hause bringen.«

»Aber es ist doch nicht weit. Ich schaffe das allein.«

»Ich bringe dich trotzdem.« Sebastian schultert seinen Gitarrenkoffer, schnappt sich die Weingläser und Weinflasche mit der einen Hand und hakt sich dann mit seinem freien Arm bei mir unter. Auch wenn ich in der Lage wäre, selbständig zu gehen, ist seine Wärme so wohltuend, dass ich die Worte nicht ausspreche.

»Ich hätte weniger trinken sollen«, sage ich. »Oder mehr Essen.«

»Hast du denn heute vernünftig gegessen?«

»Ich fürchte nicht.«

Sebastians Duft steigt mir in die Nase uns lässt mich unkontrolliert lächeln, aber zum Glück ist es so dunkel, dass Sebastian es sicher nicht sieht. Oder auf den Alkohol schiebt. Wir gehen um die Ecke und landen bereits vor dem Laden. »Ich habe doch gesagt, es ist nicht weit.«

»Ich weiß. Aber so kann ich sichergehen, dass bei dir alles in Ordnung ist.«

»Danke. Das alles ist wirklich nett von dir«, erwidere ich und schwanke ein wenig.

Sebastian schmunzelt. »Dank mir lieber erst morgen, wenn du verkatert bist.«

Ich krame meinen Schlüssel hervor, winke Sebastian zu und gehe dann ins Apartment.

»Schlaf gut, Riley«, höre ich ihn noch sagen, ehe ich die Treppe hinaufstolpere.

Ich mache mir nicht die Mühe mir die Zähne zu putzen, das Licht auszuknipsen oder das Handy von meinem Bett zu räumen. Ich lasse mich einfach darauf fallen, drücke meinen Kopf ins Kissen und schlafe sofort ein.

Am nächsten Morgen habe ich das Gefühl, ein Presslufthammer würde mich wecken. Stattdessen sind es einfach nur hämmernde Kopfschmerzen zwischen Stirn und rechter Schläfe.

»Au«, murmle ich und richte mich auf. Meine Haare kleben mir an meiner verschwitzten Stirn. Völlig neben der Spur sehe ich mich um. Sonnenlicht flutet das Apartment. Ich wanke zur Küche, um mir am Hahn etwas Wasser abzuzapfen und diesen pelzigen Geschmack aus meinem Mund zu verbannen.

Was habe ich mir nur dabei gedacht, Wein zu trinken, ohne vorher etwas zu essen?

Mein Blick fällt zur hellbraunen Jacke, die Sebastian mir um die Schultern gelegt hat. Sie hängt über einer Stuhllehne. Ich gehe darauf zu, lasse den Cordstoff durch meine Hände gleiten und schnuppere – suche nach der Duftnote, die mich an Kaminholz erinnert hat. Es war wirklich nett von ihm, sich meine Sorgen anzuhören und mir seine Jacke zu geben.

Lächelnd steige ich unter die Dusche, um mich irgendwie wieder wie ein lebendiger Mensch zu fühlen und weniger wie einer der Zombies aus *The Walking*

Dead. Die Dusche braucht ewig, um die richtige Temperatur einzustellen, aber dann ist es wohltuend, mir das warme Wasser über Gesicht und Nacken laufen zu lassen.

Mit tropfenden Haaren schleiche ich zurück ins Wohnzimmer und sehe auf das Bett, in dem ich geschlafen habe. Ohne Bettwäsche. Sofort durchfährt mich ein Schauer, bei der Vorstellung, dass ich mein Gesicht in das alte Kissen gedrückt habe. Ich öffne den dunklen Schrank zu meiner Rechten und finde Bettwäsche, die halbwegs frisch riecht.

Trotz meiner Kopfschmerzen entscheide ich, das sofort zu erledigen, bevor ich noch eine Nacht Bekanntschaft mit Milben aufnehme und beginne, Kopfkissen und Decke vom Bett zu räumen. Ich hebe die Matratze an, um das Bettlacken darum zu spannen … und erstarre.

Dort unten, direkt am Kopfende liegt etwas unter der Matratze, aber ich kann es nicht genau sehen. Seit wann liegt es dort? Als ich das erste Mal das Bett überzogen habe, war es noch nicht da, oder habe ich es nicht gesehen?

Mit all der Kraft, die ich nach dem Wein aufbringen kann, schiebe ich die Matratze zur Seite und blicke auf ein in Leder gebundenes Album, das mit einer Paketschnur wie ein Geschenk zusammengeschnürt daliegt. Darauf liegt ein weißer Briefumschlag, mit meinem Namen drauf.

Sekundenlang – vielleicht sogar mehrere Minuten – starre ich auf meinen Namen, der eindeutig in derselben verschnörkelten Handschrift geschrieben ist, wie der erste, viel zu kurze Brief, der mir bei der Testamentsverlesung gegeben wurde. Mein Magen zieht sich zusammen, während ich mit zitternden Fingern nach dem Album greife. Das cognacfarbene Leder fühlt sich hochwertig an.

Die Bettwäsche ist vergessen. Ich sacke einfach mit dem geschnürten Paket auf den Dielenboden. Mein Herz drängt sich gegen meine Brust, voller Erwartungen, aber auch mit einem Funken Angst. Was, wenn dieser Brief die Antwort auf all meine Fragen ist? Was, wenn mir die Antworten nicht gefallen?

Letztendlich weiß ich, dass ich es nur herausfinde, wenn ich diesen Brief öffne. Ich löse die Schleife des Paketbands, unsicher ob ich erst das Album oder erst den Brief inspizieren soll.

Da der Brief mir mehr Angst macht, entscheide ich mich für das Album. Langsam, als wäre es ein Schatz, der jederzeit in meiner Hand zerbröseln könnte, öffne ich den Schutzumschlag.

Matt 1997 – 2020

1997. Mein Geburtsjahr.

Ich blättere um und sehe Fotos.

Diesmal erkenne ich meinen Vater sofort, selbst auf Bildern, auf denen er jünger aussieht. Ich sehe sie an und spüre Verbundenheit. Jetzt, wo ich sein Lächeln von Nahem betrachten kann, sehe ich die Parallelen zu meinem, denn auch er hat etwas zu spitze Eckzähne wie ein Vampir. Und er hatte früher meine Haarfarbe, nicht dieses Grau, das er auf den neueren Fotos hat. Vielleicht gleicht mein Braun eher einer Kastanie, mit einem Rotstich, den ich bei ihm nicht sehen kann. Und doch ist es unverkennbar, dass meine Haarfarbe von ihm kommt. Nicht von der Seite meiner Mutter, wo alle blonde Haare haben. Immer habe ich mich deswegen komisch gefühlt. Als wäre ich das einzig schwarze Schaf, in einer weißen Herde. Aber jetzt ergibt alles einen Sinn. Jetzt finde ich es plötzlich gut, dass ich etwas von meinem Vater mit mir trage – unverkennbar auf meinem Kopf. Für alle ersichtlich.

Tränen sammeln sich in meinen Augen. Mein Vater. Immer wieder echoen diese zwei Worte in meinem Kopf. Es fühlt sich noch so unwirklich an und doch ist es real. Plötzlich hat er ein Gesicht und einen Namen. Eine Identität. Und gibt mir damit auch ein Stück davon.

»Wieso hast du nicht nach mir gesucht?«, flüstere ich dem Bild zu. Ich wünschte, wir wären in der Welt von Harry Potter, wo Fotos sich bewegen und Portraits einem Antworten geben können.

Ich blättere mich noch weiter durch das Fotoalbum, aber schon bald sehe ich nichts mehr, weil meine Tränen mir den Blick verschleiern.

Behutsam lege ich das Album beiseite und nehme endlich den Brief in meine Hände. Ich muss wissen, was er mir zu sagen hat.

Hallo Sternchen,
Ja, ich weiß, dieser Spitzname wird dir komisch vorkommen, aber seit ich von dir erfahren habe, nenne ich dich insgeheim so. Oft habe ich am Strand gegessen, in den Sternenhimmel geguckt und mich gefragt, wie es dir wohl geht und was du so machst.

Es tut mir so leid, dass wir nie die Chance hatten, uns kennenzulernen. Es tut mir leid, dass ich nicht für dich da sein konnte. Jetzt ist es für mich zu spät, herauszufinden, was dein Lieblingsessen ist, oder ob du so stur bist, wie deine Mutter. Wenn ich eins in meinem Leben bereue, dann das. Ich wünschte, ich könnte die Zeit zurückdrehen, aber egal wie oft man diesen Wunsch ausspricht, so wird er nie in Erfüllung gehen. Ich bin alt, aber nicht weise. War ich noch nie, deswegen mache ich Fehler.

Es tut mir leid.

Aber du bist nun in Seagulls. Dass du diese Zeilen hier liest, ist der Beweis dafür. Für dich ist es nicht zu spät. Ich will, dass du mich kennst. Ich will, dass du weißt, dass ich nicht nur Fehler hatte, sondern auch ein guter Mensch war. Dass ich ein guter Vater geworden wäre. Ich will, dass du mich kennen und vielleicht sogar lieben lernst. Ich will dein Vater sein, Sternchen. Zumindest in deinem Herzen.

Ich würde mir sehr wünschen, dass du mein Café betreibst und darin ebenso einen Ort der Ruhe findest, wie ich. Aber das ist nicht der einzige Grund, wieso ich dich nach Seagulls geholt habe.

In dem Fotoalbum habe ich alle Orte festgehalten, die mir etwas bedeuten. Fahr hin, folge den Fotos und finde sechs weitere Briefe, die ich dir dort hinterlassen habe. Vielleicht verstehst du danach besser ... vielleicht geht mein Wunsch dann doch noch in Erfüllung.

Egal wo ich jetzt bin, ich werde es sicher sehen können. Ich hoffe es.

Lern mich kennen. Lern mein Zuhause und die Leute kennen – dem Ort, der mir so viel Kraft und Energie gegeben hat.

Danach kannst du entscheiden, ob du mich lieben oder hassen willst. Ich habe dich immer geliebt. Soviel steht fest.

Dein Matt.

Liebe und Hass kämpfen in meiner Brust. Aber ich spüre gleichzeitig auch die Magie. Das, was ich die ganze Zeit gesucht habe ... das, weswegen ich hier war. Da ist es. Das Gefühl, ihm wirklich nah zu sein, ein Gespür für ihn als Person zu bekommen. Es steckt in seinen Worten, in der Art, wie er sich ausgedrückt hat. Es steckt in dem T-Strich, den er genauso geschwungen hat, wie ich es immer tue.

Ich weiß nicht, ob mein Vater es verdient, dass ich ihn kennenlerne. Ich weiß nicht, ob Hass oder Liebe am Ende siegen wird. Aber ich weiß, dass ich diese Magie noch öfter spüren will. Ich will irgendwann wissen, wer er war, will seine Beweggründe verstehen. Ich will Antworten.

Zeile für Zeile gehe ich nochmal den Brief durch. Wieso veranstaltet er diese Schnitzeljagd, anstatt mir alle Informationen sofort zu geben? Es klingt verrückt, irgendwelche Orte auf Fotos zu suchen, um Briefe von ihm zu finden. Aber wie die Dinge zurzeit stehen, ist es meine einzige Chance, um meine Antworten zu bekommen.

Also treffe ich eine Entscheidung.

Ich entscheide mich, hier zu bleiben, weiter zu kämpfen, das Café zu betreiben und dieser Schnitzeljagd zu folgen. Ich entscheide mich für Seagulls und die Briefe.

Um danach festzulegen, ob ich meinen Vater liebe oder hasse ... und den Ort, den er sein Zuhause genannt hat.

Kapitel 6

Ich vergesse die Kopfschmerzen und die kurze Nacht und reiße in Windeseile alle Schränke auf. Ich krieche auf dem Boden, drehe jeden Bilderrahmen um, nur um dann festzustellen, dass nichts Anderes im Apartment versteckt ist. Ich weiß auch nicht, ob ich wirklich noch etwas erwartet habe. Eigentlich wollte ich nur sicher gehen, nicht noch etwas übersehen zu haben, denn es ärgert mich, dass ich dieses Album erst jetzt entdeckt habe, obwohl ich schon eine Woche Zeit hatte, die Briefe meines Vaters zu finden. Wer weiß, wie lange es her ist, dass er sie versteckt hat? Vielleicht wurden sie längst von Leuten gefunden, die damit nichts zu tun hatten. Oder sie wurden vom Wind fortgetragen. Ein besorgniserregender Gedanke, den ich aber kurz darauf wieder verdränge. Ich nehme das Album und sehe mir das erste Foto genau an. Es zeigt Matt vor dem Café. Sofort springe ich auf und eile die Treppe hinunter. Ich hätte das Café schon längst öffnen sollen, aber es ist ohnehin niemand hier, der darauf wartet, hereingelassen zu werden. Also suche ich auch hier alles ab, drehe Bilderrahmen um, suche hinter der Theke, im Vorratslager, sogar auf der Toilette. Aber ich finde nichts und im Grunde meines Herzens wusste ich, dass ich schon längst einen Brief gefunden hätte, wenn er hier gewesen wäre. Immerhin habe ich mit Lydia alles geputzt.

Mein Herzschlag beruhigt sich wieder, während ich mich auf einem der Stühle niederlasse. Ich versuche, alles, was in der letzten Stunde passiert ist, zu verdauen, aber es fällt mir schwer. Am liebsten würde ich sofort losziehen und diese Briefe finden, aber ich versuche, mich zu zügeln. Ich gehe wieder nach oben, hole das Fotoalbum und schließe dann das Café auf. Matt wollte das hier, also kann ich nicht alles stehen und liegen lassen, um auf seine Schnitzeljagd zu gehen. Schon gar nicht ohne einen Plan. Ich darf das Café nicht vernachlässigen, sonst habe ich nie eine Chance, das Vertrauen der Leute zu erlangen.

Ich nehme die Kuchenlieferung an und präsentiere sie in der dafür vorgesehenen Vitrine, dann verteile ich die Scones auf kleinen Tellern, die ich auf den Tischen verteile.

Erst danach setze ich mich an den Tresen und blättere durch das Album, um irgendeinen Ort zu finden, der mir bekannt vorkommt. Aber es gibt keinen. Die wenigen Ecken, die ich schon kennengelernt habe, sind hier nicht verewigt. Ich sehe ein Bild am Wasser, wo Matt mit einer Angelrute und einem gefangenen Fisch posiert, aber in meinen Augen könnte es jeder Strand auf der gottverdammten Erde sein. Es ist einfach nur heller Sand, ich sehe nichts, an dem ich mich orientieren könnte. Auf einem anderen Bild steht Matt vor einer verrammelten Hütte, die wunderbar zu einem Horrorfilm passen würde, wäre sie nicht so von der Sonne beschienen wie auf dem Bild. Ich sehe auch ein Foto mit einem Leuchtturm und setze diesen Ort ganz oben auf meine Liste. Online oder im Stadtverzeichnis sollten die Leuchttürme der Gegend hinterlegt sein.

Ich will diesem Gedanken gerade nachgehen als Sebastian mit einer älteren Frau hereinkommt. Den hellblauen Augen nach zu urteilen, seine Mutter.

»Hallo«, sage ich und lege das Album hinter den Tresen. Keinesfalls darf dieser Schatz in die falschen Hände geraten.

»Ein Tisch für zwei, bitte«, sagt Sebastian grinsend.

Mir ist klar, dass er nur hierhergekommen ist, weil ihm mein halber Nervenzusammenbruch gestern noch im Gedächtnis ist. Kurz überlege ich, ob mir meine kleine Alkoholeskapade peinlich sein soll, aber Sebastian wirkt entspannt, also entschließe ich mich dazu, es auch zu sein.

»Sucht euch was aus«, sage ich und zeige auf die leeren Tische.

Sie entscheiden sich für einen Platz direkt am Fenster und bestellen zwei Kaffee.

»Kommt sofort«, sage ich und eile zu der Kaffeemaschine. Ich drücke die Knöpfe und warte, aber wieder einmal rührt sich nichts.

»Nicht schon wieder«, murmle ich.

»Probleme?«, ruft Sebastian rüber.

»Ich stehe mit dieser Kaffeemaschine auf Kriegsfuß«, erkläre ich.

»Soll ich helfen?«

»Nein, nein. Ihr seid meine Gäste und als Gast hilft man nicht.«

Ich drücke wieder einen Knopf, dann ziehe ich an einem Hebel, von dem ich mir sicher bin, dass Lydia ihn auch schon mal betätigt hat. Aber entweder hat sie es anders gemacht als ich, oder das Schicksal hat etwas gegen mich, denn anstatt den Kaffee daraufhin in die

Tasse zu füllen, spritzt er mich an und bekleckert mich mit der heißen Brühe. Gerade noch rechtzeitig kann ich wegspringen, um wenigstens keine Verbrennungen zu erleiden.

Sebastian taucht neben mir auf. Unwillkürlich kommt mir sein Gesang in den Sinn, diese Leidenschaft und Kraft in seiner Stimme.

Er mustert meinen braunen Fleck auf der dunkelblauen Bluse. »Du schon wieder«, lacht er. »Immer wieder amüsant.«

»Hör auf mich auszulachen«, sage ich. »Dieses Teil ist einfach störrisch.«

»Ich hatte dir doch angeboten, dir zu helfen.«

»Du bist doch mein Gast ...«

»Riley«, flüstert er beinah. »Lass dir von mir helfen, okay?« Seine Stimme ist sanft, sein Blick liebevoll. Also nicke ich langsam.

»Danke«, sage ich leise. »Auch für gestern.«

»Nicht dafür.«

»Doch. Das hat echt gutgetan. Es war das, was ich gebraucht habe.«

»Jederzeit wieder.« Er lächelt schief. »Na komm, und jetzt lass mich mal an die Maschine.«

»Ich glaube nicht, dass du das hinbekommst. Das Ding ist verhext«, sage ich. Sebastian ignoriert meinen Kommentar, nimmt sich die Tasse, drückt einen Knopf und zieht an dem Hebel. Für mich sieht es genauso aus, wie die Bewegung, die ich gemacht habe. Ich gehe schon in Deckung, aber diesmal spuckt die Maschine nicht mit Kaffee um sich, sondern lässt ihn einfach in die Tasse gleiten.

»Das ist nicht fair«, sage ich. »Das Ding ist eindeutig sexistisch und hat was gegen Frauen.«

»Ich dachte, Lydia kann es auch bedienen.« Sebastian schmunzelt.

»Na gut, dann hat es eben etwas speziell gegen mich. So wie alle Leute hier.«

»Nicht alle.« Sebastian zeigt auf seine Mutter und sich.

Er nimmt die zweite Tasse und stellt sie unter die Maschine. »Guck, du musst hier drücken und dann ziehst du diesen Hebel in deine Richtung. Einmal kraftvoll.«

»Habe ich gemacht.«

»Scheinbar nicht«, erwidert er, während sich die Tasse erneut ohne Probleme füllt.

»Gut, dann versuche ich es beim nächsten Mal nochmal. Aber jetzt zurück auf deinen Platz, damit ich dir den Kaffee bringen kann.«

»Aber ich bin doch schon hier und könnte ihn mitnehmen.«

»Nichts da! Es war schon nicht richtig, dass du die Maschine selbst bedienen musstest, jetzt lass mich wenigstens eine halbwegs gute Cafébetreiberin sein und ihn dir bringen.«

Sebastian streckt seine Hände in die Höhe als wolle er sich ergeben. »Also gut. Ich gehe zurück. Und vergiss meinen Keks nicht. Die liebe ich.«

Ich gehe ins Lager und nehme vier Kekse heraus, damit Sebastian als Dankeschön die doppelte Menge bekommt. Dann lege ich sie auf die Untertassen.

»Bitte schön, einmal männlich gekochter Kaffee mit doppelten Keksen.«

»So wie ich ihn mag«, scherzt Sebastian. »Das ist übrigens meine Mutter, Grace.«

»Ich bin Riley. Freut mich Sie kennenzulernen. Wohnen Sie auch hier in Seagulls?«

»Oh nein, ich bin vor vielen Jahren hier weggezogen.«

»Hat es Ihnen nicht gefallen?«

Sie verzieht den Mund. »Schmerzvolle Trennung. Der Ort ist einfach zu klein, um sich aus dem Weg zu gehen, also bin ich gegangen. Aber ich bin ganz in der Nähe, nur ungefähr fünfzehn Autominuten entfernt.«

»Und du bist hiergeblieben, Sebastian?« Ich hätte ihn so eingeschätzt, dass er mitgegangen wäre.

Sebastian nickt lediglich, ohne mir die Gründe dafür zu verraten. Vermutlich ist es zu persönlich.

»Aber wir sehen uns so oft es geht«, fährt seine Mutter fort. »Wir treffen uns regelmäßig zum Frühstücken oder Kaffeetrinken. So wie heute.«

»Schön, dass ihr euch für mein Café entschieden habt«, sage ich ehrlich. »Danke.«

»Du musst dich nicht ständig bedanken«, sagt Sebastian.

»Okay.« Ich lächle unsicher. So viel Hilfe bin ich nicht gewöhnt, und ich weiß nicht, wie ich damit umgehen soll. »Dann genießt euren Kaffee.«

Die beiden prosten sich zu, während ich mich wieder hinter den Tresen pflanze, um die Leuchttürme zu recherchieren. Schnell merke ich, dass es hier viel mehr von den Dingern gibt, als ich dachte. Allein auf Google finde ich drei Stück in direkter Nähe, davon sind zwei weiß, genau wie der auf dem Foto. Der eine ist nur ein paar Meilen entfernt, also beschließe ich, direkt heute

Abend dorthin zu fahren und keine weitere Zeit mehr
zu verlieren.

Mein VW Beetle tuckert durch die Walachei, während ich längst auf einer Straße bin, die mein Navi
nicht kennt. Trotzdem sehe ich den Leuchtturm in der
Ferne und hoffe, dass mich die kleine kurvige Landstraße direkt dorthin führt. Er ist mein Orientierungspunkt, ein kleiner Fleck der Hoffnung. Bei dem Gedanken, dass dort vielleicht ein weiterer Brief von meinem
Vater auf mich wartet, wird mir ganz schlecht vor Aufregung.

Der Motor jault auf, während ich einen kleinen Hügel
hinauffahre. Verdammte Berge. So etwas gibt es in London nicht.

Und dann sehe ich ihn deutlicher. Der Leuchtturm
ragt vor mir in den Himmel. Das Licht ist wegen der
eingesetzten Dämmerung bereits eingeschaltet. Ich
parke direkt vor der weißen Fassade. Erst in diesem
Moment schießt mir durch den Kopf, dass er vielleicht
gar nicht geöffnet hat und ich so vielleicht nicht an den
Brief komme. Ich hätte nicht so spät hierhinfahren sollen. Aber als ich aussteige und auf den Turm zugehe,
sehe ich sofort das geöffnete Tor und husche hindurch.
Ich sehe mich im Innenhof um. Wo könnte Matt den
Brief versteckt haben? Hoch oben im Turm? Aber es
muss ein Ort sein, der für mich erreichbar ist, immerhin wusste er, dass es mir nicht möglich sein würde,
dort hinauf zu gehen. Das Schild, das an der Tür des
Turms hängt, lässt keinen Spielraum für Interpretationen.

Punkt.

Ich nehme das Album heraus, dass ich vor der Abfahrt in meinen Rucksack gesteckt habe und sehe mir nochmal das Foto an. Er steht gar nicht im Innenhof, sondern außen vor dem Turm. Ich gehe wieder hinaus und beginne ihn abzusuchen. Was ich genau suche, weiß ich nicht. Einen losen Stein als Geheimversteck, wie in Filmen? Einen Pfeil auf dem steht: Brief, bitte hier entlang? Wenn er so direkt an der Außenfassade kleben würde, hätten ihn doch schon längst Leute gefunden und er wäre nicht vor Regen geschützt gewesen. Trotzdem suche ich weiter. Jeden Teil der Leuchtturmfassade und der Mauer suche ich ab, zumindest in der Höhe, die für mich erreichbar ist.

Am Ende finde ich nichts. Frustriert lasse ich meine Schultern hängen.

Entweder, war der Brief nie hier oder ich suchte nicht gut genug ... oder jemand hat ihn vor mir gefunden. Letzteres ist ein furchtbarer Gedanke, aber ich kann ihn nicht vollständig verdrängen. Matt ist seit drei Monaten tot. Wer weiß, wie lange im Vorfeld er diese Aktion hier geplant hat? Er wusste doch nicht, wann genau er sterben würde, also musste er dafür sorgen, dass die Briefe vorher versteckt sind.

Ich entschließe mich dazu, diesen Leuchtturm abzuhaken. Hier finde ich nichts mehr. Nur leider habe ich keine Zeit mehr, um noch zu dem anderen zu fahren, da die Dunkelheit es mir unmöglich machen würde, den Brief zu finden. Ich hasse es zu warten, aber eine andere Möglichkeit habe ich nicht. Ich wünschte nur,

meine Zeit wäre wegen der Arbeit im Café nicht so be-
grenzt.

Kapitel 7

Der zweite Leuchtturm liegt genau in der entgegengesetzten Richtung von Seagulls und so zwänge ich mich am nächsten Tag durch die engen Gassen, bis ich endlich auf einer breiten Landstraße fahren kann. Lydia passt auf das Café auf, während ich weg bin, und ich habe das Gefühl, kurz durchatmen zu können. Während Schafsherden an mir vorüberziehen, mir der Wind durch das offene Fenster ins Gesicht weht und mit meinen Haaren spielt, fühle ich mich regelrecht frei. Für den Moment gibt es keine Probleme mit dem Café und keine mit meiner Mutter, sondern nur mich, meinen geliebten VW Beetle und den Auftrag meines Vaters. Irgendwann kurble ich sogar noch weiter das Fenster herunter, drehe die Musik, die aus dem Radio dringt, auf und singe mit.

Diesmal ist der Leuchtturm nur zu Fuß erreichbar, also halte ich auf einem staubigen Parkplatz und folge den kleinen Holzschildern rauf auf einen Hang, an dessen Ende der Turm auf mich warten soll. Die Bäume sind so dicht, dass ich ihn noch nicht entdecke, aber die Schilder geben mir Orientierung. Bis ich endlich den letzten Anstieg schaffe und oben auf dem Berg ankomme. Der Leuchtturm ragt über das Meer hinaus, friedvoll und gigantisch. Er wirkt um einiges höher, als der erste und ist schlanker gebaut. Ich gucke auf das Foto, aber aus dem Winkel, aus dem es aufgenommen wurde, ist es unmöglich, darüber zu urteilen, ob diese schlanke Statur nun erkennbar ist oder nicht. Also beginne ich erneut, alles abzusuchen. Erst an der Mauer, dann im Innern. Diesmal ist der Leuchtturm begehbar und ich zahle zwei Pfund an eine Frau im Kassenhäuschen, um hinaufzugelangen. Die Aussicht auf den Ärmelkanal ist atemberaubend. Noch nie war ich so weit oben, von hier aus sieht das Meer dunkelblau aus, weit und tief.

Ich sehe mich um, taste alles ab, aber auch hier finde ich keinen Brief. Als ich die gedrehte Treppe wieder hinabsteige, ergreife ich die einzige Chance, die mir noch in den Sinn kommt.

»Entschuldigen Sie«, spreche ich die Frau am Kassenhäuschen an. Sie ist schon etwas älter, grauhaarig und trägt eine klitzekleine Lesebrille auf ihrer spitzen Nase.

»Was kann ich für dich tun, Liebes?«

»Haben Sie zufällig einen Brief gefunden?«

»Einen Brief?«

»Ja, war hier zufällig einer versteckt?«

»Aber nein. Wieso sollte hier ein Brief versteckt sein?« Sie mustert mich. »Ist es ein Liebesrief, den du suchst?«

»Ach, schon gut«, murmle ich, weil ich keine Lust habe, ihr mein Briefproblem zu erklären. »Vermutlich bin ich einfach am falschen Ort.«

Die Frau sieht verwirrt aus als ich mich von ihr verabschiede. Damit ist das Foto mit dem Leuchtturm eine Niete. Dabei war es meine einzige Spur, der einzige Ort, den ich sofort finden konnte.

Noch im Auto sitzend, blättere ich erneut das Album durch: die verrammelte Hütte, ein Strandabschnitt, das Café, der Leuchtturm, eine Höhle, ein See an dem Matt angelt, ein Foto auf einem Motorrad, mehrere Bilder, die scheinbar an einem Bootssteg entstanden sind und Bilder von einem Hochsitz. Dutzende Fotos, und keins davon sagt mir etwas. Wie hat mein Vater sich das vorgestellt? Wie soll ich nur diese Orte finden? Diese Höhle könnte überall sein ... überall und nirgendwo.

Mir bleibt nichts anderes übrig, als zurück ins Café zu fahren. Auch wenn es ein frustrierender Gedanke ist.

Lydia sitzt mit Charlie an einem der Tische und spielt Karten. Ansonsten ist das Café leer.

»Da bist du ja schon wieder«, begrüßt sie mich. »Hast du erledigt, was du zu erledigen hattest?«

»Ja, danke dass du eingesprungen bist.«

»Kein Problem«, sagt sie. »Charlie hat mit mir die Stellung gehalten.«

»Sonst war keiner da?«

»Leider nicht.«

Ich ziehe die Schultern ein. »Schon klar«, sage ich. Die Frustration wächst und wächst.

Ich ziehe mir einen Stuhl heran und setze mich zu den beiden an den Tisch.

»Sag mal, kennt ihr beiden eine Höhle?«

Lydia sieht von ihren Karten auf. »Was für eine Höhle? Eine Tropfsteinhöhle? Oder eine richtige, die in Felsen eingelassen ist? Eine Schmugglerhöhle?«

»Ähm ... keine Ahnung. Eine richtige, denke ich. Habt ihr denn sowas hier?«

»Ja sicher, gleich mehrere«, sagt Lydia. »Es gibt eine Schmugglerhöhle, in der früher die krummen Geschäfte abgewickelt wurden. Und an ein paar Stränden haben wir noch ein paar Höhlen, allerdings sind die eher klein und manche davon riechen etwas streng.«

»Wo sind die?«, frage ich aufgeregt.

»Ganz in der Nähe.«

»Wirklich? Meinst du, du könntest sie mir zeigen?«

»Wieso interessiert es dich so?«

»Ich fand Höhlen schon immer faszinierend«, lüge ich. Irgendwie bin ich noch nicht bereit, das Geheimnis meines Vaters zu offenbaren. Er hat die Schnitzeljagd für mich gemacht, für niemanden sonst.

»Sollen wir morgen hinfahren? Wir können uns einen schönen Tag am Meer machen.«

Der Gedanke gefällt mir sehr. Einfach mal rausfahren und das schöne Wetter genießen, etwas entspannen. Wenn dieser Laden nicht wäre. »Aber was ist mit dem Café?«, frage ich.

»Du musst dir auch mal eine Pause gönnen. Matt hatte montags immer geschlossen, vielleicht solltest du das übernehmen.«

»Matt konnte es sich sicher auch leisten, einen Tag zu schließen«, murre ich. Immerhin hatte er Gäste. Trotzdem stimme ich zu. Ich muss einfach diese Briefe finden, und allein und im Dunkeln werde ich die Höhlen nicht finden können.

»Gut, dann morgen um zehn?«

»Klingt gut.«

Charlie sieht verträumt auf seine Karten. »Die Schmugglerhöhle war immer meine liebste. Als Kind habe ich darin gespielt und mich wie ein richtiger Abenteurer gefühlt.«

»Warst du da auch schonmal mit meinem Vater?«

»Als Kind waren wir eigentlich alle mal da. Matt war auch oft mit.«

»Dann würde ich gerne zuerst dahin fahren«, sage ich zu Lydia. Wenn mein Vater dort mit Charlie war und es so ein wichtiger Ort der Kinder in Seagulls ist, war diese Höhle ihm sicher wichtig. Vielleicht wichtig genug, um einen Brief dort zu verstecken.

Lydia ist am nächsten Tag pünktlich vor meinem Laden. Heute trägt sie eine drei-viertel Hose und ein Crop Top, unter dem ein Bikini hervorblitzt, während ich mich einfach in einen kurzen Einteiler geschmissen und, wie üblich, meine Haare hochgebunden habe. Auch ich habe meinen Bikini daruntergezogen, hauptsächlich, weil Lydia kryptische Andeutungen gemacht hat, dass das beim Betreten der Höhlen sinnvoll wäre.

»Ein Fahrrad?«, frage ich und sehe auf das Mountainbike neben ihr. »Ich dachte eigentlich, wir nehmen mein Auto.«

Lydia schüttelt den Kopf. »Das lass mal schön stehen. Die Höhlen erkundet man am besten mit dem Rad.«

»Ich habe aber gar keins.«

»Doch, sieh mal in der Garage nach.«

Gemeinsam gehen wir hinter das Haus, wo auch mein Auto steht. Dahinter ist eine Art Schuppen, den ich niemals als Garage bezeichnet hätte. Tatsächlich habe ich bisher nicht hineingesehen.

»Soweit ich weiß, hatte Matt ein Rad da drin.«

Ich hole den Schlüssel hervor und schließe das Tor auf, das sich mit einem lauten Quietschen öffnet. Auf den ersten Blick sehe ich nur Dunkelheit, dann ein paar Spinnweben und Kartons, einen Eimer ... und ein Rad. Es ist ein wenig rostig und dreckig, aber die Reifen wirken funktionstüchtig und als ich ein paar Proberunden drehe und den Sattel niedriger einstelle, fährt es sich ganz gut.

»Na siehst du«, strahlt Lydia. »Dann können wir ja jetzt los.«

Ich folge ihr, zunächst noch etwas wackelig, weil ich schon lange kein Rad mehr gefahren bin, aber ich gewöhne mich schnell daran. Schon nach ein paar Minuten komme ich ordentlich ins Schwitzen, aber ich genieße den kühlen Gegenwind und die Aussicht, die ich mit dem Auto gar nicht auf mich wirken lassen konnte. Wir fahren herunter von der Hauptstraße, über kleine Wege.

»Dahinten müssen wir links«, ruft Lydia. Ich folge ihr, der Weg wird immer enger, durch das dichte Gestrüpp um uns herum kaum ersichtlich, aber da Lydia vorfährt, kann ich ihr ohne Probleme folgen. Dann bleibt sie stehen. Wir sind mitten auf einem Felsen, ein kleiner, sandiger Weg führt nach unten zu einer Bucht.

»Ab hier müssen wir laufen«, sagt Lydia. Wir lassen die Räder stehen und folgen dem Weg. Die Bucht ist schmal und riecht extrem nach Salz.

»Dahinten.« Lydia zeigt nach rechts. Direkt unter dem Felsen, auf dem wir eben noch gestanden haben, ist eine Höhle. Sie ist nur über das Wasser zu erreichen.

»Kommt man da rein?«, frage ich.

»Ja, wenn die Wellen ruhig sind, so wie heute, ist das kein Problem. Man muss etwas schwimmen, um dorthin zu kommen. Aber innen drin ist kaum Wasser. Die Höhle hat eine Erhebung, also wird nicht der komplette Höhlenbereich umspült. Das hat den Schmugglern früher gut in die Karten gespielt.«

Ich hoffe, meinem Vater auch.

Neben dem dringenden Wunsch, die richtige Höhle zu finden, entgeht mir nicht, wie wunderschön es hier ist. Ich komme mir vor, als wäre ich direkt aus einem Fünf Freunde-Buch katapultiert worden. Abenteuerlust und Inspiration strömen auf mich ein, mit jeder Welle, die gegen den Höhleneingang klatscht.

Wir schlüpfen aus unserer Kleidung und erkämpfen uns in Bikinis den Weg bis zum Eingang. Das Wasser ist kalt, als mein Körper hineintaucht, schreie ich kurz auf, aber wir gewöhnen uns schnell daran. Ich ziehe den Kopf ein und folge Lydia ins Innere der Höhle. Es riecht etwas modrig, nach abgestandenem Wasser.

»Ganz schön düster hier drin.«

Lydia lacht, das Geräusch hallt unheimlich von den Wänden wider. »Natürlich, was hast du denn gedacht?«

»Aber man sieht ja gar nichts.«

»Keine Sorge.« Lydia hält eine kleine Lampe hoch, nur Sekunden später erhellt ein kleiner Lichtstrahl die Höhle.

»Eine Taschenlampe. Da habe ich gar nicht dran gedacht. Kannst du mal die Wände ableuchten?«

»Ja, sicher.« Lydias Stimme klingt irritiert, aber sie folgt meiner Bitte.

»Denkst du, hier wäre Schmuggelware versteckt, oder was? Diese Höhle ist bei den Einheimischen sehr beliebt, hier gibt es sogar einmal im Jahr eine Party von den Jugendlichen. Da würde nichts von irgendwelchen Schätzen übrigbleiben.«

Und vom Brief meines Vaters vermutlich auch nicht. Trotzdem lasse ich mir Zeit, taste die Wände ab und gehe bis in die hinterste Ecke. Auch ohne, dass ich Lydia sage, was ich da eigentlich treibe, lässt sie mich gewähren. Vermutlich hält sie mich einfach für neugierig.

»Okay«, sage ich schließlich, nachdem ich mich versichert habe, dass hier nichts zu finden ist. Ich versuche nicht zu enttäuscht zu sein und mich stattdessen auf die nächsten Etappenziele zu fokussieren. »Auf zur nächsten Höhle.«

»Die ist an einem unserer schönsten Strände. Wir sollten da ein kleines Picknick machen. Ich habe uns da etwas vorbereitet.«

Wir gehen zurück zu unseren Rädern, fahren diesmal auf einem offiziellen Radweg, vorbei an dem ersten Leuchtturm, den ich bereits kenne, bis wir zu einem großen Strand kommen.

»Hier gibt es gleich zwei Höhlen.« Sie zeigt nach rechts, wo eine kleine und eine große Höhle nebeneinander liegen. Auch dieser Strandabschnitt ist verlassen, aber in den Wellen kann ich Windsurfer ausmachen. Hohe Klippen ragen aus dem Meer und schützen die Bucht davor, direkt eingesehen zu werden. Es ist malerisch, die Landzunge mit dem Leuchtturm in der Ferne würde perfekt auf eine Postkarte von Cornwall passen.

»Geh du ruhig die Höhlen erkunden«, sagt Lydia. »Ich warte hier.« Sie setzt sich in den weißen Sand und beginnt, ihre Tasche auszupacken. Den Sonnenhut, den sie daraus hervorholt, setzt sie sofort auf.

»Bin gleich wieder da.« Ich schnappe mir die Taschenlampe und gehe zu der kleineren Höhle. Sie ist so niedrig, dass ich kriechen muss und schnell wird mir klar, dass es nicht die Höhle ist, die ich suche. Auf dem Foto hat mein Vater gestanden, das wäre bei der niedrigen Deckenhöhe niemals möglich gewesen. Also wechsle ich in die größere der beiden, in der ich entspannt stehen kann. Sie ist geräumiger und stickiger als die Schmugglerhöhle, aber auch hier finde ich keinen Brief. Es ist wie verhext.

Die Enttäuschung lodert in mir auf, heiß und allumfassend. Kurz schwimmen Tränen in meinen Augen, aber ich blinzle sie weg. Stattdessen gehe ich zurück zu Lydia, wo ich so tue als wäre in meinem Innersten gerade nicht alles genauso aufgewühlt, wie in den Wellen, die gegen die Felsen schlagen.

»Gibt es noch mehr Höhlen?«, frage ich.

»Nicht, dass ich wüsste.«

Dann habe ich wieder nichts gefunden. Ich fühle mich wie eine Versagerin. Mein Vater hat mir nur zwei Sachen aufgetragen: Das Café leiten und die Briefe finden. Und beides mache ich schlecht.

»Willst du einen Apfelmuffin?« Lydia hält mir eine gelbe Tupperdose hin, in der beige Muffins stecken. Ich nehme mir einen und beiße hinein. Die natürliche Süße verdrängt meine negativen Gedanken beinah sofort.

»Gott«, stöhne ich. »Die sind ja himmlisch.«

»Danke.«

»Hast du die etwa selbstgemacht?«, frage ich überrascht.

»Ja, das ist ein kleines Hobby von mir.«

Ich nehme mir gleich noch einen zweiten und mustere Lydia, die immerzu davon redet, dass sie keinen Plan für ihr Leben hat.

»Wieso um Himmels Willen machst du das nicht beruflich?«

Lydia seufzt. »Ich habe keine Ausbildungsstelle gefunden. Schlechte Noten und kein sehr überzeugender Lebenslauf. Bei unserer Bäckerei hier im Ort hatte ich ein Praktikum, um meine Chancen zu erhöhen, aber eine Ausbildungsstelle konnten sie mir nicht anbieten. Und das Praktikum hat mir bei der Jobsuche leider keinen Vorteil gebracht.«

Nachdenklich blicke ich auf den Muffin in meiner Hand. Es ist unfair, dass Lydia dieses Talent überhaupt nicht nutzen kann. Missmutig beiße ich ab, seufze erneut bei der Süße, und plötzlich habe ich eine Idee. »Dann sollten wir die Muffins im Café verkaufen«, schlage ich vor.

»Wirklich?«

»Ja, unbedingt. Ich kann nicht backen, aber solche Kleinigkeiten zum Kaffee sind doch super. Vielleicht lockt das ja endlich mal Gäste an.«

Aus Lydias Mund ertönt ein freudiges Quieken, dann nickt sie begeistert. »Das wäre toll.«

»Gut«, nicke ich. »Dann machen wir das. Und die Einnahmen durch die Muffins darfst du behalten. Immerhin hast du mit mir den Laden geputzt und hilfst mir, wo du nur kannst, obwohl das Trinkgeld gerade noch mau ist. Und meine Bezahlung an dich, ehrlich gesagt, auch. Sieh es als Entschädigung. Und als Dankeschön.«

Lydia sieht aus als würde sie mir jeden Moment um den Hals fallen, und bekräftigt mich damit in meinem Plan.

Ich öffne eine der Tupperdosen, in der Sandwiches liegen und nehme mir eins. Mein Gesicht recke ich ein wenig mehr Richtung Sonne.

»Gut, dass du jetzt auch hier in Seagulls bist«, sagt Lydia plötzlich. »Es ist nicht so, als würde ich hier keine Freunde haben. Sebastian ist klasse, und es gibt hier noch ein paar Leuten, mit denen ich zur Schule gegangen bin und die auch super drauf sind – die muss ich dir bei Gelegenheit mal vorstellen – aber es ist schwer, mit ihnen rumzuhängen. Die haben jetzt alle Karrieren, Autos und tolle Wohnungen. Und ich bin noch auf demselben Stand wie am Ende der Schulzeit.«

»Das kenne ich«, sage ich leise. Als ich den Job bei der Werbeagentur bekommen habe, hatte ich diese Illusion, dass mein Leben nun Fahrt aufnehmen würde. Stattdessen kam es zum Stillstand.

»Ich hoffe, du bleibst«, sagt Lydia. »Mir gefällt es, dass du hier bist.«

»Gerade kann ich mir auch nichts schöneres vorstellen.« Ich lächle sie an, Lydia strahlt zurück.

Wir essen unseren Proviant leer und genießen die Sonne. Dabei reden wir über Filme und Serien, lachen, und vergessen dabei regelrecht die Zeit.

Den Rückweg beschreiten wir ohne Brief, aber zumindest habe ich das Gefühl, eine richtige Freundin gefunden zu haben.

Kapitel 8

Charlie sitzt an einem der Tische, eine Zeitung ist vor ihm ausgebreitet, aber er liest überhaupt nicht darin, sondern beobachtet mich dabei, wie ich mit der Kaffeemaschine kämpfe. Es scheint ihn zu amüsieren, immer wieder höre ich ihn verhalten lachen, was mich nur noch ungeduldiger werden lässt, was wiederum dazu führt, dass die Maschine siegt.

»Weißt du was«, murre ich. »Ich mache dir einen Tee. So viel Koffein ist eh nicht gut.«

»Das ist aber nicht das, was ich bestellt habe. Ich dachte, der Kunde wäre König.« Ich höre ihn erneut lachen.

»In diesem Laden nicht. Hier regiert diese bescheuerte Kaffeemaschine.«

»Ich kann sie mir mal ansehen, wenn du magst, auch wenn ich nicht viel davon verstehe. Aber ein Tee wäre auch ganz wunderbar.«

»Dann bringe ich dir einen.«

»Oder zwei? Vielleicht magst du dich ja zu mir setzen?«

Ich brauche mich nicht umzusehen, um bestätigt zu bekommen, dass außer ihm kein Gast hier ist, also nicke ich. Ich bereite zwei Tassen vor, die ich mit einem kleinen Teller Scones zu ihm bringe. Charlie faltet seine Zeitung zusammen und lächelt mich an.

»Hast du dich inzwischen schon etwas eingelebt?«

»Langsam schon. Zumindest oben im Apartment. Hier im Café läuft es, wie du siehst, noch nicht so rund.«

»Das wird noch, da bin ich mir sicher. Mich hast du auf jeden Fall schonmal als Stammkunden.«

»Danke«, sage ich ehrlich. »Es ist nicht leicht, hier Anschluss zu finden. Gestern war ich mit Lydia am Meer, was wirklich schön war, aber ansonsten scheinen mich die Leute hier noch zu meiden. Und es sind viele ältere Leute hier, oder?«

»Das stimmt leider. Die jüngeren Leute ziehen oft weg, um zu studieren oder eine Ausbildung zu machen. Oft kommen sie danach nicht zurück. Hier ist wohl alles etwas zu verschlafen für die meisten, auch wenn ich denke, dass das seinen Charme hat, oder meinst du nicht? Ein paar von den jungen Leuten sind hiergeblieben und arbeiten in den Familienbetrieben mit oder haben hier eigene Familien gegründet. Aber es sind nur wenige.« Charlie mustert mich. »Nicht gerade das, was du erwartest hattest, oder? In London bist du doch sicher ausgegangen.«

»Es ist schon etwas anderes hier zu sein.«

»Wenn erstmal die Hochsaison anfängt und die Touristen kommen, kommt hier viel mehr Leben in die Bude. Partys am Strand, Hafenfeste. Nicht so gemütlich wie momentan.«

»Ich hoffe, dann bin ich noch hier, um es zu erleben. In London war ich oft mit meinen Freunden in Restaurants oder Bars. Tanzen war nie so mein Ding. Zwei linke Füße.« Ich nippe an meinem Früchtetee und sehe zu der dunklen Holzverkleidung am Tresen. »So geschickt wie Matt bin ich leider nicht. Unfassbar, dass er diese Möbel selber gemacht hat.«

»Er war wirklich talentiert. Wenn er gewerkelt hat, haben seine Augen gestrahlt. Ich mochte es immer, ihn so zu sehen.«

»Wo hat er das denn gemacht? Möbel herzustellen, fordert doch sicher viel Platz, oder?«

»Er hatte einen kleinen Werkraum, in der Nähe von Edwins Laden. Die beiden haben sich da eine alte Garage geteilt, aber die letzten Jahre wurde sie nur von Matt genutzt.«

»Ein Werkraum?« Ich blicke auf und vor meinem inneren Auge bin ich längst bei einem der Fotos aus dem Album. Es zeigt meinen Vater in einem Raum mit einer Werkbank. »Hat Edwin noch den Schlüssel?«

»Soweit ich weiß, hat Matt am Ende die Garage allein gehört, sodass Edwin sicher keinen Schlüssel mehr hat. Wieso? Willst du dir den Raum angucken?« Ich nicke, die Aufregung raubt mir die Stimme. »Ich denke, oben im Apartment müsste irgendwo ein Schlüssel sein. Da ist so eine kleine Holzfigur dran. Ein Drache oder ein Vogel. Ich bin mir nicht mehr sicher.«

»Danke«, sage ich und nehme meine Tasse in die Hand, um meine zitternden Finger zu verbergen. Es kostet mich all meine Kraft, nicht sofort aufzustehen und nach oben zu rennen, um nach diesem Schlüssel zu suchen. Fieberhaft überlege ich, wo ich solch einen Schlüsselanhänger wohl schon gesehen haben könnte, aber mir fällt nichts ein.

Eine halbe Stunde, nachdem Charlie gegangen ist, schließe ich den Laden, stürme nach oben und durchsuche die ganze Wohnung. Ich kippe Schubladen aus, durchwühle Schränke, nur um den besagten Schlüssel schließlich in einer kleinen Kiste im Flur zu finden, direkt an der Garderobe. Es ist ein Holzanhänger in Form eines Vogels mit ausgestreckten Flügeln. Definitiv selbstgeschnitzt. Kurz darauf verlasse ich das Apartment, gehe direkt zu Edwins Laden und folge dann Charlies kleiner Wegbeschreibung, bis ich vor der Garage stehe. Bedeutungsvoll sehe ich auf den Schlüssel in meinen Händen, dann wieder zu dem Schloss. Unerklärlicherweise habe ich auch Angst davor, in diese Garage zu gehen. Ich habe Angst, erneut enttäuscht zu sein, erneut keinen Brief zu finden. Aber ich habe auch Angst vor Erfolg, Angst davor, Worte zu finden, die mir nicht gefallen. Daher stehe ich eine Weile dort, verharre vor der verschlossenen Tür, bis ich mit der dünnen Jeansjacke friere und ich die Furcht endlich wegdrücken kann. Der Schlüssel passt auf Anhieb und das Garagentor rollt auf. Ich lasse es hinter mir zugleiten, knipse das Licht an und stehe direkt der Werkbank gegenüber. Die Garage ist mit hohen Stahlregalen ausgestattet, auf dem verschiedene Werkzeuge und Holzplatten aufbewahrt werden. Rechts von mir stapeln sich Späne in einer Mülltonne. Alter Staub kitzelt mir in der Nase, während ich mich der Werkbank nähere. Ich gehe herum, eigentlich ohne Erwartungen, doch dann sehe ich das weiße Papier unter der Tischplatte der Bank hervorblitzen. Ich ziehe sachte daran und halte kurz darauf einen Umschlag mit meinem Namen in der Hand. Ungläubig starre ich darauf, vollkommen verunsichert davon, wie schnell ich diesen Brief gefunden habe. Niemals hätte ich mit einem Erfolg gerechnet, niemals damit, durch nur einen Satz von Charlie hierhergeführt zu werden. Nicht, nachdem ich so lange die

anderen Orte abgesucht habe. Kann es wirklich so
leicht sein?

Doch als ich den Brief öffne, ist es unverkennbar, dass
dies einer der sechs Orte ist. Dies ist einer der sechs
Briefe. Und die Worte sind für mich bestimmt.

Hallo Sternchen,
Sind dir eigentlich schon die ganzen Holzmöbel aufge-
fallen? Schon als Kind war ich fasziniert von der Idee,
Möbel selbst herzustellen. In der Grundschulzeit habe
ich mir immer Stöcke zurechtgeschnitzt und habe ver-
sucht, Buden zu bauen. Einmal habe ich massenweise
Holz in die Wohnung geschleppt und daraus ein Zelt
gebaut, was meine Mutter zum Wahnsinn getrieben
hat, weil ich mich geweigert habe, es abzubauen. Ei-
gentlich wollte ich immer Schreiner werden, vielleicht
wäre es auch so gekommen, wenn meine Mutter nicht
viel zu früh verstorben wäre und mir das Café vererbt
hätte. Obwohl ich nun um einiges älter bin als sie da-
mals, kommt es mir auch bei mir viel zu früh vor. Ich
muss gehen, noch bevor ich alles beenden konnte, was
ich angefangen habe. Noch bevor ich dich kennenler-
nen konnte. Noch bevor ich alles gut machen konnte,
was ich falsch gemacht habe. Es gibt einiges in meinem
Leben, was ich bereue. Es gibt Menschen, die ich sehr
verletzt habe, und manchmal frage ich mich, wieso ich
es nicht besser hinkriegen konnte. Ich war schon im-
mer grüblerisch, ich denke viel zu viel nach, aber in der
Umsetzung hapert es. Worte gehen mir nicht leicht
über die Lippen, Handlungen fallen mir schwer. Aber
wenn ich meine Möbel hergestellt habe, war ich plötz-

lich für ein paar Stunden mit mir im Reinen. Es ist reinigend, ebenso wie das Meer oder der Wald, ähnlich wie das Geschäft meiner Mutter fortzuführen. Aber hier, in diesem Raum, war ich allein mit mir und das hat mir immer sehr gefallen. Ich war nie jemand, der das Alleinsein gescheut hat. Eigentlich mochte ich es immer.

Wenn in diesem Raum nun noch Möbelstücke stehen, habe ich es wohl nicht mehr geschafft, sie fertigzustellen. Bestellungen von Freunden habe ich seit meiner Diagnose nicht mehr angenommen, aber ich hatte trotzdem immer viel zu tun. Manche Möbel habe ich sogar verkaufen können, wusstest du das? Die Grundschule hier in Seagulls habe ich mit meinen Regalen ausstatten dürfen und Charlie habe ich einen großen Esstisch angefertigt.

Ob du wohl auch handwerklich begabt bist? Es würde mich freuen, wenn du dieses Geschick mit mir teilen würdest, aber wenn du nach deiner Mutter kommst, muss ich diesen Gedanken wohl verwerfen. Sie war eher ungeschickt, zumindest im Umgang mit Werkzeugen.

Die Möbel waren auch ein Grund, wieso ich dich nach Seagulls holen wollte. Um dir zu zeigen, was ich geschaffen habe. In jedem meiner Möbelstücke steckt ein Stück von mir, ein Stück Herz und viel Leidenschaft. Immer, wenn es mir schlecht ging, habe ich diese Emotionen in meine Arbeit gelegt und ich denke, es ist die beste Art, um mich kennenzulernen. Meine Werke zu sehen, meine Mühe. Aber auch meinen Ehrgeiz.

Sieh mal in der Schublade von der Werkbank nach. Ganz unten, die Schublade mit dem runden Griff.

Ich stocke, schiele zur Werkbank die nur ein paar Meter von mir entfernt ist und gehe darauf zu. Dort ist der runde Griff, genau wo er gesagt hat. Ich öffne die Schublade, die sich mit einem leichten Widerstand öffnet. Darin liegt eine Schmuckschatulle. Die untere Hälfte ist aus dem dunklen Holz, das ich bereits aus der Wohnung kenne, während die obere Hälfte aus Buche besteht. Ich öffne die Scharniere, sehe auf die kleinen gepolsterten Fächer für Ringe und Armbänder, im Deckel sind Haken für Ohrringe befestigt. Eine einzelne Träne tropft auf den hellblauen Stoff, doch ich habe das Gefühl, das noch mehr folgen werden.

In der einen Hand noch die Schatulle, nehme ich wieder den Brief hoch und lese weiter.

»Sie ist wunderschön«, flüstere ich in die Stille. Niemand antwortet. Nur das Pochen meines Herzens ist zu hören und das stetige Tropfen meiner Tränen. Er mag diese Kiste vielleicht als Kleinigkeit bezeichnen, aber für mich ist sie gerade alles. Mein erstes richtiges Geschenk von meinem Vater. Mein einziges. Der Gedanke lässt mich aufschluchzen, so sehr wünschte ich mir, er wäre jetzt hier und könnte mir diese Kiste persönlich übergeben. Mir seine Worte persönlich mitteilen. Mich umarmen. Kälte überkommt mich, während ich daran denke, dass all diese Wünsche unerfüllt bleiben werden, und doch ist mir gleichzeitig warm, wenn ich auf diese Kiste sehe, die mein Vater mit so viel Leidenschaft geschaffen hat. Mit dem Gedanken an mich. Ich atme tief durch, drücke die kleine Kiste an mich, als würde ich dadurch seine Nähe spüren. In seinem ersten Brief hat er gesagt, dass er hofft, meine Suche verfolgen zu können, wo auch immer er sein mag. Also bemühe ich mich um ein Lächeln, um ihm zu zeigen, wie sehr ich mich freue.

Eine Weile sitze ich noch auf dem Boden der Garage, gehe nochmal Wort für Wort des Briefes durch und halte dabei mein Geschenk fest. Auf diese Weise bin ich ihm weiter nah. Es dauert, bis ich mich loslösen und gehen kann.

Noch die kleine Kiste und den Brief in der Hand verlasse ich die Garage und gehe zielgerichtet zu der Grundschule. Sie ist geschlossen, aber ich sehe einen Hausmeister, der die Flure wischt und die Mülleimer leert. Ich fackle nicht lange, gehe hinein und frage ihn nach den Regalen, die mein Vater für die Schule angefertigt hat. Sie sind hellbraun und sehr einfach gehalten, aber ich erkenne meinen Vater und sein Handwerk darin. Er steht auf klare Linien, ohne Schnörkel oder Verzierungen und auf dicke Holzbretter, sodass die Möbel massiv wirken. Ich frage mich unwillkürlich, ob Charlies Tisch wohl auch so sein wird.

»Danke«, sage ich zu dem Hausmeister und verlasse wieder das Schulgebäude. Obwohl ich froh sein sollte, einen der Briefe gefunden zu haben, spüre ich eher einen starken Drang, nach weiterem Erfolg. Es reicht mir nicht, plötzlich will ich noch mehr lesen, noch häufiger seine Schrift sehen. Mehr von ihm erfahren.

Ich laufe förmlich zurück zum Apartment, schnappe mir meinen Laptop und das Fotoalbum und beginne zu recherchieren. Ich vergleiche Fotos aus dem Internet und Bilder von der Website der Stadt mit denen im Album, gleiche Gebäude ab, zoome sogar an einzelne Fotos heran, um vielleicht Hinweise zu erkennen, die ich mit bloßem Auge nicht sehen kann. Um drei Uhr nachts muss ich mich fürs erste geschlagen geben. Keines der Bilder passt auf den ersten Blick. Und doch brennt diese Entschlossenheit in mir, angefeuert von dem ersten Brief, der nun in meiner Schublade neben dem Bett ist und darauf wartet, immer und immer wieder von mir gelesen zu werden. So wie die anderen fünf Briefe darauf warten, von mir gefunden zu werden.

Kapitel 9

Erschöpft lasse ich mich auf den Stuhl nieder, Lydia sitzt mir gegenüber. Die Briefe neben dem normalen Cafébetrieb zu suchen, ist hart, die letzten Tage habe ich mir meistens die Nächte um die Ohren geschlagen, um irgendwie weiter zu kommen. Mein Apartment ist voller Cornwall-Reiseführer und Internetausdrucken, mit denen ich mir erhofft hatte, mehr Orte und damit mehr Briefe zu finden. Doch bisher komme ich nicht vorwärts. In keinem meiner beiden Vorhaben. Weder bei der Schnitzeljagd noch beim Café.

Rote Zahlen. Das ist alles, was ich sehe, während ich die Belege der letzten Woche betrachte. Hier steht es schwarz auf weiß, dass das Café trotz meiner Bemühungen nicht läuft.

Lydia sieht mich enttäuscht an. »Dann kommen immer noch nicht genug Leute?«

»Nein«, erwidere ich. »Maximal fünfzehn Gäste am Tag. Eher weniger.«

»Du gibst doch nicht auf, oder? Du musst den Menschen hier noch etwas Zeit geben. Ich bin sicher, dass sie irgendwann kommen werden.«

»Ich gebe nicht auf«, sage ich sofort. »Ich weiß zwar nicht, wie viel Zeit sich die Menschen nehmen können, bis hier alles den Bach runtergeht, aber ich habe nicht vor, sofort das Handtuch zu werfen.«

Lydia nickt energisch. »Finde ich gut.«

»Die Flyer helfen vielleicht«, sage ich und blicke auf den Stapel Flugblätter, den Lydia eben bei Edwin abgeholt hat und die unsere neuen Apfelmuffins ankündigen.

»Ich gehe gleich los und verteile sie in der Stadt«, sagt Lydia.

»Und ich werde sie die nächsten Tage hier vor der Tür verteilen. Dann werden auch die Touristen darauf aufmerksam.«

»Hoffen wir mal, dass es klappt«, sagt Lydia. Auch wenn sie versucht, gelassen zu wirken, spüre ich bei ihr eine gewisse Anspannung, die sicherlich damit zusammenhängt, dass es ab sofort ihre Muffins sind, die hier verkauft werden.

»Ich bin sicher, die Leute werden die Apfelmuffins lieben«, erwidere ich und schenke ihr ein Lächeln. »Ich habe mich auch gefragt, ob du vielleicht ein paar Schichten übernehmen würdest? Solange, bis der Laden läuft? Dir vertrauen die Menschen.« Und mir verschafft es mehr Zeit, um die Briefe zu finden, denke ich, spreche es aber nicht aus.

»Einverstanden.« Lydia steht auf, schnappt sich ihren Kaffee-to-go und ein paar der Flyer und gibt mir einen Kuss auf die Wange. »Wir schaffen das schon. Es sind ja auch erst ein paar Wochen.«

»Dann sehen wir uns morgen?«, frage ich.

»Spätestens«, grinst Lydia und verlässt das Café. Ich räume die Unterlagen weg, binde mir meine Schürze um und warte. Meine Tage bestehen immer aus Warten. Warten auf Gäste, auf neue Erkenntnisse über Matt. Ich ziehe wieder den Reiseführer hervor, den ich inzwischen fast auswendig kenne. Trotzdem sehe ich ihn mir nochmal Seite für Seite an, bis ich irgendwann Kopfschmerzen bekomme und stattdessen auf eine meiner abgegriffenen Zeitschriften zurückgreife. Ich lege sie erst weg, als die Türglocke ertönt und Charlie das Café betritt. Er hat tiefe Augenringe, aber sein Lächeln ist gewohnt warm.

»Charlie«, begrüße ich ihn. »Geht es dir gut? Wir haben uns ein paar Tage nicht gesehen.«

»Aber ja, nur eine leichte Erkältung, die ich erst mal auskurieren musste. Aber jetzt bin ich wieder topfit.«

»Da bin ich froh. Deine Anwesenheit hat gefehlt.«

»Wie läuft es denn?«, fragt er und setzt sich an seinen üblichen Platz.

»Ich weiß nicht«, sage ich. »Es läuft noch nicht ganz rund. Aber Lydia und ich haben eben Pläne geschmiedet. Das wird schon noch werden.«

»Aber natürlich. Du wirst Matt schon stolz machen.«

Ich nicke, Worte des Dankes liegen mir auf der Zunge, doch ich verliere sie auf halbem Weg und sehe ihn stattdessen nur an. Ihn hier zu wissen, an meiner Seite, hat mir gefehlt.

»Was kann ich für dich tun?«, frage ich.

»Einen Pfefferminztee, ein Stück des Schokoladenkuchens und deine Anwesenheit. Wenn du die entbehren kannst.«

Ich nicke erneut, eile dann hinter den Tresen, um seiner Bestellung nachzugehen. Ich selbst mache mir auch einen Tee und setze mich zu ihm an den Tisch.

»Ich bin so froh, dass du wieder da bist«, sage ich sofort. Die letzten Tage habe ich darauf gebrannt, Charlie zu sehen und war regelrecht enttäuscht als er nicht mehr kam. »Es gibt so viel, was ich dich fragen will.«

Charlie lächelt, seine vergoldete Zahnkrone blitzt auf. »Dann mal los.«

»Ich habe gehört, dass Matt dir deinen Esstisch geschreinert hat.«

»Das ist keine Frage, sondern eine Feststellung«, erwidert er sanft. »Aber ja, das hat er in der Tat. Du kannst ihn dir gerne ansehen, wenn du mal Zeit hast.«

»Wirklich? Das wäre toll.«

»Jederzeit. Ach, da fällt mir ein.« Er holt einen Stapel alter Fotos heraus und legt sie vor mich. »Die war ich dir noch schuldig. War nicht leicht sie zu finden, in den ganzen Kisten vom Dachboden. Aber das ist er.« Er zeigt auf einen kleinen Jungen mit hellbraunen Locken und rosigen Wangen. Charlie isst seinen Schokoladenkuchen, während ich es mir näher betrachte.

»Das ist er? Ich hätte ihn nie erkannt.«

»Auch nicht anhand der Haare?«

»Na gut.« Ich schmunzle. »Die sind schon wiederzuerkennen. Wobei ich mich frage, wieso ich diese Locken nicht geerbt habe. Das hätte mir gefallen. Dann müsste ich meine dünnen Spaghettihaare nicht immer in einem Pferdeschwanz tragen.« Ich gehe die Fotos durch, die Charlie und Matt gemeinsam zeigen. »Ihr wart wirklich ein Herz und eine Seele.«

»Er war der beste Freund, den ich hatte.«

»Dann kanntest du auch meine Großmutter, oder?«

»Ja.« Charlie nimmt die Fotos und sucht eins heraus, auf dem Matt und er mit einer rundlichen Frau mit Schürze vor dem Café stehen. »Das ist am Tag der Eröffnung entstanden. Wir sind durch den Laden getollt und haben ihr beim Servieren geholfen. Zumindest so gut wir konnten.«

»Wie anders das Café noch aussah.« Die dunklen Holzmöbel sind durch die Scheibe nicht zu erkennen, stattdessen sehe ich fluffige Ohrensessel und kleine, runde Tische.

»So sah es noch bis vor circa zwanzig Jahren aus. Dann hat dein Vater seinen eigenen Stil eingebracht.«

»Mir gefällt beides«, sage ich ehrlich. »Am Anfang mochte ich die Holzmöbel nicht so gerne, aber man gewöhnt sich dran.«

»Dann hast du nicht vor, hier etwas zu ändern?«, fragt Charlie, während er sein Kuchenstück isst.

»Erstmal nicht. Vielleicht würde ich hier irgendwann mal eine andere Wandfarbe ausprobieren. Irgendwas freundlicheres, vielleicht mintfarben, wie bei dem Schild draußen. Aber ich denke, ich muss erstmal klären, ob ich wirklich hierbleibe, bevor ich solche Entscheidungen treffe.«

»Dann weißt du noch nicht, ob du bleiben wirst?«

»Noch nicht.«

Charlie nickt, dann sieht er auf die Uhr. »Ich jedenfalls würde mich freuen, wenn du bleibst. Du wächst mir ans Herz, Mädchen. Fast, als wäre ein Stück von Matt hier.«

»Streng genommen ist es ja auch so«, antworte ich und entlocke ihm damit ein Lächeln.

Er trinkt den Tee aus und steht dann auf, um sich seine Jacke überzuziehen. »Behalt die Fotos erstmal, du brauchst sie gerade dringender als ich.«

»Ich werde gut darauf aufpassen. Versprochen.«

»Das weiß ich.« Die Wärme, die Charlie mir mit seinem Blick entgegenbringt, hat etwas so Väterliches, dass ich schlucken muss.

»Mach dir einen schönen Abend. Wir sehen uns dann morgen.«

»Du musst wirklich nicht jeden Tag herkommen«, sage ich. Auch wenn ich ihm dankbar bin, überkommt mich auch immer wieder ein schlechtes Gewissen deswegen. Sicher hat er besseres zu tun, als immerzu an einem dieser Tische zu sitzen.

»Aber ich möchte es gerne.« Ich blicke ihm ins Gesicht und sehe Aufrichtigkeit in seinen Augen, die sich beruhigend auf mein Gewissen legt und mich dazu bringt, ihm ein breites Lächeln zu schenken.

»Dann bis morgen«, erwidere ich. Ich winke ihm zu, sehe, wie er den Laden verlässt und räume schließlich die leere Tasse weg.

Die Fotos werde ich nachher in meinen Nachttisch legen, genau neben die Briefe meines Vaters. Worte neben Bildern. Puzzleteile. Fünf fehlen noch.

Während ich den Tisch abwische und das Café schließe, frage ich mich, wann ich wohl einen der fünf Briefe finden werde.

Kapitel 10

Schon den vierten Tag stehe ich vor meinem Café und verteile unsere Flyer, doch allmählich fühle ich mich erschöpft. Erschöpft von den viel zu kurzen Nächten, der erfolglosen Schnitzeljagd und den leeren Tischen im Café. Lydia hat in der Stadt rund hundert Flyer verteilt, ist in jeden Laden gegangen, um für ihre Muffins zu werben, aber ich spüre nicht, dass sich etwas ändert. Die Zahlen sind nach wie vor rot, die Tische leer, und langsam spüre ich Frustration, obwohl ich immer wieder versuche, optimistisch zu bleiben.

»Haben Sie schon unser neustes Angebot gesehen?«, frage ich eine Touristin und strecke einen Flyer in ihre Richtung, den sie mit einem Kopfschütteln ablehnt.

»Schönen Tag noch«, sage ich trotzdem, auch wenn ich ihr am liebsten mein Leid klagen würde.

»Ist das ein letzter Versuch, dein Versagen aufzuhalten?«, höre ich jemanden sagen. Ich drehe mich um und blicke in Adams finstere Miene.

Ich funkle ihn an und drehe mich dann wieder weg. Der hat mir gerade noch gefehlt.

»Gib doch endlich auf, Mädchen. Du hast es jetzt ein paar Wochen versucht und hast gemerkt, dass die Leute hier nicht gerade begeistert von deinem Café sind. Was hast du für Tageseinnahmen? Zehn Pfund? Zwanzig? Wenn das so weiter geht, machst du so viel

Minus, dass du den Laden in wenigen Monaten schließen musst und dann ist nichts mehr übrig – kein Geld, keine Ehre.«

Leider wahr.

»Also möchte ich dir ein Geschäft vorschlagen.«

Skeptisch schaue ich ihn an.

»Ich kaufe dir den Laden ab. Mein Café läuft so gut, dass ich es mir durchaus leisten kann, ein zweites aufzumachen.«

»Vergiss es«, spucke ich aus.

»Sei doch vernünftig.«

»Das bin ich. Selbst wenn ich den Laden irgendwann verkaufe, dann ganz sicher nicht an dich. Mein Vater würde sich im Grab umdrehen.«

Adam hat eine gruselige Art zu lächeln, es erreicht seine Augen überhaupt nicht. »Wie du meinst. Aber das Angebot gilt nur eine Woche. Danach bist du auf dich gestellt, bis du pleite gehst.«

»Kann ich sonst noch etwas für dich tun?«, frage ich und versuche gelangweilt zu wirken, obwohl in mir drin alles tobt und die Tränen längst aufsteigen wollen. Mit voller Kraft drücke ich sie weg.

»Ich würde ja einen Kaffee trinken, aber ich habe gehört, du kannst noch nicht mal deine Maschine bedienen.« Wieder dieses Grinsen. »Also verzichte ich.«

Ich presse meinen Kiefer aufeinander.

»Die Muffins werden dich auch nicht retten«, erwidert er mit Blick auf meine Flyer und geht dann weiter. Als wäre die Situation nicht schon beschissen genug, setzt genau in dem Moment Regen ein. Dicke Tropfen fallen auf mich hinab und zwingen mich zur Flucht. Jeder Regentropfen fühlt sich an wie ein Schlag ins Gesicht, wie eine Bestätigung von Adams Worten.

Seufzend kapituliere ich und ziehe mich zurück ins Café. Energisch beginne ich die Tische abzuwischen. In jedem Kaffeefleck sehe ich Adams Gesicht und rubble nur noch härter, als könnte ich damit das Grinsen daraus entfernen.

Bis die Türglocke läutet. »Guten Morgen, Liebes.« Charlie, wie immer eine Zeitung unterm Arm, kommt herein und setzt sich an seinen üblichen Tisch. Kurz darauf kommt ein neuer Gast, den ich noch nicht kenne und der nicht aus Seagulls zu kommen scheint, denn Charlie begrüßt ihn nicht, dabei kennen die Einheimischen sich alle untereinander. Ich kämpfe mit der Kaffeemaschine und gewinne nach dem dritten Anlauf. Trotzdem bin ich aufgewühlt. Adams Worte echoen in meinem Kopf, gemischt mit meinen eigenen Versagensängsten, die mich seit Tagen quälen.

Erschöpft setze ich mich hinter den Tresen und versuche, einen kühlen Kopf zu bewahren, aber es fällt mir zunehmend schwerer, je weiter der Tag rückt.

Erneut höre ich die Türglocke und Sebastian kommt herein. Er geht auf mich zu, anstatt sich einen Tisch zu suchen. Mein Blick wird automatisch von seinen hellblauen Augen angezogen, die mich freudig ansehen. Heute sind seine Bartstoppeln ein wenig kürzer und er trägt ein braunes T-Shirt. Es spannt an den Brustmuskeln.

»Hey, Riley. Kann ich dich was fragen?«

Ich löse meinen Blick von den Muskeln und versuche mich zu konzentrieren. »Was gibt's?«

»Ich wollte nur fragen, ob ich hier vielleicht ein bisschen Musik machen kann. Vielleicht einmal im Monat oder noch regelmäßiger?«

»Du fragst mich nach einem Job?«, frage ich ungläubig. Die Muskeln sind vergessen, stattdessen überfallen mich wieder der Frust und die Angst in Bezug auf das Café. Ich spüre förmlich, wie ich langsam, aber sicher auch eine dieser Stressadern auf der Stirn bekomme, für die ich meine Mutter immer aufziehe.

»Matt hat mich hier regelmäßig spielen lassen.« Er mustert meinen inzwischen starren Blick. »Ich dachte auch nicht an viel Geld, nur etwas Kohle, um die Haushaltskasse auf Vordermann zu bringen.«

»Das geht nicht«, flüstere ich beinah. »Sieh dich doch mal um: Hier ist das reinste Chaos. Wie soll ich da noch Liveabende organisieren? Neben allem, was ich –«

»Wer redet denn hier gleich von Liveabenden? Gib mir einen Stuhl, eine Flasche Wasser und ich begleite den Tag einfach musikalisch. Vielleicht lockt das die Leute an.«

»Vielleicht«, murmle ich, aber meine Gedanken schweifen ab. Wenn der Laden voll ist, bedeutet das auch mehr Arbeit und damit weniger Zeit, um auf Schnitzeljagd zu gehen. Und das, obwohl die Schnitzeljagd doch bisher eh ein Reinfall war. Ich bin ohnehin am Verzweifeln. Wenn Sebastian mit seiner Musik Leute anlockt, werde ich gar keine Zeit mehr haben, um die anderen Briefe zu finden. Gleichzeitig brauche ich Gäste, um das Café nicht zu verlieren. Ich habe das Gefühl, dass ich Matt enttäuschen werde – sowohl auf dem einen als auch auf dem anderen Weg.

»Lass mich drüber nachdenken.«

Sebastian runzelt die Stirn. Scheinbar hat er mit dieser Antwort nicht gerechnet, denn er kratzt sich ratlos am Hinterkopf. Es ist offensichtlich, dass er eine andere Antwort von mir erwartet hat. Nach seiner ganzen Hilfe überkommt mich jetzt auch noch ein schlechtes Gewissen.

»Ich kann heute keine Entscheidungen treffen.« Meine Stimme wird unwillkürlich lauter. »Das alles hier ist Neuland für mich. Ehrlich gesagt, wächst es mir total über den Kopf. Diese dämliche Kaffeemaschine, dieser dämliche Adam und sein scheiß Café und dann diese Schnitzeljagd. Ich muss einfach in Ruhe nachdenken, okay?« Meine Stimme klingt inzwischen schrill und abgedreht. Der fremde Gast hat sich längst zu mir umgedreht, als würde er überlegen, ob ich wirklich in der Lage bin, ein Café zu leiten. Offengestanden stelle ich mir inzwischen genau die gleiche Frage. Vielleicht hatte meine Mutter ja recht: Vielleicht ist das alles hier eine riesige Schnapsidee.

»Komm mit.« Ohne länger zu zögern, schiebt Sebastian mich einfach durch die Hintertür nach draußen.

»Hey.« Ich reiße mich los. »Ich kann nicht einfach den Laden alleine lassen.«

»Da passiert schon nichts.«

»Und was, wenn sich einer an der Kasse vergreift?«

»Erstens würde sich niemand trauen, etwas zu klauen, wenn Charlie im Café sitzt, und zweitens hattest du noch keine Einnahmen, also gibt's auch nichts zu klauen.«

»Doch, den teuren Kaffee-scheiß-Automaten.«

»Damit würde der Dieb dir doch einen Gefallen tun. Oder nicht?«

Damit bringt er mich tatsächlich kurz zum Schmunzeln. »Ja. Vermutlich hast du recht.«

»Na siehst du.« Sebastian grinst schief.

Und ich beginne zu weinen.

Sein Grinsen verebbt augenblicklich. »Hey, wieso weinst du denn jetzt?«

»Keine Ahnung«, schluchze ich. Auf einmal sind meine Tränen wie kleine Wasserfälle, innerhalb von Sekunden ist der Kragen meiner Bluse durchnässt, aber ich kann nicht aufhören. Sebastian steht hilflos daneben. Ab und zu sagt er sowas wie »Na, na« oder »Nun hör schon auf«, aber das ist genauso wirkungslos wie meine innere Stimme, die mir befielt, sofort aufzuhören.

Irgendwann zieht Sebastian mich ein Stück an sich heran, sodass ich nun auf seine Schulter weine. Seine Wärme und das stetige, wenn auch zögerliche, Klopfen auf meinen Rücken bringen mich irgendwann tatsächlich dazu, endlich aufzuhören.

»Tut mir leid.« Ich löse mich von ihm. Ich sehe auf sein nun fleckiges T-Shirt. Unter das Hellbraun hat sich etwas schwarzer Mascara gemischt. »Jetzt habe ich auch noch dein Shirt versaut.«

»Bloß nicht wieder weinen. Bitte … ich kann mit Tränen echt nicht gut umgehen.«

Ich schluchze auf und sehe ihn an. »Tut mir leid.«

»Hör auf dich zu entschuldigen«, sagt er. »Hauptsache der kleine Nervenzusammenbruch ist überwunden.«

»Ganz ehrlich? Ich weiß es nicht.«

»Hey. Wenn dir das hier alles zu viel wird, musst du das nicht tun. Ich weiß, dass du es dir und deiner Mutter beweisen wolltest, aber es ist auch voll okay, das Café zu verkaufen. Niemand wäre enttäuscht.«

»Mein Vater schon.« Kurz verschlechtert sich meine Sicht, aber der mahnende Blick von Sebastian bringt mich dazu, die Tränen herunterzuschlucken. »Ich bin sicher die reinste Enttäuschung für ihn. Ich schaffe es nicht dieses Café zu leiten und die Briefe finde ich auch nicht. Ich war noch nie gut in sowas. Schon als Kind habe ich es gehasst, auf Schnitzeljagd zu gehen. Niemand wollte in meinem Team sein, weil ich die Hinweise meistens nicht verstanden habe.«

»Wieso redest du denn dauernd von einer Schnitzeljagd? Und was für Briefe?«

»Das ist kompliziert.«

»Okay.« Sebastians hellblaue Augen mustern mich nachdenklich. Er zuckt mit den Schultern und sieht zum Laden. Ich bin geradezu enttäuscht, dass er dieses Gespräch offensichtlich beenden will. Genau in diesem Moment trifft mich eine Idee wie ein Blitzschlag. »Hey«, rufe ich beinah. »Du willst doch deine Haushaltskasse aufbessern, richtig?«

»Richtig.« Sebastian sieht mich verwirrt an. »Deswegen fragte ich ja auch nach Auftritten.«

»Und wenn ich einen anderen Job für dich hätte?«

»Ich hab's nicht so mit Tische abräumen.«

»Darum geht es auch nicht.«

»Worum dann?«, hakt er nach.

»Um die Schnitzeljagd.« Drinnen höre ich Charlie nach mir rufen. »Hör zu, ich muss jetzt wieder rein.

Aber kannst du später wiederkommen? Wenn der Laden schließt?«

»Ich verstehe zwar kein Wort ... aber okay, ich komme später nochmal.«

»Danke«, sage ich strahlend. »Dann erkläre ich dir alles. Versprochen.«

»Gut.« Ich lächle ihn an und mache mich auf den Weg zur Tür. »Riley?« Ich drehe mich nochmal um. Er grinst wieder. »Du solltest noch was mit deinen Augen machen, bevor du zu deinen Gästen gehst. Du siehst aus wie ein Pandabär.«

Ich schenke Sebastian nochmal einen dankbaren Blick und gehe dann zurück in den Laden. Mein Spiegelbild sagt mir, dass er recht hat: Mein Mascara hat sich selbständig gemacht und jetzt sehe ich aus, als hätte ich mir versucht, mit verbundenen Augen Smokey Eyes zu schminken.

Ich wische mit einem Taschentuch darüber und gehe dann zu Charlie.

Noch vier Stunden bis der Laden schließt. Bleibt zu hoffen, dass meine Idee funktionieren und Sebastian zustimmen wird.

Sebastian kommt pünktlich zur Ladenschließung. Ich habe noch meine Schürze um und räume gerade die letzten Tassen in die Spülmaschine.

»Also? Was gibt's geheimnisvolles?«

»Nicht hier.« Ich lege meine Schürze ab und schnappe mir den Teller mit den übriggebliebenen Scones. »Komm mit nach oben.«

Sebastian zieht eine Augenbraue hoch, sein Mundwinkel zuckt. »Hätte ich gewusst, dass Schnitzeljagd das Codewort für Sex ist, hätte ich mich noch etwas frisch gemacht.«

»Idiot.« Ich versuche, ihn mit der Schürze zu hauen, aber Sebastian duckt sich lachend weg. »Halt den Mund und komm einfach mit.«

Er hält kapitulierend die Hände in die Höhe. »Okay, okay.« Gemeinsam gehen wir nach oben. Schon beim Hereinkommen bereue ich, dass ich nicht aufgeräumt habe. Überall liegt Kram von mir herum, auf meinem Bett liegen ein paar Slips, die ich kurzerhand mit dem Bettlaken abdecke. Sein Blick fällt jedoch nur auf die braune Cordjacke, die noch immer über einem der Küchenstühle gelegt ist.

»Oh«, sage ich. »Ich wollte sie dir noch zurückgeben. Es war nur irgendwie so viel los, da habe ich das vergessen.«

»Ist doch kein Problem.«

Ich räuspere mich nervös. Wenn er wüsste, dass ich diese Jacke in den letzten Tagen immer getragen habe, wenn mir kalt war, alleine weil ich den Duft, der daran klebt, so mag, würde er mich für verrückt halten und vermutlich sofort diese Wohnung verlassen.

»Willst du was trinken?«, frage ich, um den Moment zu überspielen.

»Klar, gerne.«

»Ähm ... ich habe aber nur Leitungswasser. Aber ich könnte auch etwas von unten holen, wenn du willst.«

»Leitungswasser ist super.«

»Gut.« Ich fülle zwei Gläser und setze mich dann an den runden Tisch, an dem Sebastian bereits Platz genommen hat.

»Also. Wieso genau bin ich hier?«

»Ich brauche deine Hilfe. Ich hatte vor, es allein zu schaffen, aber ich muss mir letztendlich eingestehen, dass ich ziemlich aufgeschmissen bin. Ich kann die Briefe nicht finden und wenn ich so weiter mache, bin ich alt und grau, und das Papier vergilbt, sodass ich nie wieder eine Chance haben werde, wirklich zu wissen, was mein Vater wollte.«

»Riley.« Sebastian bremst mich. »Um was geht es?«

Ich stehe auf und nehme das Fotoalbum und den Brief von meinem Nachtisch. Wie einen Schatz halte ich beides in meinen Händen, noch unsicher, ob ich es Sebastian wirklich zeigen soll. Es fühlt sich fast wie ein Verrat an, so etwas persönliches von meinem Vater aus der Hand zu geben – etwas, das nur für mich bestimmt war. Aber wenn ich wirklich seine Hilfe will, muss er wissen, worum es geht.

»Hier«, sage ich und lege den Brief vor Sebastian ab »Lies das.«

Er runzelt die Stirn, beginnt aber sofort das Papier auseinanderzufalten. Gespannt halte ich inne, während ich ihn beim Lesen beobachte. Ich versuche, jede Veränderung seiner Mimik mitzubekommen, aber er ist wie ein verdammter Pokerspieler.

»Dein Vater hat also wirklich Briefe für dich versteckt? Wieso gibt er sie dir nicht gleich?«

»Aus dem Grund, den er angibt, nehme ich an: Damit ich ihn und sein Leben besser kennenlerne. Ich weiß, es klingt verrückt. Aber irgendwie finde ich die Idee auch toll. Aber wie dem auch sei: Ich will diese Briefe finden. Einen habe ich schon.« Ich öffne das Album und zeige ihm das Bild von der Garage. »Aber von den übrigen Briefen fehlt jede Spur. Ich werde sie niemals finden.

Nicht ohne Hilfe. Ich scheitere schon daran, diese blöden Orte auf den Fotos zu identifizieren. Und da kommst du ins Spiel.«

»Ich bin ganz Ohr.«

»Du kennst dich hier aus, du bist hier groß geworden. Und noch dazu bist du viel mit deiner Gitarre unterwegs und kennst dadurch viele Ecken. Man könnte also sagen, dass du der führende Experte für Seagulls bist. Und du brauchst Kohle. Also möchte ich, dass du mir hilfst, die Orte auf den Bildern zu finden.«

»Das könnte aber ziemlich lange dauern. Das Album ist total dick. Da bin ich ja wochenlang beschäftigt.«

»Dafür bekommst du Geld.«

»Woher willst du das Geld nehmen? Das Café läuft doch nicht.«

»Ich habe ein bisschen was geerbt. Ich wüsste keinen besseren Weg, um Matts Geld zu nutzen. Du bekommst für jeden gefunden Ort fünfzehn Pfund von mir. Das ist genug, um die Haushaltskasse aufzurüsten. Eine Bonuszahlung von jeweils dreißig Pfund bekommst du, wenn wir einen Brief finden. Wie klingt das?«

»Wie viele Briefe gab es nochmal?«

»Noch fünf.«

»Mach vierzig pro Brief draus und ich bin dabei.«

»Das ist nicht sehr ritterlich von dir. Wo ich doch in Not bin.«

Er zuckt die Schultern. »Ich habe nie behauptet, ein Ritter zu sein«, erwidert er schmunzelnd.

»Na gut. Dann vierzig pro Brief.«

»Gut.« Sebastian lächelt mir zu. Dann – ohne Vorwarnung – spuckt er auf seine Hand und reicht sie mir. »Hand drauf.«

»Ih.«

»Echte Geschäfte werden so besiegelt.«

»Wo das denn? Bei den Neandertalern?«, lache ich.

»Na los, Prinzessin. Nicht so schüchtern.«

Ich seufze schwer, dann spucke ich ebenfalls in meine Hand. Angewidert verziehe ich das Gesicht und schlage bei ihm ein. Es ist so ziemlich der widerlichste Deal, den ich jemals eingegangen bin. Aber ich hoffe, er ist es wert. Sebastian verliert zumindest keine Zeit und fotografiert sich jedes Foto ab, um sich in die Arbeit zu stürzen. Ich wasche derweil erstmal gründlich meine Hände.

Kapitel 11

Während ich darauf warte, dass Sebastian sich bei mir meldet, sitze ich förmlich auf glühenden Kohlen und versuche es mit Entspannung. Ich blättere in Zeitschriften, trinke Tee und Kakao, ich lackiere mir sogar die Fußnägel, obwohl ich das sonst nur im Sommer mache. Das Fotoalbum auf meinem Nachttisch scheint meinen Blick magisch anzuziehen und danach zu rufen, von mir geöffnet zu werden, aber ich habe es mir selbst verboten. Egal, wie oft ich die Bilder auch durchgehe, die Eingebung wird eh nicht kommen, also kann ich nur warten und auf Sebastians Kenntnisse hoffen. Zum Glück hat Lydia vorgeschlagen, heute auszugehen, sodass ich etwas Ablenkung habe. Ich kann nicht mehr hier sitzen und warten, sonst werde ich noch wahnsinnig.

Ich zupfe meinen Zopf zurecht und blicke in den Spiegel. Mein Gesicht ist mit ein wenig Rouge und Wimperntusche geschmückt und ich trage meine engste Jeans. Ich drehe mich, schnappe mir meine Handtasche und gehe dann runter zum Parkplatz, wo Lydia bereits wartet. Im Vergleich zu meinem eher dezenten Outfit ist sie mit ihrem schwarzen Minirock und dem dunkelroten Top eine echte Granate. Ihre blonden Haare fallen heute in Wellen.

»Wow«, sage ich. »Du siehst unglaublich aus.«

»Du auch«, erwidert sie lächelnd, und obwohl ich nur eine graue Bluse trage, habe ich das Gefühl, dass sie es wirklich ehrlich meint.

»Die anderen freuen sich schon, dich kennenzulernen.« Wir steigen in meinen VW Beetle und ich folge Lydias Anweisungen, raus aus Seagulls, ein paar Meilen Richtung Süden. »Du wirst die anderen bestimmt mögen. Robyn, Jade und Michelle sind echt super locker.«

»Du bist mit ihnen zur Schule gegangen?«

»Genau. Sie sind danach weggezogen, um aufs College zu gehen. Aber anders als die meisten, haben sie sich nie für etwas Besseres gehalten, weil sie es geschafft haben und ich nicht. Wir treffen uns seitdem alle paar Monate, wann immer sie in der Nähe sind.«

»Es ist echt nett, dass ihr mich mitnehmt. Es tut gut, mal rauszukommen.«

»Du musst hier rechts abbiegen.« Ich folge ihrer Anweisung, ohne Plan, wo es genau hingeht. Aber für den Moment ist es mir egal. Es ist das erste Mal seit Tagen, dass ich an etwas anderes denke als an die Briefe.

»Also, was gibt's Neues?«

»Nichts weiter«, sage ich. »Heute gab es wieder nur vier Gäste. Es ist echt unfassbar, wie stur die Leute hier sind. Langsam könnten sie wirklich mal warm werden und mir eine Chance geben. Aber ich versuche, mich nicht zu viel drüber aufzuregen. Das ist nicht gut fürs Herz, sagt meine Mutter immer.« Ich sehe auf die dunkle Landstraße, meine Gedanken ziehen genauso an mir vorüber, wie die Bäume neben uns. »Vielleicht sollte ich mich mal wieder bei ihr und Jack melden. Sie wird immer so zickig, wenn ich länger nichts von mir hören lasse.«

Lydias Seitenblick trifft mich. »Sonst gibt es nichts, was du erzählen willst?«

»Ähm ... ich habe mir die Fußnägel lackiert«, sage ich stirnrunzelnd.

»Nein, davon rede ich nicht.«

»Ich wusste nicht, dass du auf etwas anspielst. Was soll es denn Neues geben?«

»Du triffst dich mit Sebastian.«

»Was? Wie kommst du denn darauf?«

Ich sehe Lydia aus dem Augenwinkel heraus grinsen. »Ich soll dir ausrichten, dass ihr euch morgen um zwanzig Uhr am Strand trefft. Hallo? Am Strand? Habt ihr etwa ein Date? Und wieso erfahre ich davon nichts?«

»Erstens hast du noch vor mir davon erfahren und zweitens ist es kein Date. Sebastian hilft mir nur bei etwas.«

»Ehrlich? Mehr ist da nicht?«

Ich lache auf und biege nach links ab. »Jetzt kling nicht so enttäuscht. Ich habe dir doch schonmal gesagt, dass ich kein Interesse an ihm habe. Oder an Männergeschichten generell. Deswegen bin ich nicht hier.«

»Kann ich ja auch verstehen. Aber ich sehne mich nach ein paar Flirterfahrungen. Wenn schon nicht bei mir selbst, dann wenigstens aus dritter Hand. Aber ich sehe schon, dass du mir in dieser Hinsicht nichts nützt.« Sie verdreht grinsend die Augen. »Bleibt zu hoffen, dass heute Abend heiße Typen da sind.«

»Welche Kerle auch immer da sind, eins steht fest: In diesem Rock wirst du ihnen auffallen.«

Wir halten auf einem gepflasterten Parkplatz. Der Club vor uns sieht aus wie ein altes Fabrikgebäude, mit Stahlsäulen und deckenhohen Fenstern hinter denen bunte Stroboskoplichter tanzen.

»So einen Laden hätte ich in der Nähe von Seagulls niemals vermutet«, sage ich und stelle den Motor ab.

»Dachtest du etwa, hier gäbe es nur Leuchttürme, Cafés und verbummelte Straßen? Wenn man richtig feiern will, dann ist das *Factory* genau das Richtige.« Lydia schnallt sich ab. »Komm, die anderen sind bestimmt schon drin.«

Im Factory ist es laut und stickig, aber ich spüre die Euphorie, mit jedem Schritt, dem ich mich dem Ladeninneren nähere. Die alte Fabrikhalle ist mit Neonlichtern geschmückt. Überall stehen farblich passende Barhocker mit Lehne und es gibt ruhige Ecken mit Sitzkissen und Sesseln. Die Musik ist etwas zu elektronisch für meinen Geschmack, aber ich störe mich nicht daran. Ich folge Lydia zur Tanzfläche, wo bereits ein paar Mädels auf uns warten. Lydia begrüßt alle überschwänglich und stellt mich dann vor. Die Namen vergesse ich im ganzen Tumult schnell wieder, aber sofort merke ich, dass ich mich entspannen kann. Das hier ist, wie Lydia schon gesagt hat, eine richtig nette Runde. Wir bestellen uns Sekt, stoßen an und beginnen ziemlich schnell zu tanzen. Ich selbst wippe mehr mit dem Fuß und trinke, aber Lydia gibt richtig Vollgas und bringt mich auch ein paar Mal dazu, über meinen Schatten zu springen.

»Ist es nicht cool hier?«, fragt Lydia über die Musik hinweg und zieht mich an sich.

»Du hast nicht übertrieben«, erwidere ich lachend und drücke ihr einen Kuss auf die Wange. »Wenn ich in Seagulls bleibe, müssen wir das öfter machen.«

»Du wirst bleiben. Das habe ich im Gefühl.«

Ich lächle nur, anstatt darauf zu antworten. Eins der Mädels lenkt die Aufmerksamkeit auf sich, indem sie uns zuprostet und ich bin ihr dankbar, dass ich das Thema nicht näher vertiefen muss. Lydias Wunsch, dass ich bleibe, spricht für sie als Freundin, aber es vergrößert auch den Druck auf eine Entscheidung, die ich unmöglich so schnell treffen kann.

Lydia jauchzt auf, als ein neuer Song angestimmt wird. »Oh Gott, ich liebe das Lied. Komm, wir tanzen, Riley.« Sie nimmt meine freie Hand und bringt mich dazu, ein bisschen mit der Hüfte zu wackeln. So sexy wie Lydia, die es richtig draufhat, ihren Körper zum Takt zu bewegen und dabei begehrenswert zu wirken, werde ich niemals tanzen können. Aber ich blende die Gedanken aus und konzentriere mich auf den Spaß. Die letzten Wochen waren so ernst, dass ich mir diese freien Minuten ohne Sorgen verdient habe. Trotzdem kann ich, auch nach Stunden, in denen ich so viel tanze, dass mir die Füße wehtun, nicht vollends die Aufregung ausblenden, die mich überkommt, wenn ich an Morgen denke. Morgen, wenn Sebastians Hilfe beginnt und ich den Briefen meines Vaters vielleicht näherkomme. Wenn sich die Schnitzeljagd vielleicht endlich zum Guten wendet.

Am nächsten Abend sitze ich pünktlich um zwanzig Uhr an dem Strandabschnitt, eine Decke über meinen Schultern und in der Hand eine Thermoskanne mit

Früchtetee. Von allen Orten, die ich bislang hier in Seagulls gesehen habe, ist dieser hier mein liebster. Der Blick auf die Wellen, der sanfte Wind in meinem Haar und die Ruhe, die sich in mir ausbreitet, sobald ich hier sitze. Ich wärme meine Hände an dem Becher und schließe kurz die Augen, lausche dem Klang des Meeres und dem Wind. Dann nehme ich einen Schluck.

Ich höre Sebastians Schritte, noch bevor er zu sehen ist. Auch er hat eine Decke dabei. »Hey«, sagt er grinsend und setzt sich neben mich. Ich reiche ihm wortlos einen Tee und sehe ihn erwartungsvoll an.

»Wie war euer Mädelsabend gestern?«

»Sehr lustig und sehr lang«, sage ich. »Dieser Club ist gar nicht mal schlecht, auch wenn ich eigentlich nicht so die Partygängerin bin.«

»Nicht?«

»Neee. Zwei linke Füße beim Tanzen und meistens ist es mir etwas zu viel Alkohol, den die Leute konsumieren. Ich trinke auch gerne Wein oder Sekt, aber lieber gemütlich zuhause. Nicht, um mich ins Koma zu saufen.«

»Oh ja, das verstehe ich gut. Ich selbst trinke Wein auch lieber hier am Strand, oder zuhause bei einer leckeren Pasta.«

»Du kochst Pasta?«

»Wieso klingst du so überrascht?«

Ich zucke mit den Schultern. »Ich weiß nicht. Ich hatte dich wohl eher nicht so als den häuslichen Typen eingeschätzt.«

»Und *wie* häuslich ich bin.« Sebastian grinst. »Ein kleines Haus, ein Holzofen, frischgekochtes Essen und Abende mit Gitarre und Buch.«

Ich starre ihn kurz an, ehe ich meinen Blick auf meinen Tee werfe und einen Schluck nehme, um meine Reaktion hinauszuzögern. Durch die Straßenmusik und Lydias Rede von seiner Orientierungslosigkeit hatte ich ihn irgendwie als eine Art Rebell gesehen, nur um jetzt festzustellen, dass er trotz allem mitten im Leben steht. Eine Tatsache, die mir imponiert, aber sie schüchtert mich gleichermaßen ein, wenn ich mir mein eigenes Chaos betrachte.

»Also«, durchbricht Sebastian die Stille. »Das Fotoalbum.«

Sofort höre ich auf nachzudenken und richte meine Aufmerksamkeit voll auf seine Worte. Meine Finger umklammern förmlich meinen Becher, so aufgeregt bin ich plötzlich.

»Bei einigen Fotos bin ich mir ziemlich sicher, die Orte zu kennen.« Er holt sein Handy heraus und zeigt das Bild, auf dem Matt am Wasser stehen. »Das ist der Silverlake.«

»Hier gibt es einen See?«

»Ja, einen Angelsee. Nur circa eine halbe Stunde Autofahrt.«

»Worauf warten wir noch?«

Sebastian schüttelt den Kopf. »Im Dunkeln wird es schwierig. Da ist nichts beleuchtet und der See ist ziemlich groß. Wir sollten also warten, bis es hell ist. Aber ich kenne auch noch einen der anderen Orte. Bei dem Leuchtturm bin ich mir auch ziemlich sicher.«

»Bei den zwei Leuchttürmen war ich schon, da habe ich nichts gefunden.«

»Es gibt hier aber drei.«

»Ja, aber nur zwei mit weißem Anstrich.«

»Das stimmt so nicht. Der Leuchtturm im Süden ist auf der Vorderseine braun, aber die Rückseite und der Innenhof sind in Weiß gehalten.«

»Was? Aber dann könnte der Brief ja dort sein.«

»Ich bin mir zumindest relativ sicher, dass es sich bei dem Leuchtturm auf dem Bild um den im Süden handelt.« Er scrollt weiter und zeigt das entsprechende Bild auf seinem Handy. »Siehst du hier? Da ist ein bisschen braune Farbe zu sehen.« Ich kneife meine Augen zusammen und gehe ein wenig näher. Tatsächlich sieht es so aus, als wäre die weiße Farbe mit ein wenig braun vermischt, mehr wie Dreck, aber mit dem Wissen, dass es einen zweifarbigen Leuchtturm gibt, lässt es mein Herz höherschlagen. Hätte ich Sebastian nicht eingeweiht, wäre mir dieses Detail entgangen. Niemals wäre mir in den Sinn gekommen, bei dem dritten Leuchtturm zu suchen. Im Internet hat man nur die Vorderansicht gesehen, da war der weiße Anstrich gar nicht zu erkennen.

»Was ist näher? Der Leuchtturm oder der Angelsee?«

»Der Leuchtturm. Da sind wir mit dem Auto in weniger als zwanzig Minuten. Wenn wir beim See alles absuchen, wird daraus auf jeden Fall ein Tagesausflug.«

»Okay. Dann können wir doch morgen Abend, wenn das Café schließt, zum Leuchtturm fahren. Oder? Und an meinem freien Tag suchen wir dann den See ab.«

»Das können wir so machen.« Hoffnung macht sich in mir breit. »Bei den anderen Fotos brauche ich noch etwas Zeit.«

»Kein Problem. Du hast an einem Tag schon mehr herausgefunden als ich in zwei Wochen.« Unwillkürlich will ich aufschluchzen, weil sich die ganze Anspannung der letzten Wochen entlädt, aber Sebastians warnender Blick hält mich zurück.

»Nicht schon wieder weinen«, sagt er, aber seine Stimme klingt sanft.

»Tschuldigung. Es ist nur … es ist das erste Mal seit Tagen, dass ich so etwas wie Zuversicht spüre. Ich war kurz davor, alles abzubrechen. Du bist sozusagen meine letzte Chance.«

»Nur kein Druck.« Er lacht.

»Keine Sorge. Schlechter als ich kannst du gar nicht sein. Ein Blick auf die Fotos und du hast sofort zwei Orte gefunden. Das ist toll. Wirklich.«

»Wieso hast du nicht Lydia gefragt? Oder Charlie? Ihr versteht euch doch richtig gut, oder?«

»Da hast du recht«, erwidere ich nachdenklich und nehme einen Schluck Tee. »Ich vertraue den beiden. Aber irgendwie kann ich ihnen nicht von den Briefen erzählen.«

»Aber bei mir konntest du es?«, fragt er überrascht.

»Ja«, sage ich beinah flüsternd. »Frag mich nicht wieso. Aber ich schätze, dir vertraue ich auch.«

Sebastian lächelt mich an, und untermalt damit dieses Vertrauen. Ich kann es nicht erklären, es ist nichts, was ich mit dem Verstand entschieden habe. Ich weiß nur, dass es sich richtig anfühlt, grade Sebastian mit meinem Geheimnis vertraut zu machen. Ich kann nur hoffen, dass ich es nicht bereuen werde.

Kapitel 12

In dunkelblauer Jeans und einem weißen T-Shirt stehe ich vor meinem VW Beetle und sehe zu, wie Sebastian das Gesicht verzieht, während er ihn viel zu eindringlich mustert.

»Wollen wir nicht doch lieber meinen Pick-up nehmen?«

»Was bitte hast du gegen mein Auto?«, frage ich zurück und sehe ihn streng an.

»Er sieht aus, als wäre er dreimal gegen die Wand gefahren worden. Woher sind bitte die ganzen Beulen? Der sieht ja schrecklich aus.«

»Hey«, sage ich empört. »Das sind nur klitzekleine Beulen und machen doch erst den Charme aus. Und das war schon so, als ich ihn gekauft habe.«

Sebastians Mundwinkel zucken. »Irgendwie glaube ich dir das nicht.«

»Doch. Siehst du, dieser eine kleine Kratzer ist von mir.« Ich zeige auf den Striemen an der Fahrertür, an dem der Lack bereits abgeblättert ist. »Da habe ich eine kleine Mauer gestreift. Aber alles andere war schon so.«

»Und du hast trotzdem Geld dafür bezahlt?«

»Von meinem ersten Gehalt damals«, sage ich. »Und ich bin stolz auf ihn, also verurteile ihn nicht.«

Sebastian hebt die Hände. »Würde ich nie tun. Er ist nur ... speziell.«

»Genau wie ich.«

Sebastian seufzt. »Na gut, dann steige ich eben ein. Aber wehe du machst neue Beulen rein, während ich drinsitze. Auf Autounfälle stehe ich gar nicht.« Sein Tonfall ist scherzhaft, aber kurz sehe ich tatsächlich Nervosität in seinen Augen aufblitzen.

»Keine Sorge«, sage ich grinsend, während ich die Fahrertür öffne. »Wir dürfen nur nicht in diese eine Gasse einbiegen. Ich schwöre, die ist so eng, dass ich irgendwann wirklich nochmal die Häuserwand mitnehme.«

»Meinst du die Stelle, an der das Eiscafé ist?«

Noch den Anschnallgurt in der Hand sehe ich ihn an. »Ja genau, die Häuserwand meine ich.«

»Die Stelle ist echt verflucht eng. Vor drei Jahren gab es schonmal einen Unfall deswegen. Aber es ist zum Glück keiner verletzt worden. Nur ein Blechschaden.«

»Gott sei Dank.«

Sebastian nickt und schnallt sich an. Kurz sieht er aus, als würde er sich die Fahrt mit mir nochmal durch den Kopf gehen lassen, doch dann richtet er seinen Blick nach vorne. »Fahr am besten gleich rechts, dann kommst du zur Landstraße und bist auf dem direkten Weg zum Leuchtturm.«

»Aye aye Sir.«

Ich starte den Motor und fahre los, mein Auto schnurrt regelecht, als würde es mich begrüßen wollen. Das Radio springt an, in dem mein Stick mit dem neusten Album von Taylor Swift steckt.

»Bist du ein Fan?«

»Wer ist das nicht? Taylor ist großartig. Sie macht einfach gute Laune, obwohl ihre Texte trotzdem Tiefgang haben.«

»Mag sein«, sagt Sebastian schulterzuckend. »Ich kenne eigentlich nur die Lieder von ihr, die im Radio laufen.«

»Was hörst du denn so?«

»Hauptsächlich alten Rock. Beatles, Rolling Stones, The Who.«

Eine Tatsache, die mich nicht überrascht. Auch seine Songauswahl bei seinen Auftritten und am Strand passen dazu. »Wie kommt es, dass du eher ältere Musik hörst? Das ist eher ungewöhnlich.«

»Früher, ich war so sechs oder sieben, lief diese Musik immer zuhause. Und irgendwie bin ich dabei geblieben.«

»Meine Mutter hat nie Musik gehört«, überlege ich. Bei uns im Haus herrschte immer Stille.

»Was? Wer hört denn keine Musik?«

»Frag mich nicht, das fand ich auch schon immer seltsam. Aber sie ist sehr geräuschempfindlich und schnell genervt. Ihr Lebensgefährte Jack dreht immer die Musik auf, sobald sie aus dem Haus ist.«

»Gute Musik?«

»Folk«, schmunzle ich. »Und er singt leider sehr schief mit.«

Sebastian wirft mir einen Seitenblick zu. »Verstehst du dich gut mit ihm?«

Kurz denke ich an Jack, den ich viel zu lange nicht gesprochen habe. An seine Art, wie er immer extra laut gesungen hat, nur um mich damit zu ärgern. Oder daran, dass er mir immer heimlich Kekse gegeben hat, wenn meine Mutter nicht da war.

»Jack ist klasse«, antworte ich. »Ohne ihn wäre es zwischen meiner Mutter und mir oft eskaliert. Er ist eine

Art Puffer. Und ein ziemlich guter noch dazu. Ich habe ihn sehr lieb.«

»Aber?«

Ich seufze. »Aber obwohl er so etwas wie ein Vater für mich war, hat mir trotzdem immer ein Vater gefehlt. Weißt du, wie ich das meine?«

»Ich glaube schon.« Die Art, wie er das sagt, lässt mich aufhorchen. Es klingt beinah so, als hätte er selbst Vaterprobleme.

»Hat deine Mutter wieder einen Freund, seit diese Beziehung in Seagulls vorbei ist?«, frage ich daher.

»Nichts Festes«, sagt er. »Eine Zeit lang hatte sie ständig jemand Neues. Ich glaube sie hat versucht, diese eine Beziehung zu vergessen.«

»Ohne Erfolg, so wie es klingt.«

»Ohne Erfolg«, bestätigt Sebastian. »Sie ist noch immer traurig und hängt ihm richtig hinterher.«

Ich denke an den traurigen Blick seiner Mutter, als sie ihre verlorene Liebe erwähnt hat und kann ihm nur beipflichten. Selbst für mich Fremde war es offensichtlich, dass sie dieser Liebe noch hinterhertrauert. »Vielleicht vertragen sie sich ja wieder?«, überlege ich, mehr zu mir selbst. »Sowas soll es auch nach langer Zeit geben. Dass sich Paare wiederfinden.«

»Nein«, erwidert Sebastian nachdenklich. »In diesem Fall ist das wohl ausgeschlossen.« Er seufzt, dann zeigt er nach links. »Hier abbiegen.«

Ich folge seiner Anweisung und fahre einen kleinen Schotterweg hinauf. Schilder weisen mich darauf hin, dass ich auf direktem Weg zum Leuchtturm bin. Mein Wagen ruckelt unter jedem Steinchen. Beim Anblick von Sebastian, der sich an die Türhalterung klammert, als würde er befürchten, wir könnten wegrutschen, muss ich mir echt ein Lachen verkneifen.

»Da sind die Parkplätze«, sagt er überflüssigerweise, denn ich sehe längst das große Schild. Ich halte direkt daneben. »Von hier aus geht es zu Fuß weiter.« Er zeigt in die Ferne, wo die Spitze des Leuchtturms über die Baumkronen ragt. Ein kleiner, sandiger Weg führt dorthin.

»Ziemlich einsam hier.«

»Ist ja auch keine Hauptsaison. In den Sommerferien tummeln sich hier immer die ganzen Touris.«

»Ist das gut für dich und deine Musik? Du müsstest doch im Sommer viel mehr Auftritte haben. Oder nicht?«

»Doch, in der Regel gibt es immer ein paar Restaurants, die dann Livemusik anbieten. Oder ich spiele irgendwo auf der Promenade. Steve, unser Polizist, mag das nicht so gerne, aber inzwischen sagt er nichts mehr.«

Wir folgen dem kleinen Weg, meine Schuhe versinken im Sand unter meinen Füßen. »Warum sollte man auch etwas dagegen haben? Musik bringt doch eine schöne Atmosphäre.«

»Ich glaube, er hat Angst, jemand könnte sich von mir belästigt fühlen. Aber inzwischen wird er wohl eingesehen haben, dass ich mich den Leuten nicht aufdränge. Ich freue mich, wenn sie mir etwas Geld geben, aber ich spiele nicht nur deswegen.«

Ich denke an den Abend am Strand, an dem ich ihn habe spielen sehen – nur für sich, ohne großes Publikum. Ich hatte das Gefühl, dass die Musik ihm wirklich etwas bedeutet.

»Das glaube ich dir«, sage ich ehrlich, dann seufze ich leise. »Hör zu, ich habe deine Frage nach regelmäßigen Auftritten bei mir im Café noch nicht vergessen. Ich würde mich freuen, wenn wir zusammenarbeiten könnten. Ich – ich brauche nur noch etwas mehr Zeit, damit ich mir so ein Arrangement leisten kann.«

»Keine Sorge, ich weiß, dass es gerade kein guter Zeitpunkt ist«, sagt Sebastian. »Aber die Suche nach den Briefen bringt mir ja auch etwas Geld ein.«

»Da hast du recht. Aber für die Musik empfindest du echte Leidenschaft, also will ich wirklich, dass das mit den Auftritten bald klappt. Ich vergesse deine Bitte nicht.«

Sebastian lächelt mir zu. »Okay. Ich würde mich darüber freuen.«

Wir bleiben stehen, vor uns liegt die Mauer des Leuchtturms.

»Da wären wir.« Sebastian geht nach links und winkt mich zu sich. »Siehst du? Dieser Teil ist weiß.«

»Ohne dich hätte ich das nie herausgefunden.« Ich widerstehe dem Drang, Sebastian um den Hals zu fallen.

»Dank mir lieber erst, wenn wir auch den Brief hier finden. Vielleicht liege ich ja auch falsch.«

»Ich weiß nicht.« Meine Finger berühren die weißen Backsteine. »Irgendwie habe ich ein gutes Gefühl.«

»Dann lass uns anfangen zu suchen.«

Ich beginne, die weißen Steine abzutasten, während Sebastian sich eher auf die Bäume und Büsche ringsherum konzentriert. Er tastet auch den kleinen Holzzaun ab, der am Eingang des Leuchtturms steht.

Meine Finger gleiten mit sanftem Druck über die Steine, immer wieder rechne ich damit, einen Hohlraum oder einen losen Stein zu finden, doch wenn ich Löcher in der Mauer finde, sind sie viel zu klein für einen Brief. Bis einer der Steine tatsächlich unter meinen Fingern nachgibt und sich verrücken lässt.

»Hier!« Mit zitternden Fingern löse ich den lockeren Stein aus der Mauer und greife in den Hohlraum dahinter.

»Da ist er.« Ich ziehe den vergilbten Briefumschlag hervor. Er sieht mitgenommen aus, als habe er monatelang darauf gewartet, von mir gefunden zu werden. Der Gedanke bricht mir beinah das Herz. Wie früh wusste mein Vater, dass er sterben würde? Wenn er das alles hier noch organisieren konnte …

Sebastian taucht neben mir auf und sieht mir über die Schulter. »Ist er von Matt?«

»Mein Name steht auf dem Umschlag«, flüstere ich ehrfürchtig. Da ist mein Name, ganz deutlich zu erkennen, in derselben Handschrift wie bei den anderen Briefen. Ich starre auf den Schriftzug. Eine Bewegung und ich könnte den Brief öffnen und seine Worte lesen, doch obwohl ich die ganze Zeit darauf hingefiebert habe, bin ich auf einmal wieder voller Angst.

»Alles in Ordnung?«

Ich nicke und presse dabei den Brief an meine Brust. Die Neugier auf seine Worte ist groß, aber ich will auch den Moment genießen, will die Traurigkeit, die in meiner Brust aufkeimt, zulassen.

»Willst du ihn nicht lesen?«

»Doch«, sage ich. »Ich brauche nur einen Moment.«

Sebastian nickt wissend, dann nimmt er plötzlich meine Hand und zieht mich sanft mit sich.

»Was hast du vor?«

»Ich kenne da einen Ort, der ideal ist, um Matts Brief zu lesen.« Er bleibt vor dem Eingang des Leuchtturms stehen und zeigt hinauf. »Da oben.«

»Du willst da rauf? Darf man das denn?« Ich sehe mich um, aber wir sind allein.

»Eigentlich nicht«, sagt er grinsend und löst auf einmal einen zweiten Stein, direkt neben der Tür. »Aber es ist ein ungeschriebenes Gesetz, dass die Leute bei diesem Leuchtturm keine Regeln beachten.«

Er holt einen großen, schwarzen Schlüssel aus dem Loch und lässt ihn ins Schloss gleiten.

»Ernsthaft? Die verstecken den Schlüssel direkt neben dem Eingang? Dann müssen sie sich auch nicht wundern, wenn jeder hochgeht.«

»Sag ich doch. Ein ungeschriebenes Gesetz. Das ist ein ziemlich beliebter Ort zum Knutschen.«

»Aha.« Ich mustere Sebastian skeptisch.

Sebastian lacht, was mich tatsächlich etwas verunsichert. Nicht, dass ich mit ihm herumknutschen wollte, aber dass er den Gedanken dermaßen lustig findet, ist nicht gerade ein Kompliment.

»Keine Sorge, ich werde nicht über dich herfallen.«

Mein Herz rast kurz bei dieser Vorstellung, unwillkürlich fällt mein Blick zu seinen markanten Gesichtszügen und seinen einnehmenden blauen Augen. Bis die Tür mit einem lauten Quietschen aufspringt und meine Gedanken damit wieder auf den Brief lenkt. Der Brief, den ich noch immer in den Händen halte. Die Worte meines Vaters. Sie sollten gerade meine Gedanken dominieren, nicht irgendwelche Tagträume von hellblauen Augen.

»Nach dir«, sagt Sebastian. Ich betrete den Turm, der nur aus einem kleinen Vorraum und einer sehr hohen Wendeltreppe besteht. Durch die Dämmerung liegt die Treppe im Dunkeln, aber ich kann genug sehen, um die Stufen wahrzunehmen. Trotzdem klammere ich mich an das Geländer, während ich Stufe für Stufe erklimme. Oben angekommen, erstarre ich sofort, weil die Aussicht, die sich mir durch die breite Glasfront bietet, atemberaubend schön ist. Ich sehe auf die Weiten des Ärmelkanals, sehe Möwen ihre Kreise ziehen und Wellen, die gegen das Ufer brechen.

»Schön hier oben, oder?«

Ich kann nichts sagen, sondern nur nicken. Ich bin gefangen in dem Anblick, der sich mir darbietet, und den Emotionen, die in mir toben.

»Komm.« Sebastian winkt mich weiter, direkt zu einer Glasfront. Er nimmt zwei Kissen von einem der Sessel, legt sie auf die Erde und setzt sich mit mir gemeinsam dorthin, mit dem Rücken an eine rote Säule gelehnt, den Blick aufs Meer gerichtet.

»Bereit?«

Bin ich es? Mein Innerstes ist so in Aufruhr, dass ich es nicht klar deuten kann. Trotzdem öffne ich ganz langsam den Briefumschlag und ziehe das Papier hervor. Meine Finger zittern. Sebastian sieht es und legt schutzgebend seine Hand auf meine Schulter. Wir rücken ein wenig näher zusammen, sein Duft und seine Wärme umhüllen mich und geben mir die nötige Kraft. Es tut gut, gerade nicht allein zu sein.

Ich streiche das Papier glatt und mache mich bereit, atme tief aus, ehe ich mich endlich traue, zu lesen. Schon bei den ersten Worten verschwimmt die geschwungene Schrift vor mir und droht, in Tränen unterzugehen. Doch ich atme weiter, tief und gleichmäßig, und konzentriere mich auf Sebastians Hand auf meiner Schulter und die Worte meines Vaters, die ich so dringend habe lesen wollen. Nun will ich mir jedes davon einprägen und sie nie wieder loslassen. Ich will ihn spüren, möchte merken, dass diese Worte tatsächlich nur für mich bestimmt sind.

Hallo Sternchen,
wusstest du, dass ich das Meer liebe? Als ich klein war, hatte ich panische Angst davor. Schon bei der Berührung mit den Wellen bin ich in Tränen ausgebrochen und habe mich jahrelang geweigert, auch nur in die Nähe des Wassers zu kommen. Meine Mutter hatte wirklich viel Geduld mit mir, viel mehr als ich in dieser Situation hätte aufbringen können. Wenn die anderen Kinder schwimmen waren, habe ich am Strand Muscheln gesammelt, habe Burgen gebaut oder war Angeln. Erst durch meinen besten Freund Charlie bin ich ins Wasser gegangen, im Sommer 1959, als Charlie sich in den Kopf gesetzt hatte, mir das Schwimmen beizubringen. Es hat fast die ganzen Sommerferien in Anspruch genommen, aber am Ende habe ich meine Angst vor den Wellen verloren und mich noch ein wenig mehr in Seagulls verliebt. Dieser Ort bietet so viel ... allein die Möglichkeit, morgens in die Wellen zu springen und sich seine Sorgen abzuwaschen. Und glaube mir, in den letzten 61 Jahren gab es einige davon. Ich

hoffe, dass du das Meer ebenso liebst wie ich und du dir die Sorgen auch abwaschen kannst. Zu gerne würde ich dich dabei beobachten und mit dir schwimmen. Es gäbe so viel, was ich dir zeigen und erzählen möchte. Ich könnte dir meine Lieblingsstellen zeigen, an denen man selbst in der Hochsaison noch allein ist. Oder wir könnten schnorcheln. Die Ruhe unter Wasser und die zutraulichen Fische sind einen Ausflug wert. Versprich mir, dass du es versuchst, okay? Es sei denn, du bist ebenso ein Wasser-Angsthase wie ich es damals war. Dann würde ich mir wünschen, dass du auch einfach mal den Sprung ins kalte Nass wagst. Es würde sich lohnen.

Ich für meinen Teil, habe in den letzten vierzehn Jahren, seit ich wusste, dass es dich gibt, immer an dich gedacht, wenn ich das Meer gesehen und das Salz gerochen habe. Jedes Wellenrauschen klang nach deinem Namen. Jeder Stern, der über mir funkelte, hat ihn wiederholt. Vielleicht nenne ich dich deswegen Sternchen. Weil du immer meine Hoffnung an düsteren Tagen warst. Meine Sehnsucht.

Ich vermisse dich, obwohl ich dich niemals kennengelernt habe.

Aber ich denke an dich. Immer.

Dein Matt.

Ich kann meine Tränen nicht mehr stoppen. Zu viele Emotionen kommen an die Oberfläche, gepaart mit Fragen und Gedanken, zu viele Dinge, über die ich nachdenken muss.

»Vierzehn Jahre«, sage ich nach einer Weile. »Vierzehn Jahre wusste er von mir. Das wäre so viel Zeit für uns gewesen.«

»Vierzehn Jahre?« Etwas an Sebastians Stimme lässt mich zu ihm sehen. Er wirkt nachdenklich.

»Weißt du, was vor vierzehn Jahren war? Hast du eine Idee, wie er von mir erfahren hat?«

»Nein«, sagt er und schüttelt langsam den Kopf. »Ich weiß es nicht.«

»Oh. Ich ... ich dachte nur –« Ich beende den Satz nicht, sondern kämpfe mit Enttäuschung. Vierzehn Jahre, und er hat nie etwas gesagt? Ist nie zu mir gekommen? Das Gefühl von Verrat glüht in meiner Brust. Er lockt mich hierher, erzählt mir in seinen Briefen, wie sehr er es bedauert, mich nicht kennengelernt zu haben, obwohl er vierzehn verkackte Jahre von mir wusste?

»Alles in Ordnung?«

»Nein.« Ich balle meine Faust und zerquetsche dabei das Papier. Aber es ist mir egal. Die Wut ergreift Besitz von mir. »Wie kann er vierzehn Jahre von mir wissen und nie etwas sagen? Nur um mir dann sein Erbe und diese Briefe zu hinterlassen? Was bitte soll das? Wo passt das alles zusammen?« Tränen laufen mir weiter über die Wange, obwohl ich gar nicht weinen will. Ich will weiter wütend sein. Gerade will ich meinen Vater nicht lieben, sondern hassen. Er hat doch gesagt, ich hätte die Wahl. »Wie kann er es wagen, mich hierher zu locken und mir auch noch diese Bürde mit seinem Café aufbrummen und mir dann sowas in einem Nebensatz um die Ohren hauen? Ohne weitere Erklärung? Er sagt es einfach und dann was? Redet er weiter über das Meer? Darüber, dass die Wellen meinen Namen rufen würden? Wo ist die Begründung für diese vierzehn Jahre? Oder seine Entschuldigung? Irgendwas!« Meine Stimme hallt von den Wänden wider. Mir gefällt das Echo, es bekräftigt nur meine Gefühle.

»Riley.« Sebastians sanfte Stimme passt gar nicht zu der Wut in meinem Bauch. Trotzdem bringt er mich dazu, zu ihm zu sehen. »Ich verstehe, dass du wütend bist. Ich wäre es wohl auch, wenn ich an deiner Stelle wäre. Aber vergiss nicht, dass noch vier Briefe fehlen. Matt konnte nicht wissen, in welcher Reihenfolge wir sie finden werden. Vielleicht enthält ein anderer Brief Antworten auf diese Fragen.«

»Aber vielleicht auch nicht«, sage ich leise.

»Vielleicht nicht. Aber vielleicht auch doch. Ich will doch nur sagen, dass du noch nicht alle Briefe hast, also urteile nicht zu hart.«

Plötzlich, mit seinen Worten, lasse ich die Wut ein Stück los und sacke förmlich in mich zusammen. Mit einem Mal bin ich haltlos. Die Wut war das Gefühl, auf das ich mich konzentrieren konnte und wollte, denn nun herrscht wieder die Trauer, weil mein Vater mir – aus welchen Gründen auch immer – vierzehn Jahre lang vorenthalten wurde. Und die Trauer ist viel schlimmer. Die Wut war wie kleine Nadelstiche, aber die Trauer entspricht eher einem Faustschlag, der mich mit voller Wucht in die Knie zwingt.

»Du hast ja recht«, presse ich irgendwann hervor und kaue auf meiner Unterlippe herum. Sebastians Hand an meiner Schulter drückt sanft zu. Eine Geste, die mich trotz allem zum Lächeln bringt. Allein würde ich diesen Moment niemals durchstehen, wäre längst an diesem Brief zerbrochen. Nur Sebastians Anwesenheit hält mich gerade davon ab, durchzudrehen.

Ich sehe ihn dankbar an und entdecke seinen gequälten Gesichtsausdruck. Unwillkürlich muss ich lachen, schluchze aber gleichzeitig auf.

»Ich hatte vergessen, dass du keine Tränen magst«, sage ich.

»Ich weiß nur nie, was ich tun und sagen soll, wenn jemand weint.«

»Du machst das doch schon ganz gut«, erwidere ich und deute auf seine Hand, die mir noch immer Halt gibt. »Mehr braucht es eigentlich gar nicht.«

»Trotzdem bin ich nicht so glücklich damit«, sagt Sebastian. »Ich gehe solch emotionalen Situationen lieber rational an.«

»Wie denn zum Beispiel?«

»Zum Beispiel in Bezug auf diese vierzehn Jahre. Überlegen wir doch mal zusammen: War zu der Zeit irgendwas Besonderes? Fällt dir etwas ein, was dazu geführt haben könnte, dass er damals von dir erfahren hat?«

»Nein«, erwidere ich nachdenklich. »Nicht, dass ich wüsste. Ich war zehn Jahre alt, meine Mutter war mit Jack zusammen und wir lebten in London. Es war eigentlich alles, wie immer. Ich bin in die Schule gegangen, war in der Schülerzeitung und in der Biologie-AG. Und ich habe nebenbei Geld verdient, indem ich Hunde ausgeführt habe.«

»Klingt erstmal normal für mich.«

Ich löse mich aus Sebastians Berührung, stehe auf und gehe zu der Glasscheibe. Ich kann jetzt nicht mehr sitzen und weinen, sondern muss irgendwie aktiv sein, auch wenn es bedeutet, einfach nur hier zu stehen und den Wellen zuzusehen. Wellen, die für ihn meinen Namen gerufen haben. Diesmal werde ich nicht wütend, sondern schlucke unwillkürlich. Ich starre raus auf das tiefe Wasser und verliere mich in meinen Gedanken und Empfindungen. Ich bin enttäuscht von meinem Vater, ich spüre, dass diese Enttäuschung zwischen uns steht. Doch gleichzeitig fühle ich mich ihm näher. Ich habe das Gefühl, dass mein Vater immer mehr an Substanz gewinnt, als würden die Umrisse deutlicher zu erkennen sein, und dennoch kann ich ihn nicht greifen. Er entgleitet mir, immer dann, wenn ich mich nach dem Wieso frage.

»Ich bin verwirrt«, sage ich mit trockener Stimme. »Das alles hier verwirrt mich.«

»Ich denke, das würde jedem so gehen, in deiner Situation.« Sebastian tritt neben mich. »Denk einfach an die vier weiteren Briefe. Sammle darin deine Kraft.«

»Ja.« Ich klammere mich an diesen Gedanken, wie an einen Strohhalm. An die Hoffnung, dass ich meine Antworten noch bekommen werde und ich es dann verstehe. Doch Geduld war noch nie meine Stärke.

»Danke, dass du mir geholfen hast, diesen Brief zu finden.« Ich hole mein Portemonnaie heraus, aber Sebastian winkt ab.

»Machen wir später, okay? Es passt gerade nicht zu dem Moment und diesem Ort hier.«

»Da hast du vielleicht recht.« Ich lasse meinen Blick ein letztes Mal über das Meer schweifen. »Aber ich denke, ich will jetzt gehen.«

»Bist du sicher?«

»Ja. Es ist gerade alles etwas zu viel.«

Wir steigen die Wendeltreppe hinunter, schließen die Tür ab und verstauen den Schlüssel wieder hinter dem losen Stein. Den anderen losen Stein lasse ich einfach auf der Erde liegen, als Beweis, dass Matt und ich hier waren ... dass wir Tochter und Vater sind, auf eine gewisse Weise verbunden.

»Ich denke, ich sollte lieber fahren«, sagt Sebastian mit Blick auf mein verheultes Gesicht.

Trotz all meiner Gefühlswallungen muss ich grinsen. »Kannst du das denn? Meine kleine Knutschkugel ist nicht so pflegeleicht.«

»Das bekomme ich schon hin.« Lächelnd nimmt er den Schlüssel entgegen und nimmt in der Fahrertür Platz. Obwohl es sich fremd anfühlt, jemandem mein geliebtes Auto zu überlassen, bin ich dennoch froh, nicht fahren zu müssen.

Eine Weile bleiben wir stumm. Die Landschaft zieht an dem Autofenster vorbei und lässt meine Gedanken ebenso schweifen. Ich bin fast schon irritiert, als der Wagen schließlich hinter dem Café hält, obwohl ich das Gefühl habe, gerade erst eingestiegen zu sein.

Sebastian schaltet den Motor aus uns sieht zu mir. »Wenn dich das alles aufwühlt, können wir auch eine Pause machen.«

»Nein«, sage ich sofort. »Wir gehen am Montag wie geplant zu dem Angelsee.« Auch wenn es mich aufwühlt, bestärkt es mich auch gleichzeitig bei dem Vorhaben, alle diese Briefe zu finden. Ich muss einfach wissen, was mein Vater mir noch zu sagen hatte.

»Gut.« Sebastian überreicht mir den Autoschlüssel. »Aber zum Angelsee fahren wir mit meinem Wagen.«

»Was? Wieso?«

»Der Pick-up ist besser geeignet. Matsch, Hügel und Schotter sind nichts für Knutschkugeln.«

»Mein Auto würde jede Hürde mit mir meistern.«

»Und dann mitten in der Pampa den Geist aufgeben«, zieht er mich auf. »Lass mal.«

»Also schön. Dann fahren wir eben mit deinem Auto. Aber nur unter Protest.«

Er zuckt mit den Schultern. »Damit kann ich leben.«

Ich seufze leise. »Immerhin wirst du besser im Umgang mit Tränen.« Ich schmunzle erschöpft und steige aus dem Wagen. Sebastian macht sich bereits zum Gehen bereit, als ich ihn an der Schulter fasse und aufhalte. »Danke«, sage ich nochmal und sehe ihm direkt in das Hellblau seiner Iris. Die Farbe erinnert mich an das Meer, kurz bevor die Welle bricht und das Wasser beinah weiß erscheint.

»Wir sehen uns«, sagt Sebastian. Seine Stimme klingt ein wenig rauer als sonst, während er mich ansieht. Hinter seinen Augen tobt ein Sturm, den ich nicht greifen, nicht klar erkennen, kann. Beinah sieht er ebenso verwirrt aus, wie ich mich fühle. Ebenso überfordert. Aber ich komme auch nicht dazu, es weiter zu analysieren. Sebastian löst seinen Blick, tritt einen Schritt zurück und winkt mir zu, ehe er um die Ecke biegt. Es erinnert mich an unsere erste Begegnung, hier vor dem Laden. Ist es wirklich erst vier Wochen her? Schon jetzt habe ich das Gefühl, dass mir Sebastian ans Herz wächst. Weil er in Matt und mein Geheimnis eingeweiht ist? Weil er mir hilft, die Briefe zu finden? Oder weil er von vornherein, schon an dem Tag am Strand, etwas wie ein Anker war, der mich dazu gebracht hat, nicht unterzugehen und an mich zu glauben?

Kapitel 13

Der Angelsee ist riesig, wundervoll friedlich und komplett zugewachsen. Ständig müssen wir uns ducken, unter Ästen hindurchkriechen und vor gigantischen Spinnennetzen Halt machen.

»Du willst hier wirklich alles absuchen?«, frage ich und gucke auf den blauen Fleck vor mir. Das Wasser glitzert in der Sonne, aber der schöne Anblick lässt mich nicht darüber hinwegsehen, dass das hier wirklich eine stundenlange Aktion wird. Und in meinen Augen eine aussichtlose.

»Höre ich da einen skeptischen Unterton?«

»Allerdings. Wir können hier doch nicht jeden Baum und jeden Stein untersuchen, um den Brief zu finden. Das würde nicht Stunden, sondern Tage dauern.«

»Wir müssen ja auch nicht alles nach dem Brief absuchen.«

»Nicht?«

Sebastian schüttelt den Kopf. »Wir müssen nur die richtige Stelle finden.« Er kramt sein Handy hervor und öffnet das Bild von meinem Vater. »Siehst du diese Einbuchtung vom Wasser? Genau die suchen wir.«

»Trotzdem keine leichte Aufgabe.«

»Aber machbar. Den vorderen Teil des Sees können wir schon mal vergessen. Den kenne ich und hier geht das Wasser eher geradlinig und tief, Einbuchtungen gibt es nicht.«

»Dann im Uhrzeigersinn?«, frage ich und deute nach links. Sebastian nickt und wir gehen weiter und umrunden das Wasser.

»Wenigstens ist das Wetter gut«, seufzt Sebastian zufrieden. »Was magst du lieber: Sommer oder Winter?«

»Sommer«, sage ich sofort. »Ich mag es viel lieber, luftige Sachen anzuziehen, als mich in Wintermantel, Stiefel, Handschuhe und Schal zu quetschen. Außerdem hasse ich es, meine Haare offen zu tragen, aber unter einer Mütze drückt der Zopf viel zu sehr.«

»Der Sommer ist mir auch lieber. Die Sonne und die Zeit unter freiem Himmel sind für mich immer wichtig, um die Akkus aufzuladen. Ich kann dann wunderbar entspannen. Und es macht meine Arbeit leichter. Im Sommer kann ich draußen auf den Straßen Musik machen und bin nicht nur auf Auftritte angewiesen. Aber die Winterzeit ist in Seagulls auch sehr schön. Nicht so überlaufen, viel besinnlicher und ruhiger. Wir haben immer einen großartigen Weihnachtsmarkt mit Krippenspiel und überall hängen Lichter.« Er schielt zu mir. »Wenn du dann noch hier bist, siehst du es ja.«

Ich nicke stumm. Der Gedanke, noch nicht zu wissen, ob ich in Seagulls bleiben werde oder nicht, lässt mich langsam unruhig werden. Bisher wusste ich immer, wie meine nächsten Monate verlaufen würden. Ich wusste, dass ich mir in London eine Wohnung miete, dass ich versuche, mich in der Agentur hochzuarbeiten. Ich wusste, dass ich mein Geld sparen würde, um einen kleinen Urlaub in Frankreich zu machen. Stattdessen bin ich nun hier und weiß gar nichts mehr.

»Gefällt es dir denn in Seagulls?«

»Eigentlich schon.«

»Und uneigentlich?«

»Es ist alles noch sehr ungewohnt. Und das Café läuft nicht, wie ich erwartet hätte.«

»Das wird schon. Lass den Leuten noch etwas Zeit.«

»Ich weiß nur nicht, wieviel Zeit sie sich nehmen dürfen, bis mir das Geld ausgeht.«

»Aber solange du die Briefe noch nicht gefunden hast, bleibst du doch eh hier, oder?«

»Ja. Das ist der Plan«, sage ich nachdenklich. »Es sei denn, mir gefällt nicht, was mein Vater schreibt.« Ich habe nicht vergessen, dass er sagte, ich könne jederzeit aussteigen und ihn hassen.

»Du wirst nicht früher aufhören.« Sebastian klingt, als wäre er wirklich überzeugt davon.

»Wieso nicht?«

»Du bist niemand, der aufgibt.« Ich will gerade den Mund aufmachen, um zu widersprechen, aber Sebastian schüttelt bereits den Kopf. »Du denkst ans Aufgeben. Das schon. Aber du machst es dann nicht. Das ist ein Unterschied.«

»Ohne dich hätte ich vermutlich schon längst das Handtuch geworfen. Schon in meiner ersten Woche bei meinem Nervenzusammenbruch am Strand.«

»Ich erinnere mich.« Sebastian schmunzelt.

»Und bei den Briefen und dem Café war ich auch kurz davor aufzugeben. Nur durch deine Zusage, hast du mich dazu bekommen, weiter zu machen.« Ich sehe zu ihm. »Wie kommt es eigentlich, dass du auf Extrageld angewiesen bist? Lebst du echt komplett von der Musik?«

»Das tue ich, aber es ist nicht leicht. Ich habe ein paar feste Auftritte hier in Seagulls und auch in ein paar Orten drumherum. Und ich mache auf der Promenade Musik. Besonders in den Ferien kommt viel Geld zusammen. Genug, um davon zu leben. Aber in den anderen Monaten ist es etwas knapper.«

»Und du hast nie überlegt, dir nebenbei noch etwas anderes zu suchen?«

»Sowas wie mysteriöse Briefe von verstorbenen Vätern zu suchen?«

»Zum Beispiel«, grinse ich. »Aber ich meinte auch was Festes. Ein Aushilfsjob.«

»Nein. Das kommt für mich nicht in Frage. Die meisten hier halten mich deswegen für naiv und vielleicht bin ich das auch, aber für mich stand immer fest, dass es nur die Musik gibt.«

»Ich finde das nicht naiv«, sage ich ehrlich. »Eher bewundernswert.«

Sebastian bleibt stehen und sieht überrascht zu mir. »Wirklich?«

»Ja. Ich wünschte ich hätte diese Leidenschaft für etwas.«

»Das ist, glaube ich, das erste Mal, dass ich das jemanden sagen höre. Es ist … erfrischend. Und macht Mut.«

»Lydia und du denken viel zu viel an die Meinung der anderen.«

»In einem Ort wie Seagulls wird dir die Meinung anderer auch regelrecht aufgedrängt.«

Wir schlagen unseren Weg weiter nach rechts ein, der See macht einen Knick, aber von einer Einbuchtung wie auf dem Foto noch keine Spur.

»Wusstest du immer, dass du Musik machen willst?«,
frage ich nach einer Weile.

»Ich habe mit acht Jahren meine erste Gitarre geschenkt bekommen. Seitdem weiß ich es. Auch wenn
ich mir damals noch andere Berufswünsche offengelassen habe.«

»Welche?«

»Mit neun Jahren wollte ich unbedingt Pilot werden.
Aber realistisch betrachtet ist das nichts für mich.«

»Wieso nicht?«

»Ich fliege nicht gerne.«

»Oh.« Ich lache. »Nicht die besten Voraussetzungen.«

»Nicht wirklich, oder? Außerdem würde es mir nicht
gefallen, ständig auf Reisen zu sein. Seagulls ist so etwas wie ein Ruhepol für mich. Ich mag meine Probleme
mit den Leuten hier haben, aber es ist mein Zuhause.
Ich kann mir nicht vorstellen, woanders zu sein.«

»Ich wünschte, ich könnte so etwas auch von mir sagen.«

»Hast du dich mit London nie so gefühlt?«

Ich zucke die Schultern. »Eigentlich nicht. Es ist nicht
so, als würde ich mich dort nicht wohlfühlen, immerhin bin ich da aufgewachsen und habe dort Freunde.
Aber ich hatte nie dieses Gefühl, dort komplett angekommen zu sein.«

»Und in Seagulls?«

»Ich weiß nicht. Hier ist alles noch so neu. Ich mag die
verwinkelten Gassen und das Meer. Und Charlie, Lydia
... und dich.« Ich schiele zu Seite und treffen dabei genau seinen Blick. Er scheint mich kurz zu mustern, sein
Blick wird wärmer. Mir wird es das auch, während ich

diesem Blick standhalte. Das Vertrauen ihm gegenüber, das ich zu Beginn gespürt habe, wird immer stärker, je mehr Zeit wir miteinander verbringen. Kurz fällt mein Blick zu seinem Mund, es sind nur Sekunden, in denen ich die volle Unterlippe betrachte, die sich leicht öffnet. Die Wärme in mir breitet sich aus. Ich will mich räuspern, um etwas zu sagen, aber ich finde keine Worte. Stattdessen lächle ich einfach.

Dann zeigt Sebastian plötzlich hinter mich.

»Könnte es das sein?«

Noch etwas benommen drehe ich mich um und sehe in der Ferne eine kleine Einbuchtung, die der auf dem Foto ganz ähnlich ist.

Alle anderen Gedanken sind plötzlich aus meinem Kopf gefegt. »Ich glaube schon«, sage ich und renne los. Meine Füße sind beinah schwerelos, während ich den kleinen Trampelpfad entlanglaufe und der Einbuchtung immer näherkomme. Sebastian ist direkt hinter mir.

»Das ist es«, sage ich als ich direkt davor zum Stehen komme. Sebastian stoppt neben mir. Fieberhaft sehe ich mich um, scanne Bäume und Büsche ab. Ich sehe so viel und sehe doch nichts.

»Wo sollen wir denn nur anfangen?«, frage ich überfordert.

Sebastian sieht sich erneut das Foto an und deutet dann auf eine Stelle etwas weiter rechts von mir. »Er steht auf dem Bild genau da.« Wir gehen zu dem Baum, vor dem er abgebildet ist und suchen alles ab, dann weiten wir es auf die Bäume drumherum aus, suchen auf dem Boden und in den Büschen. Sebastian nimmt sich sogar einen Ast und stochert am Ufer herum, als würde er erwarten dort eine versteckte Kiste mit einem Brief zu finden. Aber letztendlich suchen wir bis die ersten Sonnenstrahlen verschwinden und es dunkler wird, und haben immer noch keinen Brief gefunden.

»Meinst du, wir sind vielleicht doch an der falschen Stelle?«

Sebastian sieht zu dem Baum und schüttelt dann den Kopf. »Ich bin mir ziemlich sicher, dass wir an der richtigen Stelle sind. Vielleicht ist es nur einfach nicht das richtige Foto.«

»Wir können ja auch nicht immer Glück haben.« Auch wenn ich es mir erhofft hatte.

»Hey, guck nicht so traurig. Es bleiben doch noch ganz viele Fotos übrig. Wir werden die anderen Briefe schon noch finden.«

»Ich weiß, ich weiß.«

»Allerdings bin ich in den nächsten Tagen etwas ausgebucht«, sagt er zähneknirschend. »Ich habe da diesen Aufritt, ein paar Meilen von hier und werde dort sieben Tage lang jeden Abend Musik machen.«

»Klasse. Das ist doch großartig«, sage ich freudestrahlend.

»Bedeutet aber, dass ich in dieser Woche nicht nach Briefen suchen kann.«

»Ja.« Mir wird bei dem Gedanken regelrecht schwer ums Herz, aber die Freude für Sebastian überwiegt. Er hat es verdient, diese Auftritte zu bekommen.

»Bist du aufgeregt?«

»Vielleicht ein bisschen«, gibt er zu. »Es ist etwas ganz anderes, wenn ich außerhalb von Seagulls spiele. Dann habe ich immer das Gefühl, mich besonders beweisen zu müssen. Die Leute hier in der Gegend buchen mich, weil sie mich kennen. Es ist sozusagen Vitamin B. In anderen Orten ist das nicht der Fall. Da habe ich nur eine Chance, um mich zu beweisen.«

»Du wirst also mehr geprüft«, fasse ich zusammen. »Aber ich bin sicher, du schaffst das. Ich habe dich schon spielen sehen und finde es wundervoll. Du hast Talent.«

Sebastian nestelt an seiner Jeans herum und lächelt zur Antwort. »Komm«, sagt er und beendet damit das Thema. »Wir sollten uns auf den Rückweg machen. Es wird gleich dunkel.«

Etwas widerwillig löse ich mich von dem Ort und dem Blick auf den See, der nun in der Dunkelheit versinkt und aussieht, wie ein schwarzes Loch. Ich versuche optimistisch zu sein und daran zu denken, dass es noch viele Chancen gibt, den nächsten Brief zu finden, aber die Enttäuschung darüber, dass dieser Ort nicht dafür vorgesehen war, ist dennoch nicht vollständig wegzudrängen.

»Du bist nachdenklich«, sagt Sebastian auf halber Strecke.

Inzwischen ist es so dunkel, dass er eine Taschenlampe herausgeholt hat und auf den Weg vor uns leuchtet, damit ich nicht ständig über Wurzeln falle.

»Ich habe nur gerade an die Briefe gedacht.«

Er nickt wissend. »Du brauchst wirklich dringend Antworten, oder?«

»Und wie. Wenn man sich sein halbes Leben lang Fragen stellt und die Antworten nun zum Greifen nah sind. Verstehst du das?«

»Oh ja, besser als du dir vorstellen kannst.« Sebastians Seufzen ist derart tief, dass ich ihm einen Blick zuwerfe. Was für Antworten sucht er? Was beschäftigt ihn derart, dass ich immer das Gefühl habe, er würde die Last, die ich mit meinem Vater verbinde, ebenfalls kennen?

Ich will ihn fragen, welches Verhältnis er zu seinem Vater hat. Die Worte liegen mir bereits auf den Lippen, als meine Füße sich in einem Ast verheddern, der über den Weg ragt und mich zum Straucheln bringt. Ich kreische auf, komme dem Boden näher. Vor meinem inneren Auge sehe ich mich schon auf die Erde krachen, doch starke Arme bewahren mich davor. Keuchend halte ich inne. Sebastians Griff ist fest, aber sanft zugleich. Als würde er mir den nötigen Halt geben und mich dennoch nicht zerbrechen wollen. Als wäre ich irgendwie kostbar in seinen Augen, und dieses Gefühl brennt sich geradewegs in mein Innerstes und berührt mein Herz auf eine Weise, die ich so nicht voraussehen konnte.

»Alles in Ordnung?« Sebastians Stimme klingt schwächer als sonst, als würde auch er dieses Kribbeln spüren, das nun meinen ganzen Körper einnimmt, ausgehend von dem Punkt, an dem seine Hände mich berühren.

»J-Ja«, stammle ich und richte mich wieder auf. Sebastians Hände lassen mich in dem Moment los, in dem ich wieder festen Boden unter den Füßen habe, aber für ein paar Sekunden wünsche ich mir, dass er mich noch länger festhält, damit ich mich noch länger so fühlen kann. Sicher und geborgen.

Ich blinzle.

»Danke«, sage ich, diesmal wieder mit etwas festerer Stimme. Die emotionale Suche und die Gedanken an meinen Vater scheinen mein Bedürfnis nach Sicherheit und Zuneigung außer Kontrolle geraten zu lassen.

»Gehen wir weiter«, fahre ich fort und schüttle damit das Kribbeln ab. Sebastian bleibt noch einen Moment länger stehen als ich, ehe er mich einholt. Diesmal achte ich genau auf den Boden, mein Blick ist fest auf den Pfad gerichtet, der im Schein der Taschenlampe Schatten wirft. Ich bin definitiv verwirrt und die Spannung zwischen Sebastian und mir macht es nur schlimmer, als hätte er gemerkt, welchen schwachen Moment ich soeben hatte. Ein Moment, der so unpassend ist, neben allem, was hier in Seagulls gerade läuft.

Ich bin regelrecht erleichtert, als Sebastians Wagen schließlich vor dem Café hält und ich ihm den Rücken zukehren kann. Noch erleichterter bin ich, dass wir uns nun eine Woche nicht sehen und ich mich in dieser Zeit ein wenig sammeln kann. Ich bin wegen meinem Vater hier, nicht wegen irgendwelcher Männer. Und schon gar nicht darf ich den Mann vergraulen, der mir hilft, meine Antworten zu finden. Das hat einfach Priorität. Mein Vater und diese Schnitzeljagd müssen an erster Stelle stehen. Punkt.

Kapitel 14

Eine Woche lang habe ich das Gefühl, in der Luft zu hängen. Die Suche nach den Briefen geht ohne Sebastian so schleppend voran, dass sie kaum vorhanden ist. Die Angewohnheit, jeden Abend in dem Fotoalbum zu blättern und auf eine Erleuchtung zu hoffen ist genauso sinnlos, wie meine Streiftouren durch das Städtchen, um nach Parallelen zu Orten auf den Fotos zu suchen. Dafür gibt es hier zu viele Häuser und Orte und zu viele Fotos, die in Frage kommen. Stattdessen bekomme ich nur wieder gehässige Blicke von Adam, den ich zweimal auf dem Marktplatz treffe, und die mir noch mehr die Laune verderben. Lydia scheint diese Laune zu spüren, denn sie mustert mich viel zu nachdenklich.

Ihr Kopf liegt schräg, während sie die Schürze abnimmt. »Du hast schon wieder diesen Gesichtsausdruck.«

»Welchen?«, frage ich, obwohl ich ahne, worauf sie hinaus will.

»Den, den du schon seit Stunden hast und der meine Laune nur vom zugucken mitrunterzieht.«

»Entschuldige. Es ist nicht mein Tag.«

»Tage. Mehrzahl. Du bist schon länger mies drauf.«

»Ja, du hast recht.«

»Liegt es am Café? Immerhin hatten wir zehn Gäste, und Charlie hat gleich vier Muffins und zwei Kaffee verputzt. Es wird doch besser.«

Ich nicke. Lydia hat recht. Der Gästezuwachs ist nicht so schnell, wie ich es mir erhofft habe, aber es läuft von Tag zu Tag besser. Und dennoch bleibt meine trübe Stimmung, weil ich trotzdem das Gefühl habe, auf der Stelle zu treten. Bei allem, was meinen Vater betrifft.

»Ich denke, du brauchst mal etwas Ablenkung. Wie wäre es, wenn wir einen richtigen Mädelsabend machen? Mit einer RomCom und Popcorn, Beautymasken und dreckigen Geschichten über Ex-Freunde. Wie wär's?«

»RomComs?«, frage ich verwirrt.

»Romantische Komödien. Was sonst? Ich lade dich zu mir ein. Einverstanden? Du wolltest doch eh mal meine Wohnung sehen, und ich habe eine tolle Popcornmaschine.«

Ein Teil von mir will sich lieber einigeln, das Album durchblättern und die miese Laune herauslassen, aber Lydias Blick ist so voller Euphorie, dass ich es nicht über mich bringe, nein zu sagen.

»Einverstanden. Dann komme ich später zu dir.«

»In zwei Stunden?« Lydia kritzelt eine Adresse auf ihren Bestellblock, reißt den Zettel ab und steckt ihn mir zu. »Hier. Und ich erwarte einen Gammellook von dir, klar? Ohne Jogginghose lass ich dich nicht rein.«

Ich lache. »Alles klar. Ich komme in den bequemsten Sachen, die ich finden kann.«

»Wehe, wenn nicht.«

Lydia zwinkert mir zu und tänzelt dann aus dem Café, während ich Tische und Stühle abwische und ein Gähnen unterdrücke.

»Kann ich zahlen?«

»Komme sofort«, sage ich zu einer meiner zwei Gäste und lege den Lappen weg, um kassieren zu gehen.

»Ein wirklich guter Muffin«, sagt die Frau und tätschelt sich den Bauch.

»Danke. Ich werde das Kompliment an die Bäckerin weitergeben. Sie wird sich sicher freuen.«

»Ist ein schönes Örtchen hier.«

»Machen Sie hier Urlaub?«

»Mein Mann und ich waren für ein Wochenende hier. Wir reisen heute Abend schon wieder ab, aber wir kommen sicher nochmal wieder. Es hat uns wirklich gut gefallen.«

»Dann wünsche ich Ihnen eine gute Heimreise. Besuchen Sie uns doch, falls Sie nochmal in der Gegend sind.«

Die Frau nickt mir lächelnd zu und steht auf. Kurz bebt ihr ganzer Körper unter der Anstrengung, und wankt dann Richtung Ausgang. »Da kommt ja auch schon neue Kundschaft«, sagt sie und winkt mir zu.

Ich sehe zur Tür, wo tatsächlich gerade eine blonde Frau hereinkommt und auf mich zu geht.

»Hallo Riley.«

Überrascht sehe ich in die Augen von Sebastians Mutter, die ebenso blau schimmern wie die Iris von ihrem Sohn. »Was treibt Sie denn in die Gegend? Sebastian ist doch noch nicht zurück, oder?«

»Nein, ich glaube, er kommt erst morgen Abend. Aber ich war gerade in der Nähe, und da dachte ich ...« Sie fährt sich durchs Haar. »Nun ja, ich dachte, ich trinke einen Kaffee.«

»Sicher doch. Setzen Sie sich, wohin Sie möchten.«

»Nicht dieses förmliche Siezen, okay? Ich bin Grace.«

»Einverstanden«, sage ich.

»Hast du was dagegen, wenn ich dir am Tresen Gesellschaft leiste?«

»Nein. Natürlich nicht.« Ich deute auf die Barhocker.

Während Grace sich setzt, kämpfe ich mit der Kaffeemaschine und schaffe es nach zwei Anläufen, endlich die Tasse zu füllen. »Zwei Kekse?«, frage ich lächelnd und warte gar nicht ihre Antwort ab, sondern lege bereits zwei auf den Tellerrand.

»Danke, Riley.« Grace fährt sich erneut durch ihr Haar.

»Ist alles in Ordnung? Du wirkst etwas nervös.«

»Oh.« Sie lächelt gequält. »Das ist wohl der Ort hier. Seagulls ... die Erinnerungen.«

»Verstehe. Aber der Mann, mit dem du zusammen warst, wohnt doch nicht mehr hier. Also musst du dich zumindest nicht sorgen, ihn hier auf der Straße zu treffen. Oder?«

»Das stimmt. Aber er hat noch Verwandte hier.«

»Das ist dann sicherlich nicht so leicht«, antworte ich nickend und beginne, den Tresen abzuwischen.

»Wie gefällt es dir hier in Seagulls? Hast du dich schon eingelebt?«

»Langsam schon. Aber es ist noch alles ungewohnt.«

Grace nickt verständnisvoll, bevor sie an ihrem Kaffee nippt. »Du wusstest nicht, dass Matt dein Vater war, oder? Ich habe gehört, dass du jetzt zum ersten Mal hier bist. Du hast ihn vorher nie besucht?«

»Nein, ich hatte weder eine Ahnung davon, wer mein Vater ist noch, dass er von mir wusste. Ich wusste nicht mal, dass Seagulls existiert. Das überfordert mich alles noch ziemlich.«

»Das glaube ich.« Grace mustert mich, für meinen Geschmack etwas zu eindringlich.

»Du siehst ihm ähnlich«, sagt sie nachdenklich.

»Wem? Meinem Vater?« Ich lasse den Lappen sinken und sehe zu Sebastians Mutter. Klar, sie hat hier mal gewohnt, also muss sie ihn auch schon mal gesehen haben.

»Ja. Ihr habt dieselbe Nase.«

Unwillkürlich fasse ich in meine Gesichtsmitte. »Das ist mir noch gar nicht aufgefallen.« Ich widerstehe dem Drang, sofort zu einem Spiegel zu laufen, um meine Nase mit seiner zu vergleichen.

»Ich denke, es ist unverkennbar.«

»Danke«, erwidere ich ehrlich. »Du weißt gar nicht, wie wichtig es mir ist, Verbindungen mit ihm zu haben.«

»Hast du sonst schon eine gefunden? Irgendwelche Gemeinsamkeiten?«

»Ich weiß nicht.« Nachdenklich starre ich ins Nichts. Obwohl ich so viel über meinen Vater nachdenke, so sehr nach Parallelen lechze, habe ich mir diese Frage dennoch nie so konkret gestellt. »Ich kann nicht behaupten, dass sein Motorrad, das Angeln oder die Holzmöbel eine wirkliche Verbundenheit mit ihm herstellen«, überlege ich. »Aber er mochte das Meer, und das hat mich auch schon immer fasziniert. Und er scheint genauso schlecht im Kochen gewesen zu sein wie ich … oder sagen wir, genauso faul, denn oben im Apartment habe ich hauptsächlich Dosenvorräte gefunden.«

Grace nickt langsam. »Das ist doch schon etwas.«

»Es ist nicht viel. Aber ich bin auch noch dabei, ihn kennenzulernen.«

»Es sind oft die kleinen Sachen«, sagt Grace. »Sebastian zum Beispiel hat dieselbe Art zu Seufzen, wenn er frustriert ist. Oder er hält die Gabel auf dieselbe Weise wie ich. Es sind keine großen Ähnlichkeiten, nur kleine Albernheiten, aber sie bedeuten viel.«

»Matt hat eine ähnliche Schrift wie ich«, überlege ich und denke an den T-Strich.

»Genau so etwas meine ich.« Grace lächelt.

Ich will etwas darauf erwidern, aber ein neuer Gast nimmt mich in Beschlag und so gehe ich zu ihm, nehme seine Bestellung auf und serviere ihm Wasser und Tee. Grace bleibt am Tresen sitzen, trinkt ihren Kaffee und sieht nachdenklich aus. Sicher ist sie in Gedanken ganz bei ihrer verflossenen Liebe und ihrer Angst, den Verwandten über den Weg zu laufen. Ich werfe einen Blick auf ihren Rücken und spüre Mitgefühl, das sich langsam in mir breitmacht. Ich wünschte, ich könnte irgendetwas für sie tun.

Ich gehe zurück zu ihr und lege meinen Notizblock ab. »Wie läuft es denn bei Sebastians Auftritten? Hast du etwas gehört?«, frage ich, um sie auf andere Gedanken zu bringen.

»Ich war gestern da und habe ihn spielen gesehen. Er war wundervoll, ich denke, so gut wie noch nie. Die Bar, in der er spielt, hat zugesagt, ihn öfter buchen zu wollen.«

»Wirklich? Das ist ja toll! Er ist sicher ausgeflippt vor Freude, oder?«

»Oh ja. Solche regelmäßigen Auftritte sind für ihn selten und deshalb umso wichtiger. Und die Bar bezahlt gut.«

»Das freut mich sehr für Sebastian. Er ist einer von den Guten.«

»Das ist er.« Grace lächelt und nimmt einen Schluck Kaffee. Dann sieht sie auf die Uhr. »Ich sollte wieder gehen. Ich habe gleich noch einen Termin.« Sie kramt ihr Portemonnaie hervor und legt mir einen Fünfer auf den Tisch. »Stimmt so.«

»Das ist doch viel zu viel für einen Kaffee.«

»Er war eben besonders gut«, lächelt sie.

»Danke. Es war schön, dass du gekommen bist.«

Grace steht vom Stuhl auf. »Riley?« Sie hält inne und sieht mich an. »Sagst du Sebastian bitte nicht, dass ich hier war?«

»Klar«, erwidere ich verwirrt. »Von mir erfährt er nichts. Aber meinst du, er hätte etwas dagegen?«

Sie schüttelt den Kopf. »Seagulls ist nur immer ein heikles Thema. Ich bin selten ohne Sebastian hier, verstehst du? Ich möchte weder mit den Erwartungen konfrontiert sein, hier nun öfter hinzugehen, noch will ich sehen, wie traurig er ist, weil ich mich so zurückhalte.«

»Er vermisst dich«, sage ich leise. »Das ist unverkennbar.«

»Mir fehlt das alles hier auch. Aber manche Dinge gehen einfach nicht ... egal wie sehr man es sich wünscht.«

Ich beiße mir auf die Unterlippe und nicke erneut. »Ich verrate nicht, dass du hier warst.«

»Seagulls kann sich glücklich schätzen, dass du nun hier bist.« Sie tätschelt gedankenverloren meine Hand. Dann verlässt sie den Laden, der nun bis auf eine Frau am kleinen Tisch und dem neuen Gast leer ist.

Pünktlich halte ich vor Lydias Wohnhaus, einem kleinen, eher unscheinbaren Mehrfamilienhaus in einer Seitenstraße. Lydia öffnet freudestrahlend die Tür, in der Hand bereits ein Glas Sekt.

»Da bist du ja«, trällert sie und lässt mich in ihre kleine Erdgeschosswohnung. Sie ist nur ein paar Quadratzentimeter kleiner als das Apartment, wirkt durch die spärlichen Möbel jedoch viel größer. Während Matt jeden Zentimeter der Wohnung genutzt hat, zeigt sich Lydia mit ihrer kleinen Schlafcouch, dem Fernsehtisch, einer Küchenzeile und einem herunterklappbaren Esstisch eher minimalistisch.

»Willkommen im Casa de la Lydia.«

»Sagt man das so?«, lache ich.

Lydia zuckt mit den Schultern. »Keine Ahnung. Aber hier ist die Popcornmaschine.« Sie zeigt feierlich auf die Küchenzeile, wo die besagte Maschine steht und fast die ganze Arbeitsfläche einnimmt. Die Fläche ist so klein, dass es mir unvorstellbar ist, wie Lydia hier regelmäßig ihre Muffins backt.

»Wie lautet dein Urteil?«

»Du hast alles, was man braucht«, sage ich.

»Und die Couch sieht unscheinbar aus, aber die ist echt bequem. Probiere mal.«

Ich lasse mich in die Kissen sinken, die unter meinem Gewicht nachgeben. »Perfekt für einen Filmeabend«, bestätige ich, um die Nervosität aus Lydias Blick zu wischen. Es ist deutlich, dass sie erneut Angst hat, von mir als Versagerin dazustehen, obwohl sie langsam verinnerlicht haben sollte, dass ich sie nicht verurteilen werde.

»Mach's dir gemütlich und wähl schon mal einen Film aus. Ich mache uns Popcorn.«

Ich klicke mich durch die Filmauswahl, während Lydia Mais in die Maschine einfüllt.

»Süß oder salzig?«

»Popcorn immer süß«, erwidere ich. »Die Menschen, die ihr Popcorn salzig mögen, werde ich wohl nie verstehen.«

»Ganz deiner Meinung.«

»Hey, wie wäre es mit *How to be single*?«

Lydia lacht. »Na, das ist ja der richtige Film für uns. Ich bin einverstanden.«

»Gut.« Ich wähle den Film aus und lehne mich dann zurück. Lydias Wände sind kahl, nirgendwo sehe ich Bilder oder Fotos, selbst Deko fehlt vollständig, aber hinten, direkt neben dem Fernseher steht eine einsame Vase mit einer Plastikrose.

»Auf Deko stehst du nicht sonderlich, oder?«

»Das verstaubt bei mir nur.«

»Ich putze auch nicht so oft, wie ich vielleicht sollte«, überlege ich. Meine Mutter schimpft jedenfalls immer über meine Wollmäuse.

»Hast du in deiner Wohnung in London viel Deko?«

»Nur eine Wand mit Fotos, aber die habe ich abgehangen, solange jemand anderes in meiner Wohnung lebt.«

»Untervermietung?«

»Genau, erstmal für vier Monate. Dann muss ich weiterschauen.«

Der Duft von geschmolzener Butter erfüllt den Raum, kurz darauf füllt Lydia das fertige Popcorn in eine riesige Schüssel und lässt sich damit neben mich fallen. Ich greife sofort zu.

»Ich hoffe doch sehr, dass du hierbleibst«, sagt Lydia. »Und dann kannst du deine Fotowand mit hierhernehmen. Es ist doch sicher komisch, in einem Apartment zu leben, in dem nichts Persönliches ist. Oder nicht?«

Ich sehe mich demonstrativ um. Lydia folgt meinem Blick und wir beginnen gleichzeitig zu lachen.

»Ja, okay. Ich bin nicht gerade das beste Beispiel. Aber die Popcornmaschine ist sehr persönlich, immerhin habe ich mir die von meinem ersten Gehalt damals in der Ausbildung gekauft. Und die Rose dahinten habe ich von meiner ersten Liebe geschenkt bekommen.«

Ich richte mich auf. »Erste Liebe? Erzähl!«

»Wollten wir nicht einen Film gucken?«

»Wir haben doch Zeit«, sage ich. »Also keine Chance auszuweichen.«

»Na gut, na gut.« Lydia stopft sich eine Handvoll Popcorn in den Mund und kaut viel zu lange. Ich starre sie herausfordernd an. »Sein Name ist Dean, er ist inzwischen zweiunddreißig und wir waren vier Jahre zusammen.«

»Also ist er sieben Jahre älter als du«, rechne ich nach. »Wann seid ihr zusammengekommen?«

»Ich war siebzehn, und genau da fing das Drama an.«

»Ah, verstehe. Älterer Typ, junge Freundin ...«

»Und eine Kleinstadt. Jap. Die Leute hier hatten alle etwas dazu zu sagen, viele fanden es unmöglich, dabei war es ja nicht so, als hätte er ein armes unschuldiges Ding verführt. Ich war eher diejenige, die Interesse an ihm gezeigt hat und letztendlich hat er nachgegeben. Aber der Gegenwind war enorm.«

»Woher kanntet ihr euch?«

»Er wohnt einen Ort weiter, in Dawnshaven, und war oft hier. Ich habe ihn während meines Praktikums in der Bäckerei kennengelernt.«

»Und wieso habt ihr euch getrennt?«

»Keine Ahnung. Ich denke, er war es leid.«

»Was genau?«, frage ich sanft.

»Mir beim Versagen zuzusehen, vermutlich. Er war dabei als ich die Ausbildung geschmissen habe … und dann das Studium. Und irgendwann hat er sich eine andere gesucht.«

»Ist er dir fremdgegangen?«

Sie schüttelt den Kopf. »Das nicht. Aber dass er mir treu war, hat die Trennung nicht weniger schmerzhaft gemacht. Es war schlimm.«

»Das glaube ich.« Ich nehme Lydias Hand, die freie, die nicht in die Popcornschüssel greift.

»Ich finde, du solltest aufhören, dich als Versagerin zu sehen«, sage ich ernst.

»Wenn alle es glauben, glaubt man es irgendwann auch selbst.«

»Ich denke, es ist andersherum«, erwidere ich. »Wenn du es glaubst, bringst du die anderen dazu, es auch zu glauben.«

»Mhm.« Lydia kaut nachdenklich, und ich lasse ihr einen Moment, um ihr meine Worte durch den Kopf gehen zu lassen. »Da ist vielleicht etwas Wahres dran.«

»Du hast eine Wohnung, ein Hobby und Freunde«, sage ich und drücke ihre Hand. »Das ist viel wert. Und definitiv nichts, was Versager vorweisen können.«

»Aber ein Aushilfsjob und Orientierungslosigkeit sind auch nicht das, was man mit Mitte zwanzig vorweisen sollte.«

»Sondern?« Ich lache auf. »Haus und Kinder? Wir leben im einundzwanzigsten Jahrhundert, und ich denke, heutzutage ist jeder auf irgendeine Weise orientierungslos. Es gibt einfach zu viele Möglichkeiten. Wir genießen das Privileg, aus diesen ganzen Möglichkeiten frei wählen zu können, das heißt aber nicht, dass es leicht ist und es kann einen auch schon mal überfordern. Sieh doch nur mich an, ich schwimme schon seit Wochen, ohne zu wissen, wohin.«

»Ich finde, du hältst dich ganz gut.«

»Noch«, sage ich. »Aber wie lange, weiß ich nicht.«

Lydia nickt nachdenklich. Stille umgibt uns, die nur von unserem Kauen durchbrochen wird.

»Hast du Dean nochmal wiedergesehen?«

»Das kann nur eine Londonerin fragen«, lacht Lydia. »Das hier ist Seagulls. Selbst wenn er in Dawnshaven lebt, sehe ich ihn mindestens zweimal im Jahr, wenn hier das große Hafenfest steigt oder bei unserem Jahrmarkt.«

»Verstehe. Und er ist noch mit der Frau zusammen?«

»Leider. So ein richtiges Vorzeigefrauchen namens Diana. Ich hasse sie.«

»Aber wieso behältst du die Rose? Ich würde, glaube ich, nichts hier haben wollen, was mich daran erinnert.«

»Ich weiß. Aber ich schaffe es nicht, mich von ihr zu trennen.«

»Weil du ihn noch liebst«, seufze ich.

Lydia verzieht das Gesicht. »Vermutlich.«

»Deswegen ist Sebastians Mutter auch hier weggezogen, oder? Weil man sich in Seagulls nicht aus dem Weg gehen kann.«

»Ja. Trennungen sind hier besonders schlimm. Immerhin läuft man sich hier beinah täglich über den Weg. Und dann der Tratsch der Leute.« Lydia nimmt sich eine Hand voll Popcorn. »Aber ich bin erstaunt, dass Sebastian dir von seiner Mutter und der Trennung erzählt hat.«

»Er hat gar nichts gesagt. Nicht wirklich. Grace war es, die das Thema angesprochen hat. Sie sagte mir, dass sie wegen dieser Trennung weggezogen ist.«

»Mehr hat sie dir nicht gesagt?«

Ich runzle die Stirn. »Gibt es da denn noch mehr?«

»Nun ... nein, eigentlich nicht. Ich wundere mich nur, dass ihr überhaupt darüber geredet habt. Es ist ein sensibles Thema.«

»Ich weiß. Dabei würde ich Sebastian so gerne darauf ansprechen. Manchmal, wenn ich mit ihm über Matt rede, habe ich das Gefühl, dass er ganz genau weiß, wie es ist, Vaterprobleme zu haben. Als würde er mich verstehen. Es muss also irgendetwas vorgefallen sein, entweder mit seinem leiblichen Vater oder aber mit diesem Ex-Freund seiner Mutter. Aber er scheint nicht darüber reden zu wollen.«

»Ich weiß nicht, ob du ihn darauf ansprechen sollest. Er muss selber gucken, wann er mit dir darüber redet.«

»Also gibt es da etwas, oder? Irgendetwas belastet ihn.«

Lydia rutscht unruhig auf dem Sofa herum. Auch wenn sie nichts sagt, ist ihr Verhalten Bestätigung genug.

»Ich fände es schön, wenn er mit mir darüber reden würde«, sage ich nachdenklich.

»Dann versteht ihr euch richtig gut? Ihr redet und trefft euch?« Ich nicke. »Läuft das was?«

»Was? Nein, natürlich nicht.«

Lydia mustert mich. »Aber ihr unternehmt doch etwas zusammen nach der Arbeit und an deinen freien Tagen? Ihr hängt zusammen rum.«

»Ja, doch, das schon.«

»Und ihr seht euch an, als wäre er Brad Pitt und du wärst Angelina Joli.«

»Sind die nicht getrennt?«, frage ich.

»Darum geht es nicht. Es geht darum, dass zwischen euch eindeutig was ist. Ihr steht aufeinander.«

»Nein, so ist es nicht«, sage ich, merke aber gleichzeitig, dass ich rot werde.

»Nein«, sagt Lydia ironisch. »Natürlich nicht. Deswegen läufst du auch gerade an, wie eine vollreife Tomate.«

»Sebastian und ich sind Freunde.« Obwohl es der Wahrheit entspricht, fällt es mir schwer, es auszusprechen. Vor meinem inneren Auge erscheinen seine hellblauen Augen und seine Lachfalten. Ich höre, wie er singt und darin aufgeht, als würden nur er und die Musik zählen. Und ich denke an seine Arme, um mich geschlungen als er mich davon abhält, auf den Trampelpfad zu krachen.

»Na gut«, murmle ich. »Da war so ein Moment ... irgendwie dachte ich daran ihn zu küssen. Also, vielleicht stehe ich auf ihn. Aber ich weiß es nicht.«

»Wie kann man sowas denn nicht wissen?«

»Ich bin nicht wegen irgendwelcher Kerle hierhergekommen. Gerade ist so viel los: Das Café, und ich muss mich noch daran gewöhnen, dass Matt mein Vater war. Dann Seagulls. Und alles ist in der Schwebe.«

»Wie meinst du das?«

»Ich weiß doch noch gar nicht, ob ich überhaupt hierbleibe. Also wäre es dumm, irgendetwas anzufangen.«

»Aber vielleicht wäre er ein Grund, um hierzubleiben.«

»Vielleicht«, sage ich nachdenklich. »Aber nachdem ich gerade erst erfahren habe, dass mein Vater von mir wusste und er gestorben ist, bin ich nicht in der emotionalen Verfassung, um irgendwelche Entscheidungen zu treffen oder unüberlegt Küsse auszuteilen. Ich muss mich auf mich selbst konzentrieren.« Und auf die Schnitzeljagd, denke ich, sage es aber nicht laut. »Außerdem: Wie gut kenne ich Sebastian denn schon? Auch wenn wir viel Zeit miteinander verbringen, weiß ich noch viel zu wenig von ihm.«

»Da hast du vielleicht recht«, sagt Lydia eine Spur zu nachdenklich. Die Art, diese Worte auszusprechen, beschäftigen mich noch den ganzen Abend. Sie echoen den ganzen Film über in meinem Kopf, meine Gedanken ziehen Kreise. Um Sebastians Augen, seine Lippen, seine offensichtlichen Vaterprobleme, über die er nicht redet ... und immer wieder diese Augen. Augen, die mich dazu bringen wollen, noch mehr über ihn zu reden, nachzudenken, noch mehr von ihm wissen zu wollen. Aber der Gedanke an die Briefe verhindert es.

Kapitel 15

Mein Kopf liegt auf dem Kissen, meine Beine sind an die Wand gelehnt und mein rechtes Ohr glüht, weil meine Mutter seit zwanzig Minuten pausenlos spricht. Meine Gedanken sind überall, nur nicht bei dem Gespräch. Immer wieder schwingt mein Blick zu dem Katzenwecker auf meinem Nachtisch, nur um festzustellen, dass es immer noch zehn Minuten sind, bis Sebastian und ich endlich verabredet sind. Seit mich heute Morgen seine Nachricht erreicht hat, um sich mit mir zu treffen, fühle ich mich, als würde ich auf heißen Kohlen sitzen. Für meinen Geschmack ist viel zu viel Zeit vergangen, seit dem letzten Brief.

»Hm«, brumme ich, langsam, aber sicher genervt von den Erzählungen über die Nachbarn meiner Mutter.

»Und dann muss ich mir von der alten Schreckschraube von unten auch noch anhören, dass ich zu sehr trampeln würde. Als wäre ich nicht fähig normal zu gehen. Wie findest du das?«

Ich gebe meine bequeme Haltung auf und sehe erneut auf die Uhr.

»Riley? Willst du denn gar nichts dazu sagen?«, fragt meine Mutter genervt.

»Doch, es ist furchtbar, was sie dir unterstellt«, erwidere ich lahm, ohne noch richtig zu wissen, worum es ging. »Aber ich muss jetzt los. Ich bin verabredet.«

»Was? Aber wir telefonieren doch so selten. Ich dachte, du hättest etwas mehr Zeit.«

»Es war doch schon eine halbe Stunde. Und ich habe viel zu tun.«

»Ich wünschte, du würdest endlich wiederkommen.«

»Ich weiß«, seufze ich. »Aber ich brauche noch etwas Zeit hier in Seagulls.«

»Aber wie viel? Was bringt dir Zeit?«

»Hör zu, Mum, ich verspreche, dass ich die nächsten Tage wieder anrufe und mir mehr Zeit nehme, aber jetzt muss ich wirklich los.«

»Na schön, na schön. Dann pass auf dich auf.«

»Klar doch.«

»Und melde dich.«

»Das mache ich. Bis dann, Mum.«

Ich lege auf und seufze erleichtert. Ich fühle mich, als wäre ich einen Marathon gelaufen, mein ganzer Kopf glüht. Am Spiegel ziehe ich mir meinen Pferdeschwanz straff und ziehe eine Jeansjacke über, bevor ich, etwas zu früh, das Apartment verlasse. Zu meiner Überraschung wartet Sebastian jedoch schon davor. Sein Bart ist ein wenig dichter, als sonst und er trägt einen beigen Kapuzenpulli, der seine Augen betont. Sofort muss ich mich bemühen, nicht zu sehr an das Gespräch zwischen Lydia und mir zu denken. Ich schlucke schwer, während wir uns zur Begrüßung umarmen. Seine Hand legt sich an meine Hüfte, nur eine flüchtige Bewegung, aber genug, um mich aus dem Konzept zu bringen.

»Geht es dir gut?«, fragt er, mit warmem Lächeln.

Ich nicke. »Du warst lange weg.«

»Doch nur eine Woche.«

»Kam mir wie eine Ewigkeit vor. Ich habe versucht, ohne dich weiterzusuchen, aber ich war ziemlich aufgeschmissen.«

»Dafür habe ich eindeutig einen der Orte gefunden.« Er holt sein Handy heraus und zeigt mir das Foto.

»Der Zeitungsstand?«

»Genau, circa zehn Meilen von hier.«

»Okay«, erwidere ich. »Ich verstehe nur nicht ganz, wieso er ausgerechnet zu diesem Stand fahren sollte, um ein Foto zu machen und einen Brief zu hinterlassen. Wir haben doch in Seagulls auch einen dieser Stände.«

»Wir?« Sebastian wirft mir einen Seitenblick zu, während er auf dem Beifahrersitz Platz nimmt. »Schön, dass du dich inzwischen als Teil von Seagulls siehst. Heißt das, dass du bleibst?«

»Nein, ich weiß es noch nicht. Nicht, solange die Schnitzeljagd noch läuft.«

»Ja, ich weiß.« Sebastians Mundwinkel zucken. »Wieso er ausgerechnet diesen Stand gewählt hat, weiß ich nicht, aber er ist es eindeutig. Auf dem Foto sieht man Ted, den Besitzer. Erst war ich mir nicht sicher, weil er auf dem Foto noch wesentlich jünger ist als jetzt, aber ich habe einen Zeitungsartikel von der Eröffnung damals gefunden und ihn darauf wiedererkannt.«

»Dann los«, sage ich und starte den Motor.

Rund fünfzehn Minuten später halten wir vor einem kleinen, heruntergekommenen Zeitungsstand. Er steht auf einem kleinen Platz, direkt neben einem Steinbrunnen, der Fontänen ausspuckt.

»Der Stand in Seagulls ist schöner«, äußere ich skeptisch, als wir aussteigen und darauf zugehen. Mein Blick fällt auf das kleine Häuschen, das dringend einen neuen Anstrich gebrauchen könnte. »Kein Brief zu sehen«, sage ich. »Wir sollten mal drumherum gehen, aber ich denke nicht, dass er hier ist. So ein Brief würde doch total auffallen, wenn er an einem der Wände befestigt wäre. Und sonst gibt es hier nichts, wo man ihn verstecken könnte. Matt wird den Brief wohl kaum in eine Zeitung gewickelt haben, oder?«

»Eher nicht«, erwidert Sebastian und dreht mit mir eine Runde um das dunkelgrüne Haus. Es ist kurz und schmerzlos, dieser Stand bietet viel weniger Verstecke als die anderen Orte, an denen wir bisher waren. Und so haben wir keinen Erfolg.

»Ich habe von Anfang an nicht daran geglaubt, dass er hier einen Brief versteckt hat«, sage ich. »Lass uns wieder fahren.«

»Warte noch.« Sebastian tritt vor das Fenster, in dem ein Mann mit schwitzender Halbglatze sitzt und ein Kreuzworträtsel löst. »Entschuldigung? Ähm ... Ted?«

Der Mann sieht auf. »Kenn ich dich, mein Junge?«

»Wir sind uns mal begegnet, aber das ist schon ziemlich lange her. Ich wollte nur kurz fragen, ob hier vor ungefähr vier Monaten ein Brief abgegeben wurde?«

»Ein Brief?« Der Mann steht auf und mustert Sebastian, dann wandert sein Blick zu mir, die hinter ihm steht. »Bist du Riley?«

»Ich?«, frage ich verwirrt. »Ja, ich bin Riley.« Meine Hände werden schlagartig feucht, mein Herz hämmert.

»Wenn das so ist, ja, dann habe ich einen Brief.«

»Wirklich?« Ich stürze regelrecht zum Fenster, vollkommen verwirrt und überfordert von der Situation. Diesmal habe ich so wenig daran geglaubt, einen Brief zu finden, dass ich den Gedanken noch gar nicht zulassen kann, nun einen gefunden zu haben. Hier, an diesem Stand. Es ist so unwirklich. Aber als Ted mir einen weißen Umschlag reicht, auf dem in der Schrift meines Vaters mein Name geschrieben ist, beginne ich zu verstehen. Zu realisieren, dass ich hier, an diesem unscheinbaren Ort, von diesem fremden Mann, wirklich einen weiteren Brief überreicht bekommen habe.

»Danke«, sagt Sebastian für mich, denn ich bin gerade nicht fähig zu sprechen. Ein Kloß breitet sich in meinem Hals aus, schnürt mir Stimme und Atem zu und lässt Tränen aufsteigen.

Verschwommen sehe ich, wie Sebastian Ted einen Zwanziger hinlegt und sich verabschiedet, dann führt er mich von dem Häuschen weg. »Willst du ihn Zuhause lesen?«

Ich schüttle den Kopf. »Ich will nicht warten«, krächze ich.

»Dann vielleicht dort, auf der Bank?«, Er deutet in Richtung des Brunnes und ich nicke zur Antwort. Wir lassen uns auf der Holzbank nieder, zum Glück sichtgeschützt durch den Zeitungsstand.

Ich öffne den Brief, Sebastian an meiner Seite und beginne zu lesen.

Hallo Sternchen,
dies wird glaube ich der schwerste Brief. Ich weiß nicht,
wann du ihn liest, ob du vorher schon einige andere

Briefe gefunden und wieviel du über mich erfahren hast.

Als ich von dir erfahren habe, warst du zehn. Damals, im Frühling 2006. Ich hatte wirklich keine Ahnung, dass du geboren wurdest. Deine Mutter und ich haben uns in Falmouth, hier in Cornwall, kennengelernt. Es war mein erster Urlaub seit Jahren, mit meinem Motorrad bin ich die Küste entlanggefahren und irgendwann in dem kleinen Hafenstädtchen angekommen und bin dort auf deine Mutter getroffen. Sie war eigenwillig und stur, aber auch voller Leidenschaft und mit dem Wunsch auf ein Abendteuer. Ich habe das Feuer in ihren Augen gesehen, und habe mich darauf eingelassen. Eine Woche haben wir zusammen verbracht, ehe ich weitergezogen bin. Es war ein kurzer Urlaubsflirt, das Abenteuer, das deine Mutter wollte. Niemals hätte ich gedacht, dass uns einmal mehr verbinden würde als ein paar leidenschaftliche Nächte und Erinnerungen. Und dann habe ich im Frühling 2006 an diesem Stand die Zeitung aufgeschlagen und da warst du, neben deiner Mutter, zehn Jahre alt und wunderschön. Es muss verrückt klingen, aber schon beim ersten Blick auf den Nachnamen und dein Gesicht wusste ich, dass du meine Tochter bist. Du siehst meiner Mutter unfassbar ähnlich, sie war eine starke, liebevolle Frau und ich hoffe, dass du mehr von ihr geerbt hast als nur ihr Gesicht. Wegen diesem Gesicht wusste ich es, es war mir sofort klar. Ich wusste es noch bevor ich nachgerechnet habe, wusste es noch bevor ich nach London gefahren bin, um ganz sicher zu gehen. Ja, Sternchen, ich war da. So oft habe ich versucht, Kontakt zu dir aufzunehmen.

Es war nicht schwer, die Adresse deiner Mutter herauszufinden, nachdem ich einmal wusste, dass sie in London lebt und sie ihren Nachnamen nie geändert hat.
Ich stand also vor ihrer Tür, während du in der Schule
warst und habe versucht, mit ihr zu reden. Ich habe
versucht, einzufordern, dass ich dich sehen kann und
wir uns kennenlernen. Samantha hat sofort zugegeben, dass du meine Tochter bist. Aber sie hat mir gesagt,
dass es besser wäre, ich würde nie ein Teil deines Lebens werden. Jack sei dein Vater.
Glaub mir, ich habe alles versucht. Eine Woche lang
war ich jeden Tag bei ihr, um mit ihr zu reden. Ich habe
sogar vor deiner Schule auf dem Parkplatz gewartet,
nur um dich einmal zu sehen. Du hast dich mit einer
Freundin unterhalten, deine Haare zurückgeworfen
und gelacht und ich bin geplatzt vor Stolz. Und vor
Sehnsucht. Wie oft habe ich darüber nachgedacht, einfach auszusteigen und mich deiner Mutter zu widerset-
zen. Aber ich habe es nicht getan. Weißt du, Sternchen,
ich habe mir früher viel zu Schulden kommen lassen.
Alkoholeskapaden, Frauengeschichten, Prügeleien.
Dinge, auf die ich nicht stolz bin. Ich kann deiner Mutter nicht verübeln, dass sie dich davor schützen wollte,
auch wenn ich seit dem Moment, indem ich von dir
wusste, damit aufgehört habe. Ich wollte es wirklich
schaffen, ein Vater zu sein. Jemand, auf den du stolz
bist, aber ich habe keine Chance bekommen, mich zu
beweisen. Selbst die Anwälte haben mir nach meiner
Vergangenheit keine guten Chancen ausgemalt, als
deine Mutter mich abgewiesen hat. Ich verstehe es,
vielleicht war ich wirklich nicht der richtige Umgang
für dich. Doch ich wollte es allen beweisen. Dass ich

mich ändern kann. Dass ich ein Vater sein kann. Ich bin wieder zu euch gefahren, wollte nochmal mit deiner Mutter sprechen und sie um diese Chance bitten. Als ich dann erneut vor eurer Tür stand, diesmal abends, als du zuhause warst, habe ich gehofft, du würdest an die Tür kommen. Doch stattdessen stand ich davor und habe deiner Stimme gelauscht, die durch die Wohnungstür gedrungen ist. Du hast gesungen und gelacht. Und dann hast du Jack Dad genannt und meine gesamte Entschlossenheit ist in sich zusammengebrochen.

Ich war nie ein sonderlich mutiger Mensch. Ich renne gerne vor Problemen davon, anstatt sie anzugehen. Keine gute Eigenschaft, und nun, kurz vor meinem Tod, weiß ich, dass die Probleme einen ohnehin wieder einholen. Und die Erkenntnisse.

Die Erkenntnis ist: Ich hätte kämpfen sollen.

Die Wahrheit ist: Ich konnte es nicht.

Und das ist nun vermutlich der Moment, in dem du mich hassen wirst und deine Entscheidung triffst, dabei gibt es noch so viel, was du nicht von mir weißt. Unter dem Bett im Apartment ist eine lose Diele. Dort findest du eine Kiste, die zeigt, wie sehr ich dich trotz allem geliebt habe. Auch wenn ich nicht gekämpft habe, warst du jeden Tag in meinen Gedanken.

Ich liebe dich.

Dein Matt

Ich schlucke schwer. Die Worte tanzen regelrecht vor meinen Augen, während die Wut auf meine Mutter steigt, regelrecht hochkocht.

»Wir müssen zu mir nach Hause«, sage ich. Sebastian mustert mich und meine zusammengepressten Lippen.

»Was stand in dem Brief?«

»Bitte.« Meine Stimme bricht. »Ich kann jetzt nicht … ich … ich kann nicht nachdenken. Ich muss erst zu mir nach Hause. Da ist eine Kiste, die ich finden muss.«

»Na schön.« Sebastian nickt und lotst mich zum Auto. Die Leute um mich herum nehme ich kaum wahr. Als ich sagte, ich könne nicht denken, habe ich die Wahrheit gesprochen. Mein Kopf ist überfüllt. Die Worte im Brief und deren Bedeutung schwirren pausenlos darin umher und verwirren mich. Meine Mutter, die mir meinen Vater vorenthalten haben soll. Die ominöse Kiste. Die Nähe zu meinem Vater, als er mich beobachtet hat. Ich bin komplett überfordert.

An der Wohnung angekommen stürme ich sofort nach oben, gehe zum Bett und schiebe es zur Seite.

»Was tust du denn da?«

»Siehst du irgendwo eine lose Diele?«, frage ich hektisch.

Ich beginne bereits den Boden abzuklopfen. Das Bedürfnis etwas zu tun und endlich die Kiste zu finden wird übermächtig.

»Hier.« Sebastian findet sie, nur ein paar Millimeter neben meinem Fuß.

Ich rutsche neben ihn und greife hinein, nach der braunen Pappschachtel, die scheinbar mal ein Schuhkarton war. Jetzt finde ich darin unzählige Fotos und Zeitungsartikel. Mein Gesicht strahlt mir entgegen, in allen Lebenslagen der letzten vierzehn Jahre. Ungläubig nehme ich die Fotos in die Hand, eins nach dem anderen. Ich sehe mich mit vierzehn, als ich diese furchtbaren schwarzen Strähnen hatte und viel zu viel dunkles Make-up getragen habe. Ich sehe mich mit sechzehn und einem Eis in der Hand. Ich erkenne sogar ein Foto, dass noch kein Jahr alt sein kann, denn das Oberteil was ich darauf trage, habe ich zu meinem dreiundzwanzigsten Geburtstag gekauft.

»Bist du das? Hat Matt all diese Fotos gemacht?« Sebastians Blick sagt genau das, was ich fühle: Unglaube. Wie bitte kann er mich so oft fotografiert haben, ohne dass ich es gemerkt habe? Wie oft war er in London, um mich zu sehen, ohne mit mir zur reden?

»So oft hat er mich gesehen«, sage ich und lasse die Fotos auf den Fußboden rieseln. In diesem Moment fühle ich mich unglaublich erschöpft. »Und er hat nie etwas gesagt.« Das Wissen, dass mein Vater mir so nah war und ich es nicht gewusst habe, schmerzt mehr als alles andere. Wieso habe ich nichts gespürt? Hätte ich doch nur etwas gemerkt, dann hätte ich mit ihm reden und seine Stimme hören können.

Sebastian nimmt einen der Zeitungsartikel heraus. Ich weiß sofort, dass es der Artikel ist, der mich als seine Tochter entlarvt hat. Meine Mutter und ich strahlen in die Kamera und halten eine goldene Auszeichnung hoch, die ich an meinem zehnten Geburtstag gewonnen habe. Einer meiner Artikel aus der Schülerzeitung war in die regionale Zeitung übernommen worden. Ein Appell an den Klimaschutz, woraufhin noch mehr kleine Zeitungen über mich berichteten und ich diese Auszeichnung gewonnen habe. Sie liegt irgendwo auf dem Dachboden meiner Mutter, vollkommen in

Vergessenheit geraten, weil das Schreiben mir irgendwann nicht mehr wichtig war. Aber scheinbar hat es meinen Vater geradewegs zu mir geführt.

»An diesem Tag hat er von mir erfahren«, erkläre ich Sebastian. »Er wusste von mir und hat meine Mutter zur Rede gestellt. Und weißt du, was sie gemacht hat? Nichts.« Meine Stimme wird unwillkürlich lauter, regelrecht hysterisch, während mir bewusst wird, wie tief meine Mutter drinsteckt. Wie viel sie mir verheimlicht und wie viel sie mir damit genommen hat. »Sie hat ihn fortgeschickt. Obwohl ich ständig von meinem Vater geredet habe und wissen wollte, wer er ist. Welche Mutter tut so etwas? Welche Mutter stellt sich zwischen einen Vater und seine Tochter?«

Sebastian schüttelt ratlos den Kopf.

»Kein Wunder, dass sie mich von Seagulls fernhalten wollte. Aus Angst, dass ich ihr Geheimnis herausfinde. Ihre Lügen.« Ich stehe auf und wanke regelrecht in die Küche.

»Was hast du vor?«

»Ich brauche dringend Wein.«

»Vielleicht bist du nicht in der besten Stimmung, um zu trinken.«

»O doch«, sage ich bestimmt. »Ich bin wütend, nur Rotwein kann das kompensieren.«

»Da bin ich mir nicht so sicher.«

Ich halte inne, anstatt den Schrank zu öffnen und sehe ihn an. Sebastian tritt neben mich, sein Blick ist wach, aber voller Mitgefühl. So viel, dass ich schlucken muss. Alle Gefühle drohen über mir einzubrechen, aber ich kann es nicht zulassen. Noch nicht. Wenn ich jetzt, in diesem Moment zulasse, dass diese Lüge meiner

Mutter sich richtig in mein Bewusstsein gräbt, legt sie damit eine Mienenfeld frei, das mich in Stücke reißen wird. Meine Mutter und ich sind nie wirklich ein Herz und eine Seele gewesen, und nun habe ich auch eine Ahnung, wieso wir nie diese klassische Mutter-Tochter-Bindung hatten. Alles war vergiftet. Vergiftet von ihrem Verrat. Vielleicht habe ich im Innern immer gespürt, dass sie mir in Bezug auf Matt etwas verheimlicht. Vielleicht habe ich deswegen so oft nach ihm gefragt und war regelrecht besessen von dem Gedanken an ihn. Vielleicht wusste ich, tief in mir, dass sie lügt. Aber trotz der Differenzen sind meine Mutter und Jack meine einzigen richtigen Konstanten in meinem Leben. Mein Halt. Meine Familie, nach der ich mich immer so gesehnt habe. Dieser beim Verfall zuzusehen schmerzt zu sehr. Ich ertrage den Gedanken daran nur in kleiner Dosierung.

»Ich kann gerade nicht nachdenken«, sage ich leise und erwidere Sebastians Blick. »Ich kann gerade einfach nicht.« Meine Stimme stockt. »Verstehst du?«

»Na gut. Aber du trinkst nicht allein. In so einem Zustand sollte man niemals allein sein.« Er schiebt mich sanft zur Seite, und sieht in meinen Schrank. Dann verzieht er das Gesicht. »Wein aus dem Tetrapack?«

Ich zucke mit den Schultern. »Das war der günstigste, den ich finden konnte.«

»Das ist eine Beleidigung für alle Weinliebhaber, so wie mich.«

»Ach komm, so schlimm ist er gar nicht.«

»Wenn wir uns schon betrinken, dann mit Stil.« Er macht den Schrank wieder zu und sieht mich an. »Du wartest hier, ich bin in zehn Minuten wieder da. Mit besserem Wein.«

Während Sebastian das Apartment verlässt, versuche ich, mich nicht in meinen Gefühlen zu verlieren. Ich stehe nur da, fühle mich beinah ohnmächtig und zitterte. Allein und verraten. Traurig und wütend.

Kapitel 16

Sebastian und ich sitzen auf dem Fußboden, die Fotos und Zeitungsartikel vor uns verstreut. Ich habe keine Kraft sie wieder in die Kiste zu räumen, geschweige denn sie mir nochmal anzusehen. Also sitze ich nur hier, den Rücken gegen das Bett gelehnt.

Sebastian mustert die Weinflasche in meiner Hand und schüttelt kaum merklich den Kopf. »Ich fasse es immer noch nicht, dass wir den Wein aus der Flasche trinken.«

Ich zucke mit den Schultern. »Wenn man Kummer hat, macht man das so.«

Sebastian schiebt eine Packung Chips zu mir rüber. »Gut, dass ich noch was zu Futtern geholt habe. Du brauchst eine Basis.«

Ich blinzle erschöpft. »Weißt du, was ich gebraucht hätte? Meinen Vater.«

»Wirst du deine Mutter darauf ansprechen? Und ihr sagen, was du davon hältst?«

»Nein.« Ich nehme einen Schluck. »Ich werde sie mit Ignoranz strafen.«

»Meinst du, das ist der beste Weg?«

»So läuft das bei uns. Wenn ich etwas mache, was ihr nicht passt, seufzt sie theatralisch und versucht mir klarzumachen, wie dumm ich bin. Wenn sie etwas tut, was mir gegen den Strich geht, provoziere oder ignoriere ich sie. Damit sie merkt, dass ich sauer bin.«

»Und ihr zu sagen, dass du sauer bist, würde nichts bringen?«

»Es wäre auf jeden Fall erwachsener«, nicke ich. »Aber nicht so befriedigend.«

»Es klingt nicht so, als hätten deine Mutter und du ein wirklich gutes Verhältnis.«

»Nein, haben wir auch nicht. Manchmal habe ich mich gefragt, wieso das so ist, aber ich denke, ich habe jetzt meine Antwort darauf. Zwischen uns stehen so viele Lügen. Da hatten wir wohl einfach von vornherein eine schlechte Grundvoraussetzung.« Ich mustere Sebastian. »Anders als bei dir und deiner Mutter, oder? Ihr versteht euch gut.«

»Das stimmt. Wir reden eigentlich offen über alles und treffen uns einmal die Woche zum Kaffee trinken.«

»Aber? Das klingt nach einem Aber.«

»Aber mit Vätern hatte ich nie sonderlich gute Erfahrungen.«

»Wo ist dein Vater?«, frage ich neugierig.

»Er lebt in Schottland. Er hat uns verlassen, als ich drei Jahre alt war.«

»Das muss hart sein.«

»Ich weiß noch, dass ich viel geweint habe. Aber an ihn selbst erinnere ich mich kaum noch. Die Erinnerungen verblassen irgendwie mit der Zeit.«

»Dann habt ihr keinen Kontakt?« Ich reiche ihm die Flasche und greife zu den Chips.

»Nein. Ich habe es ein paar Mal versucht, aber er hatte kein Interesse. Meine Mutter hatte irgendwann einen neuen Freund, der so etwas wie mein Vater wurde.« Sebastians Adamsapfel zittert, während er schluckt.

Auch ohne den Schmerz in seinen Augen zu sehen, weiß ich, dass dies die Vaterprobleme sind, die ich stets gespürt habe. Dass er seinen Vater nicht gesehen hat und er in einem anderen Land lebt, mag schwer sein, aber der wahre Ballast, sein persönlicher Dämon, steckt in diesem anderen Mann. Ich sehe zu ihm, versuche hinter die hellblauen Augen zu sehen und seine Gefühle dahinter zu erkennen. »Du redest von dem, der deine Mutter verlassen hat. Richtig?«, frage ich sanft. Nun, wo er sich endlich öffnet, will ich nicht zu forsch sein und ihn verschrecken.

»Genau der. Sie hatte nie wirklich Glück mit Männern.« Er zuckt mit den Schultern, aber es wirkt nicht so gleichgültig, wie er vorgibt zu sein. »Manchmal denke ich, dass sie ohne Mann besser dran ist. Als Single ist sie viel ausgeglichener und selbstbewusster. Männer zerstören das immer.«

»Was ist mit diesem Mann passiert?«

»Es ist eine lange Geschichte.« Sebastian nimmt einen Schluck Wein. Ich warte darauf, dass er weiterredet, aber er bleibt still. Obwohl mir noch tausend Fragen auf der Zunge liegen, halte ich diese Stille aus. Ich zwinge ihn nicht dazu, zu reden. Nicht, wo ich gerade selbst spüre, wie viel einfacher es ist, nichts zu sagen und alles zu verdrängen. Auch wenn es bei mir nicht hundertprozentig funktioniert. In meinem Innersten tobt noch immer ein Wirbelsturm. Immer wieder huscht mein Blick zu den Fotos vor mir, die mein Vater so sorgsam gesammelt hat, voller Sehnsucht nach mir. Als ich gehört habe, dass er vierzehn Jahre lang von mir wusste, habe ich so viel Wut für ihn gespürt, doch nun ist davon nichts übrig. Die ganze Wut, die in mir brodelt, ist allein für meine Mutter bestimmt.

Verbittert nehme ich noch einen Schluck Wein. Und noch einen. Die Säure des Rotweins legt sich immer mehr auf meine schlechte Stimmung, aber anstatt es wie sonst in Watte zu hüllen, bekräftigt der Alkohol heute eher meine Wut. Wie konnte meine Mutter mich nur so verraten? Ich hasse sie in diesem Moment, lodernd brennt sich dieses Gefühl in mein Herz und meinen Magen und vermischt sich mit der roten Flüssigkeit, die ich immer noch hinunterkippe. Sebastian sagt nichts dazu, er nimmt einfach wortlos eine zweite Flasche und zieht den Korken heraus. Das Frustbesäufnis ist eröffnet.

Eine Stunde später sind die ersten beiden Flaschen leer.

»D!«, rufe ich. »Dominant.«

»E?«, fragt Sebastian. Seine Stimme ist inzwischen rau, seine sonst kontrollierte Haltung wirkt viel entspannter, während er neben mir sitzt, ein Bein angewinkelt und eins ausgestreckt, mit Chips in der Hand. Die leeren Weinflaschen stehen vor uns.

»Engstirnig«, brülle ich beinah. Die schlechten Eigenschaften meiner Mutter in alphabetischer Anordnung zu nennen, hat etwas seltsam Befriedigendes.

»F.«

»Fordernd.« Ich nehme einen Chip. »G. Gebieterisch. H. Hetzig.«

»Das Wort gibt es nicht«, wirft Sebastian ein.

»Aber es beschreibt, wie meine Mutter ist«, erwidere ich. »Weil sie immer gehetzt ist und immer aufhetzt. Sie ist einfach hetzig.«

»Okay, Okay.« Sebastian nickt. Eine schlechte Eigenschaft mit J?«

»Erst kommt doch I.« Ich unterdrücke ein Gähnen. »Ignorant. Das war leicht.«

»J. Mhm … darf ich es mal versuchen?«

»Du kennst meine Mutter doch gar nicht«, gebe ich zu bedenken.

»Inzwischen habe ich einen ganz guten Eindruck von ihr.«

»Dann versuch dein Glück.«

Sebastian legt sich einen Chip auf die Zunge und beißt nachdenklich zu. »Mhm … oh man, J ist echt schwer.«

»Dann bekommst du K. Bei J kann ich nur sagen: Joghurthasserin.«

»Was? Wer mag denn keinen Joghurt?«

Ich zucke lediglich mit den Schultern.

»K«, murmelt Sebastian. »Kaltherzig.«

»Ja«, juble ich. »Der war gut.«

»L. Launisch?«

»Passt zu meiner Mutter«, bestätige ich. »M. Miesmacherin.«

»N«, überlegt Sebastian.

Aber ich bin schneller. »Notorische Lügnerin«, murre ich.

»O. Oberflächlich.«

»P. Pingelig«, sage ich.

»Q«, überlegt Sebastian. »Quälgeist.«

»Eigentlich noch zu harmlos für sie. Aber ist unter Protest akzeptiert.« Ich nicke bekräftigend, bevor ich fortfahre. »R. Rabenmutter. S. Selbstsüchtig.«

»T wie Trittbrettfahrerin?«, fragt Sebastian vorsichtig.

»Der war schwach.« Ich schüttle ungläubig den Kopf. »Egal. U. Ungeduldig. X, Y und Z schenke ich mir, aber das wichtigste kommt noch. V.« Ich hole tief Luft. »Vaterdiebin!«, schreie ich ins Apartment.

Ich wünschte, die Worte würden von den Wänden abprallen und im Echo zurückgeworfen werden, damit ich sie nochmal höre, um zu verdauen und zu verinnerlichen, um den Verrat noch mehr in mir aufzunehmen. Aber nichts echot von den Wänden nieder. Zurück bleibt nur Stille und Frust.

»Und?«, fragt Sebastian nach einer Weile. »Geht es dir jetzt besser?«

»Nein.«

Ich drehe meinen Kopf zu ihm, eigentlich um ihm meinen unzufriedenen Gesichtsausdruck zu zeigen, doch in dem Moment, indem ich in seine sorgenvollen Augen sehe und mir sein Duft durch die Nase strömt, löst sich etwas in mir. Traurigkeit. Unfassbare Traurigkeit, die vorher von der Wut dominiert wurde und nun an die Oberfläche treibt. Innerhalb von Sekunden strömen Tränen über mein Gesicht, tropfen auf mein weißes Shirt und rauben mir die Sicht. Woher kommt das jetzt? Wieso kann ich nicht einfach wütend bleiben, statt wieder so traurig und enttäuscht zu sein? Mit Wut konnte ich umgehen und mir einreden, dass meine Mutter mir egal ist.

»Sebastian«, flüstere ich. Mehr Worte sage ich nicht, es braucht auch nicht mehr.

»Ich weiß«, sagt er nur. Er legt einen Arm um mich und zieht mich zu sich. Seine Hand streichelt meinen Oberarm, während wir verharren und meiner Traurigkeit Raum lassen. Seine Nähe löst auch die letzte Barriere, reißt alles ein, was ich mir durch den Alkohol an Schutz aufgebaut hatte. Welle für Welle erfasst mich, aber ich ertrinke nicht so, wie ich befürchtet hatte. Ich drehe mich noch ein wenig näher zu ihm und vergrabe meinen Kopf in seiner Brust, lege ihn darauf ab und höre seinen Herzschlag. Es ist wie eine Rettungsinsel, die mir hilft, trotz allem bei mir zu bleiben. Seine Hand wandert nun zu meinen Haaren, die sich längst aus meinem Zopf gelöst haben und nun strähnenweise über meine Schulter fallen.

»Es ist so unfair«, sage ich leise. »Meine Mutter hat mir mit dieser Entscheidung die Chance genommen, Matt richtig kennenzulernen. Nicht durch Briefe und Fotos, sondern richtig. Mit einer Bindung, Besuchswochenenden, gemeinsamen Erinnerungen. Das habe ich mir immer gewünscht und jetzt erfahre ich, dass sie allein daran schuld ist, dass ich es nicht haben konnte. Vielleicht wäre ich sogar irgendwann zu ihm gezogen und hätte hier gelebt – nicht allein wie jetzt, sondern mit ihm zusammen. Wie eine Familie. Sie hat mir das alles genommen.«

»Es tut mir so leid, Riley.« Ich höre noch immer den Alkohol aus seiner Stimme heraus. Seine Stimme hat diesen raueren, dennoch sanften, Unterton bekommen. Ich schließe kurz die Augen, lasse mich fallen, Sebastians Hand noch immer beruhigend in meinen Haaren. Als ich die Augen wieder öffne, sehe ich auf seinen tränendurchtränkten Pullover.

»Sieh mich nur an«, heule ich.

»Was denn?«, erwidert er sanft, obwohl er genau weiß, was ich meine.

Ich schluchze. »Ich ziehe dich immer mehr in mein persönliches Drama hinein, obwohl du einfach nur Geld mit deiner Musik verdienen willst. Ich kann verstehen, wenn du aus unserem Deal aussteigen möchtest. Ehrlich. Briefe zu suchen ist das eine ... aber das hier? Jetzt fühlst du dich verpflichtet mich zu trösten und hängst hier mit mir fest, obwohl dich Tränen überfordern.«

»Langsam bekomme ich Übung darin.« Ich höre ihn förmlich schmunzeln. »Ich mache das doch ganz gut, oder nicht? Es stört mich gar nicht mehr so. Ehrlich nicht.«

Ich beiße mir auf die Unterlippe, glaube seine Worte jedoch.

»Was ich dir allerdings nicht verzeihen kann, ist, dass da immer noch meine Jacke hängt.«

»Ich weiß.« Ich lache schluchzend. »Ich wollte sie dir schon längst wiedergeben, aber der Geruch beruhigt mich irgendwie. Also habe ich mir angewöhnt sie anzuziehen, wenn mir hier kalt ist. Was oft passiert, weil ich eine Frostbeule bin und irgendwie zieht es hier in der Wohnung. Das Fenster dahinten scheint undicht zu sein oder so, selbst wenn es geschlossen ist, strömt kalte Luft hindurch. Aber es war nicht mein Recht, deine Jacke solange in Beschlag zu nehmen. Das war blöd von mir. Nimm sie wieder mit.«

»Du magst den Geruch?« Sebastians Handbewegung stockt, ich spüre seinen Blick auf meinem Gesicht, aber ich drehe mich nicht zu ihm um, sondern nicke an seine Brust. »Es riecht nach Kaminholz«, erwidere ich leise.

Ich höre Sebastian Luft holen. Das Kribbeln in meinem Magen wird so stark, dass mir droht, schwindelig zu werden. Ich rücke noch einen Millimeter näher zu ihm, lausche seinem Herzschlag. Ich habe das Gefühl, dass Sebastian etwas dazu sagen will, doch ehe er seine Worte aussprechen kann, gähne ich. Seine Wärme lullt mich ein.

»Du solltest schlafen gehen. Morgen ist sicher noch nicht alles gut, aber vielleicht schon etwas besser.«

Ich nicke. Es fällt mir schwer, mich aus der gemütlichen Haltung zu befreien, löse mich dann jedoch von Sebastian. Ich versuche aufzustehen, doch der Alkohol bringt mich immer wieder aus dem Gleichgewicht.

»Komm.« Sebastian nimmt meine Hand und hält mit der anderen meine Hüfte. »Ich helfe dir.«

Er führt mich zu meinem Bett, ich lege mich hinein und er deckt mich zu. Es ist tröstend und wärmend. Dankbar lächle ich ihn an.

»Ich hoffe, du kannst schlafen.« Sebastian dreht sich weg, doch ich halte ihn auf, indem meine Hand nach seiner greift. Obwohl alles in mir danach schreit, ihm das nicht auch noch aufzubürden, ist der Teil, der nach seinem Halt schreit, genauso groß. Und stärker.

»Kannst du ...« Ich schlucke schwer. »Kannst du hierbleiben? Nur, bis ich eingeschlafen bin? Ich will gerade nicht allein sein.«

Fest rechne ich damit, dass er es ablehnt. Damit, dass er seine Schuhe auszieht, die Decke wieder umschlägt und sich neben mich legt, rechne ich nicht. Es überrascht und überfordert mich, kurz erwäge ich, es mir anders zu überlegen, doch in dem Moment wo er neben mir liegt und seine Wärme und der Duft nach Kaminholz auf mich einströmen, schließe ich nur die Augen und rücke etwas näher. Sebastians Arm legt sich um mich und hält mich fest, sodass mein Gesicht auf seiner Brust liegt und ich wieder seinen Herzschlag spüre. Ein stetiges, beruhigendes Pochen, das sich auf die viel zu lauten Gedanken legt und sie fast zum Verstummen bringt.

»Ich weiß nicht, ob ich das meiner Mutter verzeihen kann«, flüstere ich.

»Das kann ich gut verstehen. Ich verstehe, wie es ist, von Menschen verraten zu werden, die man liebt und denen man vertraut. Ich selbst bin nie darüber hinweggekommen und konnte nie verzeihen.«

»Der Ex-Freund deiner Mutter?«, frage ich leise. Obwohl meine Augen mit der Müdigkeit kämpfen, ist mein Geist noch hellwach.

»Ja. Ich denke, er ist am ehesten das, was ich als meinen Vater bezeichnen würde. Auch wenn er mir deutlich gezeigt hat, dass es nicht so ist. Er und ich, wir waren nie die Familie, die ich vor Augen hatte, wenn ich an ihn gedacht habe.«

»Meine Mutter und ich sind auch keine Familie«, erwidere ich. »Nicht so eine, wie ich sie immer haben wollte. In einer Familie muss man sich vertrauen können.« Ich kuschle mich unwillkürlich enger an ihn und höre ihn leise Luft einsaugen. Kurz spannen sich die

Muskeln an seinem Arm an, aber er zieht ihn nicht weg, sondern verharrt weiter in seiner Position.

»Wenn du auch verraten wurdest, dann weißt du, wie es ist, wenn einem der Boden unter den Füßen weggezogen wird.«

»Ja«, flüstert er. »Das ist auch der Grund, wieso ich dich nicht allein lassen werde und wieso ich das alles mit dir durchstehe. Ich kenne das Gefühl, wenn dein Leben und das, was du dachtest zu wissen und was du dir ausgemalt hast, plötzlich in Scherben liegt.«

»Du kannst darüber reden ..., wenn du willst«, sage ich.

Sebastians Hand streichelt mir einmal sanft über den Oberarm und hinterlässt eine Gänsehaut. »Vielleicht ein anderes Mal«, sagt er mit belegter Stimme.

»Okay.« Ich nicke. »Es tut gut, nicht allein zu sein«, erwidere ich nur und respektiere damit Sebastians Wunsch, nicht näher auf diese Geschichte einzugehen. Stattdessen schließe ich meine Augen, genieße einfach die Nähe zu ihm.

»Schlaf gut, Riley«, flüstert Sebastian mir zu.

Seine Hand streichelt mir noch einmal über meinen Handrücken, der Arm immer noch schützend um meine Taille gelegt, bevor ich mich endlich der Erschöpfung hingebe.

Kapitel 17

Es riecht nach Kaminholz. Der Duft ist das erste, was mir auffällt, als ich sanft aus dem Schlaf drifte. Das zweite, was mir auffällt ist der Arm, der um meine Hüfte gelegt ist. Meine Augen sind noch geschlossen, während mein Gehirn die Informationen verarbeitet. Der Geruch, der Arm ... der gleichmäßige Atem, den ich an meinem Hals spüre. Innerlich erstarrt alles in mir. Sebastian. Wir sind eingeschlafen, er liegt neben mir. Eindeutig ist es sein Arm, der um mich geschlungen ist. Bei dem Gedanken wird mir sofort heiß und ich werde unsicher. In meinem Kopf überschlagen sich die Szenen, der letzten Nacht. Bilder, die trotz des Alkohols vollkommen klar sind, für immer gespeichert. Sebastian seufzt leise im Schlaf, sein Arm bewegt sich und schiebt ein Stück meines Shirts nach oben. Sofort erstarre ich, während Hitze mir in den Körper schießt.

Langsam öffne ich die Augen. Sanftes Licht dringt durch die Fenster. Vorsichtig hebe ich Sebastians Arm an und schiebe mich darunter weg, auch wenn mir augenblicklich sein Duft fehlt und mein Körper sich danach sehnt, wieder zurück ins Bett zu gehen und mich nochmal darin zu verlieren. Doch mein Gesicht fühlt sich trocken an, gezeichnet von salzigen Tränen und verlaufener Wimperntusche.

Ich werfe einen Blick auf ihn. Sein Kopf liegt in seiner Armbeuge, sein Mund ist leicht geöffnet und zu einem sanften Lächeln geformt. Auch jetzt im Schlaf spüre ich die Stärke, die er gestern den ganzen Abend auf mich projiziert und mir damit Kraft gegeben hat. Während mein Blick viel zu lange auf ihm ruht, fühle ich nichts als Zuneigung und Sehnsucht.

Ich schleiche zum Badezimmer und stelle mich unter die heiße Dusche. Mit jedem Wasserstrahl fließt ein Stück meiner Verbitterung davon, doch zurück bleibt noch immer ein Gefühlschaos. Neben all den Emotionen wegen meiner Mutter, mischt sich nun auch immer wieder Sebastian darunter. Sebastian und seine Nähe, sein Duft, seine Augen. Die Art, wie er es schafft, mir Kraft zu geben, jedes Mal aufs Neue. Das Verlangen, das ich immer mehr spüre, wenn ich in seiner Nähe bin. Aber es geht nicht. Nicht so, wie mein Herz es gerade von mir verlangt. Es ist einfach nicht der richtige Zeitpunkt für derartige Gefühle und Gedanken. Nicht, wo alles noch in der Schwebe ist und im Chaos versinkt, nach diesem Brief einmal mehr. Welche Antworten werde ich durch die übrigen Briefe noch bekommen? Wie viele Hiobsbotschaften? Und wo werde ich leben? In Seagulls? In London? Nach dem letzten Brief habe ich noch weniger Antworten darauf als zuvor.

Ich lasse meine nassen Haare an der Luft trocknen, ziehe mir eine frische Bluejeans und ein graues Sweatshirt über und gehe wieder in den Wohnraum, wo Sebastian noch immer ruhig in meinem Bett liegt. Trotz meiner Entscheidung, mich nicht meinen Gefühlen hinzugeben, sind meine Augen nur auf ihn gerichtet. Auf seinen gleichmäßigen Atem und seinen breiten Rücken. Alles in mir schreit danach, mich wieder neben ihn zu legen und einfach wieder die Augen zu schließen.

Genau in dem Moment stößt mein Bein gegen eine der leeren Weinflaschen, die mit einem lauten Scheppern auf den Boden kracht. Sebastian schreckt sofort hoch.

»Was?« Er sieht sich verwirrt um und entdeckt dann mich, die noch mitten im Raum steht und ihn schuldbewusst ansieht.

»Guten Morgen«, sage ich zähneknirschend.

Sebastian reibt sich verschlafen die Augen, seine Haare stehen am Hinterkopf ein wenig ab. Dann fährt er sich durch den Drei-Tage-Bart und mustert mich. »Du hast geduscht.«

»Oh.« Ich blicke auf meine nassen Haarspitzen. »Du darfst auch gerne, wenn du willst.« Ich gehe zu meinem Kleiderschrank und ziehe ein Handtuch hervor. Er steht auf und geht zu mir herüber. Dicht vor mir bleibt er stehen und greift nach dem Handtuch. Unsere Fingerspitzen berühren sich und obwohl es nur eine flüchtige Berührung ist, fühlt es sich an, als würde alles in mir zittern.

»Danke«, sagt er. Seine Stimme klingt ein wenig rauer als sonst, während sein Blick mich trifft. Ein Blick voller Verlangen, ich sehe es ganz deutlich. So deutlich, dass ich schlucken muss. Aber ich sehe auch Fragen … Fragen, die auch ich in mir trage. Ich spüre, dass sich etwas zwischen uns verändert und er es auch zur Kenntnis genommen hat. Es liegt in der Luft, umgibt uns flimmernd, reizt alle meine Sinne und streichelt meine Haut, wie kleine, elektrische Impulse.

»Ich mache uns Frühstück«, erwidere ich und lasse das Handtuch los. Sebastian verweilt noch kurz, mich immer noch musternd, ehe er nickt und im Bad verschwindet. Während ich höre, wie er das Schloss umdreht, die Duschkabine aufschiebt und das Wasser laufen lässt, stehe ich nur da. Ich versuche zu atmen, obwohl mir das Kribbeln, das diese flimmernde Energie in mir freigesetzt hat, mir regelrecht auf der Brust liegt. Alleine der Gedanke an Sebastian unter meiner Dusche, nachdem ich mich ihm nun auch emotional so nah fühle, bringt mich dazu, im Innern durchzudrehen. Der Gedanke daran, ihn zu küssen, ist stark.

Ich atme zischend aus und richte meinen Blick auf das Bild von Matt an der Küchenwand. Es hilft mir dabei, wieder klar zu denken und mich endlich Richtung Kühlschrank zu bewegen. Ich muss mich fokussieren. Sebastian darf mich nicht ablenken. Auch wenn es schwerfällt, mich nicht von dem Gedanken an ihn mitreißen zu lassen.

Ich beginne, Eier in die Pfanne zu hauen und Zucchini und Tomaten hineinzuschneiden, allein, um etwas zu tun zu haben und nicht an Sebastian zu denken ... an seinen nackten Körper unter meiner Dusche, Wassertropfen, die an ihm hinunterlaufen, immer weiter die Bauchmuskeln entlang.

Erst als ich registriere, wie das Wasser abgestellt wird, kann ich diese Bilder endlich loslassen. Kurz darauf kommt Sebastian zurück, seine Haare sind noch nass.

»Rührei?«, fragt er und setzt sich an den Tisch, direkt zu seiner Jacke, die noch immer am Stuhl hängt. Ich schiebe ihm eine Tasse Kaffee zu.

»Omelett«, erwidere ich und verfrachte das Ei auf zwei Teller. Ich setze mich zu Sebastian an den Tisch, ein Bein angewinkelt auf der Sitzfläche und mit etwas zu nervösem Lächeln.

»Danke«, sagt Sebastian und nimmt gierig einen Bissen. Ich sehe ihm genau ins Gesicht, während er kaut. Dadurch bemerke ich sofort, wie sein Gesichtsausdruck kurz erstarrt.

»Nicht gut?«, frage ich.

Sebastian schluckt angestrengt und beginnt dann, laut zu lachen. Es ist der Moment, indem ich wieder lockerer werde und meine Anspannung sich löst.

»Bis jetzt dachte ich immer, Eier könnte jeder zubereiten«, lacht Sebastian. »Aber ich denke, ich habe mich geirrt.«

»So schlimm?« Ich nehme selbst einen Bissen. Sofort weiß ich, was er meint. Das Omelett hat einen säuerlichen Geschmack, sicher weil ich mit den Gewürzsoßen aus dem Hängeschrank experimentiert habe. Ich verziehe das Gesicht. »Bei mir gibt es meistens nur Fertigessen.«

Sebastian schüttelt schmunzelnd den Kopf.

»Du musst es nicht essen«, sage ich als er sich wieder die Gabel nimmt.

»Ach, Hauptsache was im Magen.« Er nimmt demonstrativ einen Bissen. »Aber irgendwann muss ich dir mal zeigen, wie das richtig geht. Eier zubereiten ist leicht, das lernst du schnell.«

»Ich wollte immer mal kochen lernen«, sage ich. »Aber irgendwie fehlt mir dafür das Feingefühl.« Ich nehme einen Schluck Tee, um das Ei hinunterzuspülen.

»Wie ist es denn, wenn du deine Pasta kochst? Machst du wirklich alles frisch?«

»Das meiste. Ich habe auch schonmal den Nudelteig selbst gemacht, aber ehrlich gesagt ist das schon viel Arbeit und für mich allein lohnt es sich kaum. Deswegen nehme ich meistens die Fertigwaren. Aber bei den Soßen mache ich alles selbst.«

»Bewundernswert. Ich nehme meistens einfach Ketchup und schütte den auf die Nudeln.«

Sebastian erstarrt, Ei fällt von seiner Gabel, während er mich ansieht als hätte ich ihm gebeichtet, meinen Nachbarn umgelegt zu haben.

»Ist das dein Ernst? Nudeln mit Ketchup?«

Ich zucke mit den Schultern. »Einfach, schnell und lecker.«

»Und eine Beleidigung für alle Leute, die gerne Pasta essen.« Er schüttelt den Kopf. »Ich wette, wenn du einmal meine Pasta Pomodoro gegessen hast, wirst du nie – wirklich nie wieder – deinen Ketchup wollen.«

Ich schmunzle. »Ist das eine Wette?«

»Allerdings. Du wirst schon sehen.«

»Ich bin gespannt«, erwidere ich und grinse.

Sebastian nickt zufrieden und trinkt seinen Kaffee. Sein Blick wandert durchs Apartment und bleibt an unserem Chaos der Nacht hängen.

»Haben wir diesen Wein wirklich leer getrunken?«

»Ich fürchte schon.« Sofort schießen mir die Bilder der Nacht in mein Gedächtnis, wie ich ihn gebeten habe zu bleiben und er neben mir lag. Schlagartig wird mir heiß.

»Sag mal, musst du nicht längst das Café öffnen?«, fragt er und vertreibt damit die Bilder in meinem Kopf.

Mein Blick fällt auf die Uhr. »Oh, verdammt. Die Kuchenlieferung.« Ich springe auf und laufe durch die Wohnung. »Wo ist denn nur mein Handy? Der Lieferant hat bestimmt versucht, mich zu erreichen. Sie wollten mir um zehn Uhr die Kuchen vorbeibringen ... und neue Scones. Verdammt. Wenn er nochmal herkommen muss, muss ich sicher doppelt zahlen.«

Ich beginne alles abzusuchen. Unter dem Kopfkissen finde ich schlussendlich mein Handy. Neben den drei verpassten Anrufen meiner Mutter, die meinen Magen sofort zusammenziehen lassen, sehe ich auch eine Nachricht von Lydia, die das Café heute öffnen sollte und offenbar den Lieferanten angetroffen hat.

»Alles gut?«

»Mit der Lieferung schon«, erwidere ich. »Lydia hat sich drum gekümmert. Aber meine Mutter hat versucht mich anzurufen. Das trübt die Laune.«

»Bist du immer noch entschlossen, sie einfach zu ignorieren?«

»Fürs Erste«, sage ich und drücke die Benachrichtigungen weg.

»Aber sie weiß doch gar nicht, was los ist und wieso du sauer bist.«

»Wenn sie ihren Kopf anstrengt, findet sie es schon heraus.« Ich seufze. »Es ist nicht so, als wäre ich herzlos. Es ist wohl eher das Gegenteil.«

»Wie meinst du das?«, fragt Sebastian.

»Hätte ich nicht so ein großes Herz und würde ich sie nicht lieben, würde ihr Verrat nicht so schmerzen, verstehst du? Ihre Lüge ist umso schlimmer. Sie hatte einfach nicht das Recht dazu, mir meinen Vater vorzuenthalten. Und als ich älter wurde und immer nach ihm gefragt habe, hätte sie es mir sagen müssen.«

»Da stimme ich dir zu.«

»Und das kann ich ihr einfach nicht so schnell verzeihen. Ausreden und halbgare Entschuldigungen will ich auch nicht hören, sie würden diese ganze Situation ja auch nicht besser machen. Meinen Vater bringt nichts zurück.«

Sebastian sieht zu mir, sein Blick ist bedauernd. »Leider nicht«, sagt er sanft. »Es tut mir wirklich leid, Riley. Das alles.«

»Hätte ich diesen Brief allein gefunden, wäre ich daran zerbrochen. Danke, dass du hiergeblieben bist. Das hat mir viel bedeutet.«

Mein Herz rast, während ich zu ihm sehe. Er erwidert meinen Blick, das Blau seiner Iris scheint zu sich zu erhellen.

»Jederzeit wieder.« Es sind nur zwei Worte, aber sie sorgen dafür, dass sich Tränen ansammeln. Das Gefühl, wirklich auf Sebastian zählen zu können, Halt und Kraft von ihm zu bekommen, ist überwältigend.

»Ich bin froh, dass wir Freunde sind«, sage ich. Es fühlt sich richtig und falsch gleichzeitig an. Es ist alles, was ich ihm anbieten kann, alles, was in dem Chaos in meinem Leben möglich ist und doch fragt sich mein Herz, ob das nicht zu wenig ist. Für den Moment kann ich dieser Frage keine Antwort geben. Noch nicht.

»Ich bin auch froh«, sagt Sebastian. Ich habe das Gefühl, dass er mich genau versteht, ohne dass ich etwas sagen muss. Er trinkt seinen Kaffee leer, während ich mich auf den Boden setze und die Fotos und Textschnipsel zusammenpacke. Es tut weh, sie zu sehen. Der Verrat meiner Mutter lodert noch immer in mir, auch wenn ich das Feuer zurzeit kontrollieren kann.

»Ich setze mich nachher nochmal an das Fotoalbum«, sagt Sebastian. »Drei Briefe nur noch. Das sollte zu schaffen sein, meinst du nicht?«

»Hast du schon eine heiße Spur?«

»Ein paar, aber ich muss mir nochmal alles genauer ansehen.«

»Okay. Sag einfach Bescheid.«

Sebastian nickt und steht auf. »Dann werde ich jetzt mal gehen. Ich bin gleich mit meiner Mutter verabredet.«

»Grüß sie lieb von mir.«

Ich stehe auf und trete vor ihn, unsicher, wie ich ihn verabschieden soll. Er übernimmt es und schließt mich in seine Arme, hält mich fest. Ich schließe kurz die Augen, aber der Moment ist für meinen Geschmack viel zu schnell vorbei. Er löst sich von mir und zieht sich die Schuhe an. Dann geht er zur Tür.

»Warte.« Ich greife zu der Jacke, die noch immer über einem der Stühle hängt. »Wird Zeit, dass du sie zurückbekommst.«

Sebastian mustert sie kurz und schüttelt dann den Kopf. »Behalt sie erstmal. Ich will nicht, dass du frierst.«

Noch ehe ich etwas erwidern kann, öffnet Sebastian die Tür und geht. Leicht verdattert stehe ich da und sehe ihm nach, seine Cordjacke in der Hand und den Duft in der Nase. Und ich versuche, das Kribbeln zu ignorieren, das sich immer mehr in meinem Herzen festsetzt, wann immer ich diesen Geruch wahrnehme. Wann immer Sebastian etwas für mich tut.

Ich schlüpfe in die Jacke, gieße mir einen neuen Tee ein und mache es mir auf Decken und Kissen am Boden gemütlich, genau an der Stelle, an der wir gestern gesessen haben. Die Kiste mit den Fotos steht offen, einige der Fotos und Zeitungsartikel liegen noch herum und ich beginne sie nochmal in Ruhe zu betrachten. Jeden einzelnen Moment, den mein Vater von mir festgehalten hat. Was würde ich darum geben, die Zeit zurückzudrehen und nochmal vor der Schule zu stehen. Ich hätte mich nur umdrehen und nach seinem Auto suchen müssen. Hätte mit ihm reden und ihn umarmen können.

Neben all den schönen, intensiven Gefühlen die Sebastian in mir auslöst, stehen die Wut und Verbitterung, die ich wegen meiner Mutter und Matt empfinde, im starken Kontrast. Ein Kontrast, der mich so überfordert, dass ich mich wieder in mein Bett verkrieche und mich in Sebastians Jacke zusammenkauere, bis ich mich zu meiner Schicht im Café aufraffen muss.

Kapitel 18

Ich brüte über den Bestellungen für den kommenden Monat, meine Beine sind in eine Decke gewickelt und vor mir steht ein Kräutertee. Auf dem Tablet neben mir pausiert ein sinnloses YouTube-Video. Mein Handy leuchtet auf, aber ich ignoriere es, so wie in den letzten Stunden. Meine Mutter ist in ihren Kontaktversuchen unermüdlich. Erst das Klopfen an meiner Tür bringt mich dazu, von den Bestellungen aufzusehen.

»Riley?« Sebastians Stimme dringt durch die Wohnungstür. Ich springe regelrecht auf, verheddere mich prompt in der Decke und verschütte Tee.

»Verdammt.« Im selben Moment fällt mir ein, dass die Haustür gar nicht abgeschlossen ist, weil Lydia unten im Café ist. »Es ist offen«, sage ich hektisch.

»Komme ich ungelegen?« Sebastian mustert mich, wie ich noch immer halb in die Decke gewickelt dastehe, mit den Strähnen, die mir ins Gesicht hängen, und dem Teefleck auf der Bettwäsche.

»Ehrlich gesagt kommst du gerade richtig«, sage ich. »Ich hatte sowieso keine Lust auf diesen Papierkram.«

Sebastian wirft einen Blick darauf. »Fürs Café?«

»Bestellungen. Nichts Spannendes. Aber wieso bist du hier?« Ich mustere den Werkzeugkoffer in seiner Hand, unter dem anderem Arm hält er eine braune Papiertüte mit Lebensmitteln.

»Ich dachte, du hättest vielleicht Lust auf meine Pasta. Unsere Wette, schon vergessen?«

»Was? Du kochst für mich?« Nervös streiche ich mir die Haarsträhnen aus dem Gesicht. Mein Zopf hat sich halb aufgelöst und sieht jetzt sicher aus wie ein Vogelnest.

»Ich dachte, du freust dich vielleicht.«

»Ja«, sage ich strahlend. »Das ist toll. Aber was soll der Werkzeugkoffer?«

»Du hast gesagt, dass es bei dir zieht. Also dachte ich mir, dass ich mir mal die Fenster anschaue.«

»Wirklich?« Wärme breitet sich in mir aus, als hätte mein Herz die Heizung hochgedreht. Ich beobachte, wie Sebastian die Einkäufe ablegt und dann zu dem Küchenfenster geht, um sich die Dichtung anzusehen. Seine Jeanshose sitzt einen Hauch zu tief, sodass der hochgerutschte Pullover ein Stück Haut und einen Streifen seiner dunkelblauen Pants freisetzt. Aber es ist nicht dieser Anblick, der mein Herz höherschlagen lässt. Es ist allein seine Handlung. Die Tatsache, dass er mir auch noch in seiner Freizeit hilft, obwohl er schon so viel für mich getan hat.

Ich setze mich aufs Bett und räume die Unterlagen zusammen, während Sebastian die Dichtung des Fensters erneuert. Ich bin bemüht, nicht zu viel zu ihm herüber zu starren, aber es fällt mir schwer. Mein Körper scheint sich seiner Anwesenheit deutlich bewusst zu sein. Ich stehe förmlich unter Strom.

»Ich denke, jetzt sollte es besser sein«, sagt er nach einer Weile und schließt das Fenster.

»Danke« sage ich und gehe zu ihm. »Das war aber wirklich nicht nötig.«

»Nicht der Rede wert. Ich wasche mir nur schnell die Hände, und dann geht's ans Kochen. Ich hoffe, du hast Hunger?«

»Immer«, sage ich grinsend und beginne schonmal den Tisch zu decken.

»Also, was ist das für eine Pasta?«, frage ich, als er zurückkommt und sich in der Küche an Töpfen und Pfannen bedient.

»Pasta Pomodoro.«

»Ich will helfen«, sage ich und stelle mich neben ihn.

»Sagtest du nicht, dass du nicht kochen kannst?«

Ich zucke grinsend die Schultern. »Mag sein. Aber ich kann gut Schnibbeln.«

»Also gut. Dann darfst du die Zwiebel schneiden.«

»Ausgerechnet die«, stöhne ich, nehme die Gemüsezwiebel jedoch entgegen und beginne sie zu schälen, während Sebastian das Wasser für die Bandnudeln aufsetzt.

»Wo hast du kochen gelernt? Bei deiner Mutter?«

»Sie hat mir das Grundlegende beigebracht, aber richtig gut ist sie, ehrlich gesagt, nicht. Wir hatten früher eine italienische Nachbarin, bei der ich nach der Schule manchmal meine Hausaufgaben gemacht habe. In Bezug auf die Hausaufgabenbetreuung war sie nicht sehr hilfreich, aber sie hat mir dafür in der Küche viel beigebracht. Irgendwann wurde es dann zu einem kleinen Hobby.«

»Nur Pasta? Oder kochst du auch andere Sachen?«

»Pasta ist schon mein Favorit. An Pizza versuche ich mich auch immer wieder, aber der Teig gelingt mir noch nicht so, wie ich das gerne hätte. Aber ich mache ein tolles Knoblauchbrot.«

»Jack, der Lebensgefährte meiner Mutter, kocht auch gerne. Aber eher Eintöpfe und Suppen. Manchmal auch mal so etwas wie einen Braten.«

»Du redest viel über ihn«, stellt Sebastian fest.

Ich wische mir Tränen weg, die die Zwiebel verursacht hat und reiche Sebastian die Würfel. »Mein Verhältnis zu ihm war immer viel besser als das zu meiner Mutter. Er ist so etwas wie ein Ruhepol, der zwischen uns steht und die Spannungen neutralisiert. Ohne ihn hätten wir uns vermutlich regelmäßig die Köpfe eingeschlagen. Aber er hat etwas sehr Entspanntes an sich, und er schafft es immer, uns wieder Vernunft einzubläuen, egal wie aufgeheizt die Stimmung ist.«

»Wie lange ist er schon der Lebensgefährte deiner Mutter?«

»Eigentlich seit ich denken kann. Er ist bei uns eingezogen, als ich zwei Jahre alt war.«

»Das ist lang.« Sebastian mischt Tomatenmark, Pfeffer, Salz und Thymian unter die angebratene Zwiebel und presst den Knoblauch hinein. In der Küche breitet sich ein wundervoller, würziger Geruch aus, der mir das Wasser im Mund zusammenlaufen lässt. Er schüttet die Bandnudeln ab, und lässt sie dann ebenfalls in die Pfanne gleiten.

»Was willst du dazu trinken?«, frage ich.

»Wasser reicht mir.« Ich hole zwei Gläser aus meinem Schrank und fülle eine Karaffe. Kurz darauf kommt Sebastian aus der Küche, in der Hand hält er zwei tiefe Teller, auf denen die Nudeln aufgetürmt sind.

»Wow«, sage ich. »Das duftet toll.«

»Ich hoffe, es schmeckt dir auch«, erwidert er und stellt einen der Teller vor mich.

Wir prosten uns zu. Dann drehe ich die Nudeln auf meine Gabel und nehme den ersten Bissen. Sofort gebe ich ein zufriedenes Seufzen von mir.

»Es schmeckt definitiv so gut, wie es aussieht. Wahnsinn.«

»Besser als Nudeln mit Ketchup?« Sebastian schmunzelt.

Ich nicke. »Und wie.«

»Dann habe ich meine Mission erfüllt.«

Sebastian erzählt mir, wie seine Mutter früher selbst die einfachsten Rezepte versaut hat und er irgendwann das Kochen übernommen hat, während wir die Pasta genießen.

»Du hättest glatt ein Restaurant aufmachen können«, sage ich. »Wenn ich irgendwann mal ein Mittagessen anbieten will, engagiere ich dich.«

»Ein singender Koch? Das könnte Leute anlocken. Aber ich denke, ich bleibe erstmal nur Musiker und Briefsucher.«

»Zum Glück. Ohne deine Hilfe wäre ich ziemlich aufgeschmissen. Und ich kann nicht nach London zurück, ohne diese Briefe gefunden zu haben.«

Er nimmt einen Schluck Wasser und mustert mich kurz. »Vermisst du London?«

»Nicht so sehr, wie ich sollte«, sage ich. »Wirklich zufrieden mit meinem Leben dort war ich eigentlich nie. Meine Wohnung ist schön, aber die Arbeit in der Agentur war furchtbar. Ich musste mich jeden Morgen dorthin quälen, aber eine andere Perspektive hatte ich nicht, also habe ich es die ganze Zeit heruntergeschluckt und mir eingeredet, dass es besser werden würde. Aber letztendlich weiß ich, dass sich in der Beziehung nie etwas geändert hätte, wenn Matts Brief nicht gekommen wäre.«

»Wie lange hast du gebraucht, um dich zu entscheiden, hierher zu fahren?«

»Vielleicht fünf Minuten«, überlege ich und grinse. »Ich habe nicht wirklich nachgedacht, sondern gehandelt.«

»Bereust du es?«

Ich denke an alles, was seitdem passiert ist. Die Tränen, die ich vergossen habe, aber auch die Glücksmomente und die aufregende Suche nach Antworten. »Bisher nicht«, sage ich. »Auch wenn manches schmerzhaft ist und mein Kopf kaum noch Ruhe gibt, habe ich das Gefühl, dass diese Reise hier genau das ist, was ich gebraucht habe. Endlich ein paar Antworten und Erfahrungen, fern von meiner Mutter. Neues wagen.«

»Ich finde, du machst das alles wirklich gut.«

»Danke«, sage ich und sehe ihn vielleicht ein paar Sekunden zu lang an. In diesem Licht wirken seine Augen etwas dunkler, fast wie die Tiefe des Ärmelkanals.

»Ich jedenfalls finde es gut, dass du hier bist«, sagt Sebastian.

Mein Magen hüpft bei seinen Worten. »Wegen des Zusatzgeldes?«, frage ich.

»Das auch. Aber auch, weil Seagulls jemanden wie dich braucht.«

Ich weiß nicht genau, was Sebastian damit sagen möchte, aber seine Worte lösen etwas in mir aus. Die Zuneigung für ihn steigt weiter, obwohl ich dachte, längst den höchsten Punkt erreicht zu haben.

»Das Geld ist allerdings ein großer Pluspunkt. Deswegen habe ich eine Tabelle aufgestellt.« Er holt ein gefaltetes Papier aus seiner Hosentasche und schiebt es zu mir. In kleiner, gequetschter Handschrift hat er die Fotos zusammengefasst und dahinter Spalten mit Vermutungen erstellt, ebenso eine Einschätzung, wie sicher er sich ist.

»Bei einigen scheinst du dir recht sicher zu sein«, stelle ich fest.

»Ja. Bei dem Hochsitz zum Beispiel. Es gibt nur einen hier in der Gegend, ich denke, da sollten wir hingehen. Und die alte Fabrik könnten wir auch mal abklappern.«

»Vielleicht am Wochenende?«

»Von mir aus spricht nichts dagegen.«

Wir planen unsere nächste Suche, kommen von einem Thema zum nächsten und ich merke gar nicht, wie die Zeit verfliegt. Als Sebastian irgendwann aufsteht und sich bereit macht, zu gehen, bin ich beinah enttäuscht.

»Deine Jacke«, sage ich und will sie vom Stuhl nehmen, aber Sebastian schüttelt den Kopf. »Schau erstmal, ob der Luftzug weg ist. Das mit der Jacke hat keine Eile.«

Mit trockener Kehle stehe ich da, wieder überwältigt von seiner liebevollen Art. Er umarmt mich, vielleicht ein wenig länger als sonst. Sein Duft umgibt mich, hüllt mich ein und umarmt mich ebenso, als würde er jeden Zentimeter meiner Haut berühren und dort drüber streiche. Ich schließe kurz die Augen.

»Schlaf gut«, sagt Sebastian und geht zur Tür.

»Du auch«, flüstere ich fast und sehe zu, wie er das Apartment verlässt. Ich bleibe zurück, und habe das Gefühl, mich leicht und nachdenklich zugleich zu fühlen. Ich streiche über den braunen Cord und rieche daran. Sein Duft darin ist längst verflogen und doch ziehe ich die Jacke über, einfach um mich noch weiter so geborgen zu fühlen, wie in den letzten Stunden.

Kapitel 19

Im Café sitzen heute sieben Gäste, Charlie nicht mit eingerechnet, der wie üblich einen Kaffee trinkt und eine Zeitung liest. Ich stehe an einem der Tische, um bei einem jungen Pärchen abzurechnen, die Muffins und Tee hatten, bin aber in Gedanken ständig bei der Schnitzeljagd. Sebastian hat mir geschrieben, dass er alles für die Suche am Hochsitz plant.

Ich bedanke mich bei dem Paar und gehe zurück zum Tresen, wo Miranda bereits auf ihren Kaffee-to-go wartet, bis das Klingeln der Türglocke meine Aufmerksamkeit auf die Tür lenkt. Eine Frau mit dunkelblondem Dutt betritt das Lokal. Ich blinzle zwei Mal, mein Gehirn braucht erstaunlich lange, um zu verstehen, wer da hereinkommt. Ihr Gesichtsausdruck ist angespannt, und mein eigenes entgleitet mir.

»Mum.« Ungläubig starre ich auf meine Mutter.

Meine Mutter. In Seagulls. In *meinem* Café. Wie zum Teufel ist denn das passiert?

»Riley. Da bist du ja.«

»Was machst du hier?«, frage ich irritiert.

»Was ich hier mache? Mich versichern, dass du nicht tot bist. Wieso bitte gehst du nicht ans Telefon? Seit Tagen!«

Ich verschränke die Hände vor meiner Brust und funkle sie an. Der erste Schock über ihr Auftauchen hat mich meine Wut auf sie kurz vergessen lassen, aber nun ist alles wieder da. Jetzt, wo ich ihre Stressader pulsieren sehe, schäumt sie regelrecht über. »Ich hatte dir eben nichts zu sagen«, erwidere ich kühl.

»Was ist los?«, fragt meine Mutter.

»Was los ist? Du willst wissen, was los ist?« Meine Stimme wird schrill. Charlie sieht mich fragend an. Auch die Aufmerksamkeit der anderen Gäste ist mir sicher, aber ich denke gar nicht daran, dieses Gespräch irgendwo anders zu führen. Soll ruhig jeder hier wissen, was für eine verlogene Schlange sie ist. Tränen beißen in meinen Augen, meine Nase kribbelt, aber es ist nichts im Vergleich zu dem nervösen Kribbeln in meinem Bauch, der eindeutig auf den Verrat reagiert.

»Du hast mich mein ganzes Leben lang belogen!«, schreie ich förmlich heraus. »Das ist los.«

Meine Mutter nestelst nervös an ihrer Handtasche. »Ich weiß nicht, wovon du sprichst.« Es ist offensichtlich, dass sie lügt.

»Ach nein? Ich rede von der Tatsache, dass Matt sich bei dir gemeldet hat, als er herausgefunden hat, dass ich existiere. Er wollte eine Rolle in meinem Leben spielen ... wollte mein Vater sein. Und du hast ihn abgewiesen. Ich weiß alles. ALLES.«

»Beruhig dich doch erstmal, damit wir normal darüber sprechen können.«

»Da gibt es für mich aber nichts zu sprechen. Du hast mich belogen und mir die Chance, meinen Vater kennenzulernen, verwehrt. Wegen dir kenne ich ihn nicht. Dabei habe ich dir jahrelang gesagt, wie wichtig es mir wäre, ihn zu kennen. So oft habe ich von meinem Vater gesprochen und dich ausgefragt und du hattest nie den

Anstand mir zu sagen, was passiert ist und wie sehr er dafür gekämpft hat, mich zu sehen.«

»Weil du schon einen Vater hattest. Jack war immer für dich da, während Matt erst ankam, als du zehn warst.«

»Weil er doch nichts von mir wusste!«, schreie ich. Inzwischen glotzen mich alle im Café an, aber ich kümmere mich nicht darum. Ich bin gefangen in meiner Wut, auf die Frau, die nun vor mir steht und weiterhin so tun will als wäre ihre Lüge keine große Sache. Obwohl sie damit alles zerstört hat.

Sie seufzt theatralisch. »Matt war in meinen Augen keine Vaterfigur. Er war ein Flirt, wir hatten eine schöne Zeit, aber du weißt nicht, wie er war. Matt war ein Frauenheld, das war er. Jede Woche eine Andere, meistens junge Dinger. Nur weil wir uns nur kurz kannten, heißt das nicht, dass ich nicht wusste, wie er war. Er hatte eine Frauengeschichte nach der anderen, hat zu viel getrunken und war nur auf Abenteuer bedacht. So jemandem brauchte ich nicht in deinem Leben.«

Die Tränen rauben mir jetzt die Sicht. Die Erkenntnis, dass diese Briefe wirklich und wahrhaftig echt sind, ist nicht überraschend, trifft mich aber dennoch mit voller Wucht. »Ich hätte ihn in meinem Leben gebraucht«, sage ich nun, mit ruhiger, brüchiger Stimme. »Ich hätte *ihn* gebraucht.«

Meine Mutter will etwas erwidern, aber ich schüttle den Kopf. »Sag nichts. Es würde es nur noch schlimmer machen. Jack ist toll und ich habe ihn sehr sehr lieb, aber Matt ist mein Vater. Und du hattest nicht das

Recht, für mich zu entscheiden. Du hattest nicht das Recht, ihn mir vorzuenthalten.«

Der Blick meiner Mutter wird weicher. »Ich wollte doch nur dein Bestes.«

»Und hast mich damit verloren«, sage ich ernst. Eine Gänsehaut kriecht bei meinen eigenen Worten über meine Arme, aber für den Moment halte ich daran fest. »Ich will, dass du wieder gehst«, sage ich. Diesmal ist meine Stimme ganz fest. »Verschwinde wieder aus Seagulls und lass mich in Ruhe.«

»Aber Riley, ich bin deine Mutter.«

»Ja«, seufze ich. »Das bist du. Aber ich ertrage deine Nähe gerade nicht. Du hattest mich vierundzwanzig Jahre lang und konntest mich offenbar nicht teilen. Jetzt ist Matts Zeit. Er hat mich nun, und er teilt auch nicht gerne. Also verschwinde hier.«

Nun sehe ich bei meiner Mutter ebenfalls Tränen. Es ist lange her, dass ich sie habe weinen sehen. Offengestanden kann ich mich gar nicht mehr an das letzte Mal erinnern. Sie ist eine starke Frau, eine die, abgesehen von ihrer Ungeduld, wenig Schwächen zeigt. Dieser Anblick zerrt an meinem Herz, aber die Wut – der Verrat – ist größer. Ich kann nicht einfach da weitermachen, wo wir als Mutter und Tochter aufgehört haben. Ich kann nicht so tun, als wäre für mich alles in Ordnung, wenn ich so viel Wut auf sie spüre. Sie hat mir meinen Vater vorenthalten und nun ist er tot. Das sind die Fakten und die lassen sich nicht schönreden.

»Ich kann jetzt nicht einfach gehen«, sagt meine Mutter. »Nicht, bevor wir das nicht geklärt haben.«

»Verstehst du denn nicht?«, sage ich schrill. »Das ist nichts, was mit einem Heißgetränk und einer Aussprache wieder geradezubiegen ist. Seit Wochen versuche ich alles, um Matt kennenzulernen. Und dann finde ich heraus, dass ich ihn hätte kennen können. Wenn du nicht gewesen wärst, dann hätte ich gewusst, wer mein Vater ist. Es hätte diese Reise nicht gebraucht ... keine Fotos und Briefe. Nur Matt und mich. Ich hätte vor seinem Tod eine Bindung zu ihm haben können. Aber diese Chance hast du mir genommen. Du allein. Und deswegen möchte ich verdammt noch mal gerade nicht mit dir reden!«

Meine Mutter setzt schon wieder zu einer Erwiderung an und ich sehe rot.

»Raus hier! Raus, raus, raus!« Ich klinge regelrecht hysterisch.

»Riley!« Meine Mutter sieht mich entgeistert an. Aber sie kommt meiner Aufforderung nicht nach. Natürlich nicht. Heiße Tränen laufen mir über die Wangen, ich wende meinen Blick ab und sehe, wie Charlie sich erhebt.

Er stellt sich direkt zwischen meine Mutter und mich. »Sie sollten jetzt gehen.« So ernst habe ich ihn noch nie gehört. Das Lächeln, das sonst in seiner Stimme mitschwingt, ist weg. Stattdessen sprüht er vor Autorität. »Ich denke, Riley hat sich klar ausgedrückt. Ich verstehe, dass es nicht leicht ist, das zu akzeptieren, aber wenn Sie sie nicht für immer verlieren wollen, dann respektieren Sie ihre Wünsche. Gehen Sie und lassen Sie Riley die Zeit, die sie braucht.«

»Das sehe ich auch so«, sagt Miranda. Das Paar, das noch immer im Café ist, taucht plötzlich neben mir auf und nickt. Meine Mutter sieht von einem zum anderen, die Ader pulsiert und pulsiert, aber in ihren Augen sehe ich Kapitulation. Sie weiß, dass sie für den Moment verloren hat.

»Na schön«, sagt sie nur und rauscht aus dem Laden. Noch in Schockstarre folge ich ihr mit den Augen und sehe durch die Glasscheiben, dass an ihrem schwarzen Geländewagen, den sie einfach vor dem Café geparkt hat, ein Strafzettel hängt.

»Sie hat wohl nicht gesehen, dass das hier eine Fußgängerzone ist«, sage ich mechanisch, bevor ich plötzlich in ein lachendes Schluchzen verfalle. Alle Emotionen, all die Anspannung, fallen plötzlich von mir ab.

»Alles in Ordnung?«, fragt Charlie, nun wieder mit sanfter Stimme. Ich schluchze auf und nicke gleichzeitig.

Eine Weile stehen wir nur da, keiner denkt daran wieder an die Tische zu gehen oder weiterzuarbeiten. Erst als ich endlich meinen Gefühlausbruch unter Kontrolle habe, sehe ich auf. »Danke für eure Hilfe«, sage ich ehrlich.

»Das haben wir nicht nur für dich getan«, sagt Miranda. »Auch für Matt.«

Ich nicke wissend.

Charlie mustert mich. »Dann ist es wahr? Matt wusste schon so lange von dir?«

»Seit vierzehn Jahren«, bestätige ich. »Er hat versucht, Kontakt zu mir aufzunehmen.«

»Wieso hat er denn nur nie etwas gesagt?« Charlie fährt sich aufgebracht durch die Haare. »Ich hätte ihn doch unterstützen können.«

»Tja.« Ich sehe grimmig zu der Stelle, an der eben noch der Wagen stand. »Das sind Dinge, die wir nun nicht mehr herausfinden können.«

Aber in Gedanken sehe ich die letzten Briefe vor mir. Welche Informationen werden sie enthalten? Welche Antworten?

Kapitel 20

Ich liege im Bett und starre an die Decke. Seit Stunden rühre ich mich nicht, völlig in meiner Traurigkeit versunken. Das einzige, was ich tue, ist nachzudenken, aber meine Gedanken sind längst in einem Kreis gefangen, nicht fähig, sich daraus zu befreien. Runde für Runde drehen sie sich, kreisen immer um dieselbe Frage: Wieso meine Mutter das getan hat. Wieso hat sie mich jahrelang belogen? Wie konnte sie so egoistisch sein und mir meinen Vater vorenthalten? Nicht nur egoistisch, auch herzlos ... berechnend. Kalt.

Wie immer, wenn ich an diesem Punkt meiner Gedanken angekommen bin, fühle ich mich noch ein wenig kleiner und verletzlicher. Und jedes Mal weine ich aufs Neue, obwohl ich nicht mehr weinen will. Eigentlich will ich keine Träne mehr wegen meiner Mutter vergießen, will gar keinen Gedanken mehr an sie verschwenden. Aber ich tue es trotzdem, ich kann es gar nicht kontrollieren.

»Riley?« Lydia klopft zaghaft an meine Tür. Sie ist schon den ganzen Tag allein im Café. Die Tür öffnet sich, sie lugt ins Apartment und kommt dann auf mich zu, in der Hand eine Tasse Kaffee.

»Du solltest das trinken«, sagt sie und setzt sich zu mir aufs Bett.

»Kaffee vom sexistischen scheiß Automaten hilft mir jetzt auch nicht.«

»Mag sein. Aber es ist auch ein Scone dabei.« Sie zeigt auf das Gebäck neben der Tasse. »Du wirst deine Energie brauchen, wenn du mit runterkommst. Ich will dir etwas zeigen.«

Zur Antwort ziehe ich mir die Decke über den Kopf.

»Wie du willst.« Ich höre, wie sie die Tasse auf der Kommode abstellt. »Aber das, was da unten abgeht, willst du garantiert nicht verpassen. Es wird dir helfen.«

Ich erwidere nichts. Nach unten zu gehen, erscheint mir gerade nicht möglich. Meine Augen sind verheult, mein Kopf tut weh und den leeren Laden zu sehen, bringt nur neuen Frust. In meinem Innern gibt es eine Wand, an der all mein Frust abgeladen wird, aber inzwischen klebt so viel daran, dass ich Angst habe, die Mauer könnte jederzeit einstürzen und mich begraben. Lydia seufzt, ehe sie vom Bett aufsteht und wieder meine Wohnung verlässt. Zurück bleibt nichts als ein schlechtes Gewissen und der Geruch von Röstaromen.

Irgendwann befreie ich mich wieder aus der Decke und greife nach dem Scone. Mir geht es mies. Nach dem, was meine Mutter abgezogen hat, habe ich mir einen Tag voller Selbstmitleid verdient. Definitiv sogar. Mit Schokolade und lauter Musik, die ich mitgrölen kann. Doch während der Scone und der Kaffee meine Speiseröhre hinunterrutscht, weckt er nicht nur meine Lebensgeister, sondern auch immer mehr mein schlechtes Gewissen, weil ich Lydia abgewiesen habe.

Stöhnend stehe ich auf, ziehe mir Jeans und T-Shirt über und gehe die Treppe hinunter, um mir zumindest kurz anzusehen, was sie mir zeigen wollte. Ich muss sowieso noch meinen Schokoladenvorrat auffrischen.

Danach verkrieche ich mich wieder in meinem Apartment.

Schon auf dem Weg nach unten bin ich verwirrt, als laute Stimme und Lachen zu mir durchdringen, die eindeutig aus meinem Café kommen. Dem Café, in dem sonst höchstens zehn Leute sitzen und reden, dort, wo man normalerweise eine Stecknadel fallen hören kann. Nur heute nicht. Als ich diesmal das Café betrete, sehe ich in mindestens vierzig Gesichter, die an den vollbesetzen Tischen sitzen, vor ihnen stehen leere Kuchenteller und Kaffeetassen.

»Was ist hier los?«, frage ich ungläubig.

Lydia kommt auf mich zu, sie strahlt über beide Ohren. »Du hättest dich für unsere Gäste etwas mehr herausputzen können ...« Schlagartig wird mir bewusst, dass ich mich zwar angezogen habe, was ich tatsächlich erst gar nicht vorhatte, ich mir jedoch weder die Zähne geputzt noch die Haare gekämmt habe. »Aber immerhin bist du hier«, vollendet Lydia ihren Satz. »Ist das nicht toll? So viele sind gekommen.«

»Ja«, sage ich, immer noch fassungslos. »Aber ich verstehe nicht, wieso.«

Charlie kommt auf mich zu, er trägt eine meiner Schürzen. »Weil sich herumgesprochen hat, was gestern passiert ist.«

»Gestern?«, frage ich. Ich stehe komplett auf dem Schlauch.

»Du hast dich gegen deine Mutter gestellt und zu Matt gehalten.«

»Ich erinnere mich.« Zu gut, für meinen Geschmack. Der Wunsch nach Schokolade wird wieder stärker.

»Ich schätze, die Leute vertrauen dir endlich«, sagt Charlie grinsend. »Du bist jetzt eine von uns.«

»Wirklich?«

Eine Frau, die nur ein paar Meter weiter an einem Tisch sitzt und offenbar zugehört hat, nickt zustimmend. Der Kummer, der den ganzen Tag mein Herz dominiert hat, wird in diesem Moment von einem Schwall Glücksgefühlen übermannt. Mein Kopf realisiert viel langsamer als mein Körper, dass diese Leute hier wirklich alle wegen mir hier sind. Um mir zu zeigen, dass sie zu mir und Matt stehen und endlich akzeptieren, dass ich als seine Tochter das Café leite. Ich habe es geschafft. Wochenlang habe ich daran gezweifelt, dass dieser Moment kommen würde, aber ich habe mir tatsächlich das Vertrauen der Leute erkämpft und dem Café damit eine neue Chance gegeben, endlich wieder zu einem wichtigen Teil Seagulls zu werden. Erneut wollen sich Tränen an die Oberfläche kämpfen, doch diesmal haben sie nichts mit meiner Mutter zu tun, sondern allein mit dem unfassbar guten Gefühl, eins meiner Ziele zu erreichen. Erst jetzt realisiere ich, wie belastend die leeren Tische der letzten Wochen waren.

»Du hast es geschafft«, trällert Lydia und umarmt mich stürmisch. Als sie sich von mir löst, mustert sie mich. »Ich hoffe, dass muntert dich auf.«

»Und wie«, sage ich, immer noch etwas sprachlos. »Unfassbar, dass so viele Leute gekommen sind.«

»Charlie musste schon einspringen, um mir zu helfen. Du glaubst gar nicht, wieviel Trinkgeld ich schon habe. Das ist so cool.« Sie strahlt mich an, dann mustert sie mich. »Aber jetzt tu mir einen Gefallen, okay?«

»Welchen?«, frage ich verwirrt.

Lydia zieht eine Grimasse. »Geh duschen.«

Ich versuche, ihren Oberarm zu knuffen, aber sie weicht mir lachend aus.

»Bin gleich wieder da.« Meine Selbstmitleidspläne sind tatsächlich in weite Ferne gerückt. Ja, der Verrat meiner Mutter nagt noch an mir. Mehr als ich zugeben will. Aber ich habe gerade das Gefühl, eine Familie verloren und dafür eine andere gewonnen zu haben. Und das ist fürs Erste ein Gedanke, der mir hilft.

Der Ansturm auf mein Café nimmt den ganzen Tag nicht ab. Ich habe das Gefühl, dass jeder Einwohner von Seagulls einmal vorbeischaut, von Adam einmal abgesehen. Dass mein Erzfeind plötzlich einen auf Familie macht und Vertrauen zu mir aufbaut, passiert wohl erst, wenn die Hölle zufriert. Jetzt, wo ich das Vertrauen der anderen gewonnen habe, ist es vermutlich noch unwahrscheinlicher.

Als die letzten Gäste das Café verlasse und wir die Tür schließen, sind Lydia und ich vollkommen fertig.

»Ist es seltsam, dass ich mir gerade die Zeiten zurückwünsche, in der wir vor Langeweile Wollmäuse gejagt haben?«, fragt sie und lässt sich stöhnend auf einen der Stühle fallen.

»Da sagst du etwas«, erwidere ich und reibe mir die müden Augen.

»Aber das Trinkgeld war echt super heute.«

»Und es hat gutgetan«, sage ich. »Zu wissen, dass die Leute nichts mehr gegen mich haben, ist echt eine Erleichterung.« Eine riesige Last fällt von meinen Schultern, als würde etwas, dass mich vorher daran gehindert hat, durchzuatmen, endlich verschwinden. Als würde ich auftauchen, nachdem ich wochenlang die Luft angehalten habe, und endlich meinen ersten erlösenden Atemzug nehmen. Es ist nur eins der beiden Teile des Puzzles, noch fehlen die restlichen Briefe zu meinem vollständigen Glück. Aber es ist ein wichtiger Anfang.

»Was bedeutet das für dich? Bleibst du nun hier?«

Lydias Gesichtsausdruck ist so euphorisch, dass ich es nicht über mich bringe, ihr zu sagen, dass ich noch immer keine Entscheidung treffen kann. Nicht für Seagulls, nicht für meinen Vater, nicht für Sebastian. Nicht, solange ich nicht alle Briefe kenne.

»Es hat zumindest die Chancen dazu erhöht«, sage ich diplomatisch und wische Lydia damit das Lächeln aus dem Gesicht.

Verwirrt sieht sie mich an. »Ich dachte, das ist der Grund, wieso du dir nicht sicher warst, ob du hierbleibst.«

»Das stimmt ja auch. Aber ich bin ja auch gerade dabei, meinen Vater kennenzulernen und das entscheidet genauso sehr darüber.«

»Willst du so eine Entscheidung wirklich von einem Menschen abhängig machen, der gar nicht mehr hier ist?« Lydia mustert mich vorsichtig. »Versteh mich nicht falsch, ich weiß, dass es eine emotionale Entscheidung ist und sicher kann ich nicht darüber urteilen, weil ich nicht in deiner Situation bin. Aber an deiner Stelle wären mir die Leute, die noch hier sind, viel wichtiger für eine Entscheidung über einen Wohnort. Die

Frage ist doch eigentlich, ob du den Ort und die Menschen hier ins Herz geschlossen hast.«

Ich denke an Charlie und seine väterliche Art, an Lydia, die mich von der ersten Minute an für sich gewonnen hat und an Sebastian, der ohnehin mein Herz besitzt. Unweigerlich. Ohne Zweifel. Ich denke sogar an Adam und seine blöden Sprüche, über die ich mich inzwischen gar nicht mehr ärgere. Es gehört wohl einfach dazu, dass ich die Fehde meines Vaters fortführe und obwohl es bescheuert ist, ist es dennoch eine Ehre, seinen Platz darin einzunehmen.

»Natürlich ist mir all das hier an Herz gewachsen. Ich liebe Seagulls.«

»Na also. Was hält dich dann ab? Was könntest du denn über deinen Vater wissen, was dieses Gefühl trüben würde?«

Ich habe keine Antwort darauf, also bleibe ich stumm. Letztendlich hat er die wohl schlimmste Nachricht wohl schon überbracht und selbst das Wissen, vierzehn Jahre lang von meinem Vater ferngehalten und angelogen werden zu sein, hat mich ihn nur noch mehr spüren lassen. In diesem Moment bin ich mir sicher, dass mich nichts dazu bringen könnte, ihn zu hassen und Seagulls wieder den Rücken zuzukehren. Aber er hat nicht ohne Grund geschrieben, dass ich mich erst am Ende der Schnitzeljagd für Liebe oder Hass entscheiden soll. Was also, wenn doch noch dunklere Geheimnisse ans Licht kommen, die alles verändern?

»Ist es wegen Sebastian? Hast du Angst dich festzulegen?«

»Nein«, sage ich, etwas zu schnell. Lydia hebt eine Augenbraue.

Dann kreischt sie auf. »Oh mein Gott, weil du dich längst festgelegt hast, oder? Du meinst es wirklich ernst. Ich dachte, ihr würdet nur flirten, aber das ist richtige Liebe, oder? Du bist total verliebt in unseren Musiker.«

»Ich … nein.« Worte bringen nichts, denn die Hitze steigt mir längst ins Gesicht.

»Leugne es nicht. Unfassbar, wieso hast du denn nichts gesagt?«

»Weil ich doch noch nicht weiß, ob ich hierbleibe.«

»Aber es ist doch ein Argument, um hierzubleiben. Eindeutig sogar!«

Ich schüttle den Kopf und ernte damit einen irritierten Blick von Lydia.

»Ich verstehe dich nicht. Da ist dein Traumtyp, direkt vor deiner Nase und du versteckst dich hinter irgendwelchen Argumenten und Ängsten, die totaler Blödsinn sind. Seagulls ist dein Zuhause und Sebastian und du … siehst du nicht, dass das hier dein großes Happy End werden könnte? Nach allem, was war?«

Ich kaue auf meiner Unterlippe herum. Solange, bis Lydias seufzt. »Wovor hast du wirklich Angst? Wieso willst du dich immer noch nicht festlegen?«

»Ich denke«, sage ich langsam, »ich habe Angst verletzt zu werden. Nach allem, was war … den Lügen meiner Mutter, dem Tod meines Vaters … ich denke, ich bin gerade einfach sehr sehr verwundbar. Ist es da wirklich so klug, in dieser Verfassung mein Herz zu verschenken, obwohl es gerade so zerbrechlich ist? Was, wenn das mit uns nicht klappt? Oder wenn er mir das Herz bricht?«

Lydia ist ein wenig blasser geworden. Sie sieht mich an, mehrmals setzt sie zum Sprechen an. Erst nach einer Weile schafft sie es, sich zu räuspern. »Sebastian ist wirklich ein guter Kerl«, sagt sie, als würde sie jedes Wort bewusst wählen. »Er würde dich niemals wissentlich verletzen oder dich schlecht behandeln. Er hat das Herz am rechten Fleck. Und in gewisser Weise ist er auch sehr verletzlich, auch wenn er es nicht immer so zeigt.«

»Ich weiß«, sage ich nachdenklich. »Das ist es wohl auch, was uns verbindet. Trotzdem geht es nicht. Ich wünsche es mir, aber es geht einfach nicht.«

Ich halte weiterhin an meinen Worten fest, aber die Zweifel an ihnen werden trotzdem größer. Doch da gibt es so vieles, was ich von Sebastian noch nicht weiß. Sein eigener Ballast, seine Vaterprobleme. Und dann seine Aufgabe, mir zu helfen. Kopf und Herz kämpfen miteinander. Aber ich kann nicht leugnen, dass das Herz jetzt, nachdem ich in Seagulls wirklich Fuß fassen konnte, bessere Chancen auf den Sieg hat.

Kapitel 21

Sebastians Pick-up hält auf einem Parkplatz. Vor uns liegen Tannen und Buchen, Vögel zwitschern und durchbrechen die Stille.

»Was meinen Vater wohl hierher verschlagen hat?«, frage ich, als wir aussteigen und auf den Weg abbiegen.

»Hat er nicht geschrieben, dass er die Ruhe in den Wäldern mochte?«

»Ja. Ich kann mir nur irgendwie nicht vorstellen, wieso man ganz allein hier herumlaufen sollte. Das ist doch irgendwie einsam, findest du nicht?«

»Vielleicht wollte er Tiere beobachten? Immerhin suchen wir einen Hochsitz.«

»Vielleicht«, sage ich nachdenklich. Ich selbst mag die Ruhe hier in diesem Wald ebenfalls, aber ich könnte mir nicht vorstellen, ganz allein hierherzukommen. »Meinst du, Matt war einsam?«, frage ich.

»Wie kommst du darauf?«

»Er hatte keine Freundin. Niemanden, mit dem er sein Leben geteilt hat. Und nach allem, was ich bisher über ihn weiß, hat er bis auf das Café nur wenig Kontakt zu anderen gehabt. Möbel herstellen, in Wäldern spazieren gehen, Motorrad fahren ... das sind eher einsame Tätigkeiten. Findest du nicht?«

Sebastian scheint eine Weile über meine Worte nachzudenken, dann runzelt er dir Stirn. »Er hatte doch Charlie. Und seine Gäste.«

»Mir würde das glaube ich nicht reichen.«

Sebastian bleibt stehen, sieht sich kurz um und zeigt dann nach rechts. Wir verlassen den offiziellen Weg und gehen nun durch das Dickicht. Die Tannennadeln auf dem Boden federn unsere Schritte ab und verschlucken jedes Geräusch.

»Jetzt, wo du Anschluss in Seagulls hast, wird es bei dir auch nicht mehr so einsam. Ist der Laden immer noch so voll?«

»Rappelvoll«, erwidere ich grinsend. »Heute mussten wir sogar zwei Gäste wegschicken, weil wir keinen Tisch mehr frei hatten.«

»Wow. Ein Riesenerfolg. Adam wird sich bestimmt grün und blau ärgern. Ich habe gehört, dass er stinkwütend ist.«

Obwohl mir die kleinen Spitzen von ihm inzwischen nichts mehr ausmachen, gefällt mir der Gedanke nicht. »Ich hoffe, er stimmt die Leute nicht wieder um.«

»Das schafft er nicht. Wenn die Leute in Seagulls dir einmal ihr Vertrauen geschenkt haben, bleiben sie dabei. Adam kann sich auf den Kopf stellen und die Nationalhymne singen, aber es würde nichts nützen. Du hast gewonnen.«

»Ein komisches Gefühl.«

»Wieso? Weil du nicht mehr mit einem Sieg gerechnet hast?«

»Ich schätze nicht«, sage ich, lächle aber.

Sebastian sieht sich um. »Ich glaube, wir müssen da links. Hier irgendwo muss der Hochstuhl sein. Halt die Augen offen.«

»Mache ich.«

Wir orientieren uns weiter links, die Bäume wachsen nun immer dichter und erschweren die Sicht. Gestrüpp kratz über meine Jeans und ich ziehe meine Sweatshirtjacke etwas enger, denn nun wird die Sonne komplett von den Bäumen verschluckt.

In der Ferne sehe ich etwas Beiges. »Könnte das der Hochstuhl sein?« Ich zeige in die Richtung.

Sebastian kneift die Augen zusammen. »Ich glaube du hast recht.« Unbewusst werden wir schneller, die entspannte Atmosphäre, die ich gerade noch während unseres Gesprächs verspürt habe, weicht nun Aufregung.

»Ist das der richtige Hochsitz?« Meine Augen scannen das Holz ab, doch ich kann das eingeritzte M, das auf den Fotos zu sehen ist, nicht entdecken. Es hat dazu geführt, dass Sebastian den Ort zuordnen konnte.

»Ich glaube schon.« Wir gehen um die Ecke, die Leiter ist nun direkt vor uns. Und dort ist das M. Auf dem verdreckten, moosbedeckten Holz hebt es sich ab, es strahlt mich förmlich an und meine Aufregung legt sich in meinem Magen ab.

»Da ist es«, hauche ich beinah. Fast ehrfürchtig starre ich auf das M und die kleine Plattform oberhalb der Leiter, auf der mein Vater für das Foto posiert hat. Es muss schon mehrere Jahre her sein und doch ist er gerade auf magische Weise präsent, als würde er noch dort oben sitzen und mir zuwinken.

»Meinst du der Brief ist hier?«, frage ich und kann die Skepsis, die ich tief in mir trage, nicht verbergen.

»Suchen wir erstmal den Boden ab.«

Auf Sebastians Vorschlag hin, beginnen wir die Laubberge wegzuwischen und den Waldboden abzusuchen. Wonach ich suche, weiß ich nicht mal: Nach einem weißen Umschlag? Nach einem Hinweisschild oder einem erneuten M, das uns sagt, dass wir richtig sind? Im

Endeffekt finde ich nichts als Regenwürmer und Erde, und tief in meinem Innern habe ich immer gewusst, dass er nicht hier auf dem Boden sein würde.

»Mein Vater hätte ihn sicher nicht einfach hier liegen lassen. Hier wäre der Brief Wind und Regen ausgesetzt gewesen.«

»Nicht dort oben.« Sebastian zeigt zu der überdachten Plattform, in der die Jäger sich sonst aufhalten.

»Meinst du, es ist sicher dort oben? Das Holz sieht ziemlich mitgenommen aus.«

»Mhm.« Sebastian steigt auf die unterste Sprosse und lehnt sich mit seinem Gewicht darauf. Dann wackelt er auf und ab. »Scheint zu halten. Aber lass mich zuerst gehen.«

»Damit du derjenige bist, der ins morsche Holz einbricht und sich das Genick bricht?«

»Lieber ich als du.«

»Das sehe ich ehrlich gesagt nicht so.«

»Wird schon schiefgehen«, feixt er, bevor er weiter hinaufgeht. Bei jedem seiner Schritte halte ich die Luft an. Als er sich auf die Plattform schwingt rechne ich fast damit, dass das Holz unter ihm nachgibt, aber am Ende sitzt er sicher oben und winkt mir zu, genau wie mein Vater es für das Foto getan hat.

»Ich komme hoch.« Das Holz knarzt unter meinen Bewegungen, aber auch bei mir hält es stand. Sebastian reicht mir eine Hand und hilft mir dabei, mich auf die Plattform zu ziehen. Von hier oben kann man den halben Wald überblicken. Ich sehe Tannenkronen, Eichen und einen Bussard, der seine Kreise zieht. »Dahinten«, sage ich und zeige zu ihm.

»Ich sag doch, dass der Wald super ist, um Tiere zu beobachten. Hier gibt es auch Rehe, aber die kommen meistens nicht, wenn sie Stimmen hören.«

Ich löse meinen Blick von dem Bussard und beginne mich in auf der überdachten Plattform umzusehen. Einen Brief sehe ich nicht.

»Wenn ich mir das so ansehe, glaube ich nicht, dass mein Vater den Brief hier versteckt hat. Das bietet überhaupt kein Versteck, jeder könnte ihn sehen.«

»Da hast du recht. Aber vielleicht ist er ja auch im Boden vergraben?«

»Nicht sehr wahrscheinlich.«

»Sollen wir nachsehen?«, fragt Sebastian.

»Wollen wir erst noch etwas hier oben bleiben?« Ich lass meinen Blick wieder über den Wald schweifen. »Irgendwie mag ich es hier. Es wirkt so friedvoll.«

»Ich weiß, was du meinst.« Sebastian legt seinen Rucksack neben sich ab und formt einen Schneidersitz. »Früher konnte ich mich stundenlang in Wäldern verstecken. Das war fast wie eine andere Welt ... als würde mir nichts, was außerhalb dieser Wälder stattfand etwas anhaben. Verstehst du?«

»Das klingt auch sehr einsam«, sage ich und werfe einen Blick auf ihn.

»Ja. Ich denke, das war ich auch. Dieses Kleinstadtleben ist manchmal hart, wenn alle wissen, was bei dir im Leben passiert und jeder die Vorgänge kommentiert. Damals, als meine Mutter abserviert wurde, gab es viel Gerede. Ich glaube, das ist auch ein Grund, wieso sie weggezogen ist. Sie konnte damit nicht umgehen.«

»Das verstehe ich.«

Sebastian zieht eine Wasserflasche aus seinem Rucksack und reicht sie mir. Dann holt er zwei belegte Sandwiches hervor, die er in braunes Papier gewickelt hat. Eine Weile sitzen wir schweigend da, genießen die Stille um uns herum, essen und trinken und gehen unseren Gedanken nach. Ich hätte erwartet, viel an meinen Vater denken zu müssen, aber heute werden meine Gedanken von Sebastian dominiert. Von seiner Vergangenheit und seiner Stärke. Von seinen Blicken, die er mir hin und wieder zuwirft, sicher in der Annahme, ich würde es nicht merken.

»Riley?« Seine Stimme ist sanft und dennoch bricht sie gradewegs durch meine Gedanken. »Was genau heißt dein Sieg nun eigentlich für dich? Bleibst du in Seagulls?«

Ich sehe ihn an. Bilde ich mir die Unsicherheit in seiner Stimme nur ein?

»Ich weiß es noch nicht«, sage ich ehrlich. »Nach allem, was mit meiner Mutter passiert ist, kann ich mir gerade nicht vorstellen, einfach wieder nach London zurückzukehren und da weiter zu machen, wo ich aufgehört habe. Das alles hier ist mir ans Herz gewachsen. Es gibt ein paar gute Argumente, um hier zu bleiben.«

»Das Café?«

»Zum Beispiel. Aber da sind Lydia und Charlie ... und du.« Verlegen blicke ich zu Boden. Als ich wieder aufblicke, ist es meine Stimme, aus der man jetzt die Unsicherheit heraushört. Sebastians Blick verstärkt dieses Gefühl noch. Es wirkt, als habe er alles um sich herum ausgeblendet. Den Wind, der durch die Tannen raschelt, die Vögel, das moosbedeckte Holz um uns herum. Sebastian sieht nur mich. Das sehe ich in seinen Augen, an der Art, wie er lächelt.

»Aber ich kann noch keine Entscheidung treffen. Nicht endgültig.« Sebastians Lächeln verrutscht nicht, aber in seinen Augen sehe ich, dass diese Worte etwas mit ihm machen. Gerne würde ich ihn fragen, was ihm durch den Kopf geht, aber ich spreche diese Frage nicht aus. Stattdessen nehme ich einen Schluck Wasser. »Wir sollten weitermachen«, sage ich, hauptsächlich, um dieser Spannung, die ich spüre, zu entkommen.

Sebastian nickt, dann klettern wir wieder die Leiter herunter und machen uns daran, nochmal den Boden abzusuchen. Am Ende beschreiten wir stumm den Rückweg, beide in Gedanken und ohne Brief.

»Kannst du mich bei Charlie rauslassen?«, frage ich, als er den Pick-up startet.

»Klar«, erwidert er und fährt los.

Immer wieder huscht mein Blick zu ihm, während er den Wagen über die kurvigen Landstraßen lenkt und zu dem Lied im Radio summt. In meinem Innersten kribbelt alles, aber ich zwinge mich dazu, dieses Gefühl zu ignorieren. Auch wenn es mir immer schwerer fällt. Als er schließlich vor Charlies Haus hält, schlucke ich schwer.

»Danke fürs Fahren«, sage ich und kämpfe mit meiner Stimme.

»Sehen wir uns am Wochenende beim Lagerfeuer?«

Ich nicke. Lydia hat mich schon vor Tagen dazu eingeladen.

»Ich freue mich darauf«, erwidere ich. Sebastian lächelt. Dann schnalle ich mich ab und steige aus dem Wagen, widerstehe dem Drang, mich nochmal nach ihm umzudrehen und versuche mir weiter einzureden, dass die Gefühle, die ich habe, nichts zu bedeuten haben. Dass sie nichts bedeuten dürfen.

Ich klingle an Charlies Tür, der Wagen fährt weg. Erst als Charlie mir öffnet, wie üblich eins seiner bunten Hawaiihemden an und mit wirren, grauen Haaren, schaffe ich es, meine Gedanken auf etwas anderes zu konzentrieren und wieder zu atmen.

Charlies Wohnung ist bunt, mit vielen Fotos und Schallplatten an den Wänden, mit unzähligen Palmen und Vitrinen, in denen Modellautos stehen.

»Sammelst du die?«, frage ich und gehe ein wenig näher an die Glasscheibe heran.

»Seit meiner Kindheit. Siehst du, ich habe auch einen, der aussieht wie dein Auto.« Er zeigt auf den kleinen VW Beetle in der letzten Reihe. Die Farbe stimmt überein.

»Meiner hat aber mehr Beulen«, schmunzle ich.

Ich sehe mich weiter um, begutachte die dunkelroten und beigen Wände, die hellen Möbel ... und dann bleibt mein Blick am Esstisch hängen. Mein Mund wird trocken, während ich darauf zugehe. Ich werde regelrecht davon angezogen, von der Handschrift meines Vaters, die ich inzwischen in jedem seiner Möbelstücke sehe. Die klaren Linien mit massivem Holz, hier heller gehalten, damit es zu Charlies Einrichtung passt.

»Der ist wunderschön«, sage ich.

Charlie ist neben mich getreten und nickt. Ich spüre, dass auch er ergriffen ist, gedanklich bei seinem besten Freund, den er viel zu früh verloren hat. Und doch hat er durch diesen Tisch immer ein Stück von ihm um sich. Wie hat Matt es in einem seiner Briefe geschrieben? Dass er seine Leidenschaft in jedes seiner Möbelstücke eingebracht hat? Es ist ein magischer Moment, erneut von dieser Leidenschaft umgeben zu werden.

»Setzen wir uns doch«, sagt Charlie und deutet auf einen der Stühle. Ich komme dieser Aufforderung nach, während er uns Wasser einschenkt. Meine Finger streichen über das Holz, immer wieder.

»Danke, dass du mich eingeladen hast.«

»Habe ich doch versprochen.«

»Stimmt es, dass mein Vater Angst vor Wasser hatte und du ihn dazu gebracht hast hinein zu gehen?«

Charlie lächelt. »Du weißt davon? Oh ja, als ich ihn kennengelernt habe, hatte er selbst Angst vor Pfützen, dieser gottverdammte Angsthase. Später hätte man sowas nie für möglich gehalten, da war er der taffe Draufgänger. Aber du hättest ihn mal als Kind erleben sollen, ein richtiger Stubenhocker mit tausend Ängsten. Die habe ich ihm ausgetrieben, das kannst du mir glauben.« Charlie lacht bellend. »Da fällt mir ein –«

Er holt einen Karton hervor und stellt ihn auf den Tisch: Noch mehr Fotos, die er auf dem Dachboden gefunden hat. Bilder aus der Grundschulzeit hauptsächlich, wo die beiden mit Schulranzen vor der alten Schule stehen und in die Kamera grinsen, Bilder aus dem Café oder mit Rädern. Diese Fotos sind zerknickt und blass, das meiste davon sind schwarz-weiß-Fotos, aber ich genieße jede einzelne dieser Momentaufnahmen. Und so sitzen Charlie und ich noch bis in die Nacht hinein, an dem Tisch, und ich lausche jeder Geschichte, die Charlie zu den Bildern zu erzählen hat.

Lausche jedem seiner Erinnerungen und verliere mich
ein Stück darin.

Kapitel 22

Vier Tage später sitze ich mit Lydia in meinem Auto, der Kofferraum ist voller Handtücher, Wasserflaschen, Jacken und Chips. Vor uns fährt Sebastians Pick-up, in dem er mit zwei Freunden sitzt.

»Die Jungs biegen ab«, sagt Lydia und zeigt nach links. Ich folge den Autos, hin zu einer kleinen verlassenen Küstenstraße in der Nähe einer der Leuchttürme. Laut Lydia der perfekte Strand, um ungestört zu feiern.

Wir halten direkt vor den Dünen und beginnen, unsere Autos auszuladen. Sebastian und seine Kumpels Daniel und Mateo bauen ein Zelt auf, das uns vor dem noch etwas kühlen Wind schützen soll, während Lydia und ich die Getränke und das Essen zu unserem Lagerplatz bringen. Dort ist bereits ein Kreis aus Steinen gelegt, in dem die Reste eines alten Lagerfeuers zu sehen sind.

»Sollen wir Holz sammeln?«, frage ich, aber Lydia schüttelt schon den Kopf.

»Sebastian hat welches mitgebracht. Er hat Zuhause einen Heizofen und deswegen immer den ganzen Schuppen voller Holz. Ich glaube, es ist im anderen Auto. Wir können es holen.«

Ich folge ihr, dabei streifen wir die Jungs und ich laufe direkt in den Duft von Sebastian. Kurz bin ich versucht, meine Augen zu schließen und zu verweilen, aber stattdessen sucht ihn mein Blick. Er ist gerade dabei, eine Stange am Zelt zu befestigen. Ich wünschte, er würde zu mir aufsehen, doch wenn er meinen Blick bemerkt, reagiert er nicht darauf.

Nach einer Stunde brennt das Lagerfeuer, das Zelt steht und die ersten Biere sind geöffnet, um anzustoßen.

»Zeit zum Schwimmen«, ruft Mateo und zieht sich sein Sweatshirt aus. Lydia und Daniel reagieren sofort.

»Wollt ihr wirklich schwimmen gehen? Das Meer ist doch noch total kalt.«

»Das ist ja gerade der Spaß daran«, erwidert Daniel, zwinkert mir zu und läuft johlend zum Wasser. Lydia pellt sich aus ihrer Jeans, ein dunkelblauer, sehr knapper Bikini kommt zum Vorschein.

»Na komm, du Angsthase. Wenn man einmal drin ist, ist es gar nicht mehr so kalt.«

»Ich bin nicht überzeugt«, murmle ich, ziehe mir aber meine Sweatshirtjacke aus, unter der ich meinen schwarzen Bikini trage.

»Augen zu und durch«, sagt plötzlich Sebastian hinter mir und guckt gequält. Mein Blick wandert automatisch zu seiner Brust, seinen Muskeln und den kleinen, blonden Haaren, die vom Bauchnabel zur Badehose führen. Ich schlucke, erst einmal, dann zweimal. Plötzlich ist nicht mehr daran zu denken, dass mir vielleicht kalt werden könnte, viel mehr habe ich das Gefühl, mein ganzer Körper würde glühen. Meine Wangen tun es definitiv. Ich zwinge mich dazu, den Blick von ihm abzuwenden und wieder zum Wasser zu sehen, wo Lydia und Daniel sich gerade in die Fluten stürzen.

»Dann los«, sage ich mit belegter Stimme, immer noch viel zu beschäftigt damit, mir vor meinem inneren Auge vorzustellen, diese Stelle unterm Bauchnabel zu berühren und Sebastian zu küssen. Ich renne los, einzig aus dem Wunsch heraus, diese Hitze zu verdrängen und stürze mich in die Fluten. Es ist kalt, kurz fühlt es sich an wie kleine Nadelstiche in meine Haut, aber es ist angenehmer als ich dachte und so ziehe ich meine ersten Bahnen, schwimme zu Lydia und den anderen, die sich bereits eine Wasserschlacht liefern. Dabei verdränge ich immer mehr die Gedanken und die Hitze, die ich gerade nicht gebrauchen kann.

»So schlimm ist es nicht, oder?«, fragt Sebastian, der sich neben mich stellt.

Ich schüttle den Kopf, wieder fähig, ihm ins Gesicht zu sehen, auch wenn dort Wassertropfen von seiner Haut perlen und die leichte Bräune betonen, die er in den letzten Wochen bekommen hat.

»Eigentlich ist es ganz erfrischend«, erwidere ich lächelnd und lasse mich wieder in die Wellen fallen.

Zitternd sitzen wir um das Lagerfeuer. Ich bin in einen Pullover und eine Decke gewickelt, aber die fehlende Köperwärme ist nicht so schlimm, wie die nasse Kopfhaut, die ich trotz Kapuze spüre. Lydia und Sebastian sitzen neben mir, Lydia mit einem Bier und ein paar Chips in der Hand, Sebastian mit seiner Gitarre. Ich hingegen sitze nur da, lausche den Wellen, der Musik und Daniels leisem Gesang, der schön ist, auch wenn er mich nicht so sehr berührt wie Sebastians Stimme. Mein Blick fällt auf ihn, seine Augen sind geschlossen, während er sich von der Musik treiben lässt. Die Art, wie er eins wird mit der Melodie, keimt in mir den Wunsch auf, näher zu ihm zu rücken, aber ich bleibe auf meinem Platz, umklammere meine Colaflasche und starre in die Flammen.

Irgendwann verstummt die Musik, und Daniel beginnt eine Gruselgeschichte zu erzählen. Lydia, die zu viel Bier hatte, dreht kurz darauf Pirouetten und singt laut die Englische Nationalhymne. Daniel und Mateo jagen sie, um sie zum Schweigen zu bringen. Sebastian und ich bleiben sitzen und tauschen Blicke.

»Es ist schön hier«, sage ich. »Macht ihr das öfter?«

»Einmal im Jahr, bevor die Hochsaison anfängt und die Strände überlaufen sind. Früher waren wir mal mehr Leute, aber viele sind weggezogen.«

»Bist du mit den Jungs zur Schule gegangen?«

»Mit Mateo schon. Daniel war zwei Klassen unter mir, aber er ist Barkeeper in einer der Bars, in der ich öfter spiele, also halten wir Kontakt.«

»Ich mag die beiden«, sage ich, während ich zusehe, wie Mateo Lydia über die Schulter wirft und sie aufkreischt.

Meine Hände spielen mit dem Sand unter mir. Sebastian stochert im Feuer herum, um es weiter anzufachen und öffnet sich eine neue Flasche. Daniel hingegen verschwindet im Zelt. Der Abend zieht seine Kreise, das Meer rauscht und ich fühle mich glücklich, aber auch voller Anspannung. Weil Sebastians Hand meiner viel zu nah ist, weil eine Bewegung meines Fingers ausreichen könnte, um ihn zu berühren. Weil ich mir genau das wünsche, und weil ich dennoch zu viele Argumente dagegen kenne.

Als Mateo ebenfalls ins Zelt geht und Lydia bekannt gibt, im Auto zu schlafen, weil ihr kalt ist, bleiben wir sitzen.

»Bist du nicht müde?«, fragt er. Seine Stimme klingt fremd, viel rauer als sonst.

»Ehrlich gesagt nicht.« Ich sehe zu ihm, mein Mund wird noch trockener. Der Drang, ihn zu küssen, wird immer stärker. Egal, wie sehr ich mich auch dagegen wehren will, ich kann es nicht länger kontrollieren. Wie von selbst rücke ich noch ein wenig näher zu ihm, sehe ihm in die Augen. Sebastians Blick wird intensiver, Verlangen und Sehnsucht brennen darin und schüren damit nur mein eigenes Feuer. Kurz denke ich, dass er mich küssen will. Ich erkenne es in seinem Blick, in der Art, wie seine Augen kurz meine Lippen fixieren und wie er leise aufseufzt. Ich sehe dasselbe Verlangen in ihm, aber sehe ich auch dieselben Zweifel und Fragen? Hat er dieselben Argumente wie ich vorzubringen?

»Ich finde es schön, dass ich mitkommen durfte«, sage ich, einfach, um der Situation irgendwie zu entkommen. »Es tut gut, hier in Seagulls Freundschaften aufzubauen.« Das Wort Freundschaft, während Sebastian mir solche Blicke zuwirft, fühlt sich unglaublich falsch an. Und doch ist es gerade alles, was ich anbieten, alles, was ich zulassen kann.

Sebastian nickt wissend. »Wir *sind* Freunde, richtig?«

»Das sind wir«, bestätige ich, aber ich glaube mir selbst nicht vollständig. Auch in Sebastians Gesicht sehe ich noch Zweifel. Die Spannung, die sich immer noch zwischen uns aufbaut, entkräftigt meine Aussage.

Sebastian räuspert sich, dann nimmt er eine Schluck Bier. »Ich denke, wir sollte langsam schlafen gehen. Es wird Zeit.«

»Da hast du wohl recht«, erwidere ich, obwohl ein Teil von mir einfach hier mit ihm sitzen bleiben möchte. Trotzdem stehe ich auf, die Decke noch immer um mich geschlungen.

»Schlaf gut, Riley.« Er steht ebenfalls auf und geht ins Zelt, ich hingegen gehe rüber zum Auto, in dem Lydia zusammengerollt auf dem Rücksitz schläft. Ich schließe das Auto von innen ab, kurble den Sitz ein wenig nach hinten und schließe meine Augen, doch in Wahrheit bin ich nicht müde. Mir ist bewusst, dass ich das Richtige tue. Sowohl für mich als auch für Sebastian. Das Letzte, was wir gebrauchen können, ist in unserer Lage etwas anzufangen, dass vielleicht von vorherein zum Scheitern verurteilt ist. Ich brauche ihn gerade als Freund, nicht als Lover. Es ist eine Tatsache, die ich glasklar vor mir sehe, ohne Zweifel, ohne Ausflüchte. Nur mein Herz, das unter der Erinnerung seiner Blicke noch immer viel zu schnell schlägt, scheint von diesen Argumenten nicht überzeugt zu sein.

Kapitel 23

Ich sitze im Schneidersitz auf meinem Bett, vor mir liegen die Rechnungen des Cafés. Erschreckend hohe Summen von Kaffeebohnen, bis hin zu Milch, Wasser, Tee. Zum Glück liefen die letzten Tage gut und so kann ich zum ersten Mal ein Plus in der Kasse verbuchen. Zufrieden lächelnd lege ich den Kugelschreiber beiseite und strecke mich. Der Kakao, der auf einem Tablett neben mir steht, ist nur noch lauwarm, ein einsames kleines Marshmallow schwimmt noch auf der Oberfläche. Ich trinke ihn aus und lege dann endlich die Unterlagen weg. Erschöpft reibe ich mir die Augen und lasse mich in meine Kissen sinken. Unwillkürlich schließe ich sie, doch schon Sekunden später reißt mich das Klingeln meines Handys wieder aus meinem Delirium. Ohne nachzusehen, gehe ich dran.

»Hallo?«, frage ich träge.

»Habe ich dich geweckt?«

»Sebastian?« Ich schnelle nach oben und stoße beinah das Tablett um.

»Ist es zu spät für einen kleinen Ausflug?«

»Um halb eins?«, frage ich mit Blick auf den Katzenwecker.

»Ich habe einen Ort gefunden.«

Sofort bin ich hellwach. »Welchen? Wo?«

»Wir treffen uns in fünf Minuten am Marktplatz. Schaffst du das? Dann erkläre ich dir alles.«

»Das schaffe ich. Bis gleich.« Ich lege auf, ziehe mir meine Turnschuhe an und werfe mir eine Jeansjacke über, bevor ich aus dem Haus eile. Erst auf halber Strecke fällt mir auf, dass ich noch meine Jogginghose trage. Kurz überlege ich, zurück zu gehen, um mich umzuziehen, doch ich verwerfe diesen Gedanken sofort wieder. Würde auf meinem Hintern doch nur nicht das Wort *Juicy* stehen.

Seagulls ist wie ausgestorben. Die sonst belebten Gassen sind menschenleer. Um mich herum ist es so still, dass das Rauschen des Meeres nun deutlicher zu hören ist als sonst. Ich stelle mich direkt in die Mitte des Platzes und warte. Bereits ein paar Minuten später biegt Sebastian um die Ecke, in der Hand eine Taschenlampe.

»Jogginghose?«, grinst er. »Steht dir.«

»Danke«, sage ich, froh, dass er meinen bedruckten Hintern noch nicht gesehen hat. »Also, was genau hast du gefunden? Und wieso suchen wir es nachts?«

»Weil es nur nachts geht. Komm mit.« Sebastian geht los und ich folge ihm im Eiltempo, weil seine Schritte viel größer sind als meine. »Da gab es ein Foto, bei dem ich die ganze Zeit überlegt habe, woher ich den Ort kenne, aber ich kam einfach nicht darauf. Bis heute Abend. Ich habe eine Dokumentation über angeblichen Geistersichtungen gesehen und plötzlich wusste ich, woher ich die dunklen Holzbretter kenne.«

»Redest du von dem Foto vor dieser unheimlichen Hütte? Die, die in einen Horrorfilm passt?«

»Genau. Ich hatte es irrtümlich als Waldhütte abgetan, wegen der dichten Bäume drumherum. Aber dann ist mir aufgefallen, dass es hier in der Stadt eine alte Hütte gibt, die genauso aussieht. Nur die Bäume fehlen, aber das liegt daran, dass drumherum gebaut wurde. Das Foto ist aber schon älter, sicher war das damals noch naturbelassener.«

»Wo ist die Hütte?«

»Nur ein paar Meter noch.«

»Und wieso müssen wir da nachts hin? Das hätten wir doch auch morgen früh machen können.«

»Nein, können wir nicht.« Sebastian bleibt stehen und zeigt in die Ferne, wo eine dunkle, eingezäunte Hütte steht. Die Bauzäune mildern den Eindruck des Horrorhauses etwas, aber es wirkt trotzdem gruslig, mit den zugenagelten Fenstern.

»Wieso ist es umzäunt?«

»Es ist baufällig. Die Stadt will es schon lange abreißen, weil es nicht zu Seagulls passt, aber es gehört einer alten Dame, die nostalgische Gefühle für diese Dauerbaustelle hegt. Sie will oder kann sich aber auch nicht drum kümmern.«

»Also verrottet es hier?«

»Sozusagen. Die meisten sehen die Hütte schon gar nicht mehr, ich habe auch nicht mehr daran gedacht. Man guckt automatisch weg und beachtet es gar nicht. Aber eine Zeit lang haben hier die Jugendlichen Ärger gemacht. Sie haben die Fenster eingeschmissen und sich gegenseitig herausgefordert, das Haus zu betreten und nach Geistern zu suchen.«

»Deswegen dein Gedankenblitz nach der Dokumentation«, schlussfolgere ich.

»Genau. Aber seitdem ist das Betreten des Grundstücks verboten.«

»Und wir gehen da jetzt trotzdem drauf?«

»Nur, wenn du sichergehen willst, dass dort kein Brief ist.« Sebastian holt sein Handy hervor und zeigt mir das Bild von meinem Vater, wie er an eben dieser Hütte lehnt. Auch wenn sich die Umgebung verändert hat, sind die Außenwände dennoch unverkennbar.

»Dann gehen wir rein«, sage ich entschlossen.

»Irgendwo hinten im Zaun müsste ein Loch sein. Ich habe Edwin darüber meckern hören. Hoffen wir mal, dass es noch nicht repariert wurde.«

Wir schleichen um die Zäune herum wie zwei Einbrecher und ein bisschen fühle ich mich auch so. Ich wünschte jetzt nur wirklich, ich hätte etwas unauffälligere Kleidung an. Für Hausfriedensbruch bin ich nicht vorbereitet.

»Hier«, zischt Sebastian und leuchtet auf ein Loch im Maschendrahtzaun. Es ist eng, aber groß genug, um uns in gebückter Haltung durchzulassen. Sebastian macht den Anfang und quetscht sich hindurch, ich folge ihm.

»Wir sollten zuerst den Zaun absuchen«, schlage ich vor. »Vielleicht ist der Brief einfach in den Maschendraht gehangen.«

»Versuchen wir's.«

Ich hole mein Handy hervor, um eine zweite Lichtquelle zu nutzen und beginne dann, rundherum den Zaun abzusuchen. Sebastian macht es mir nach.

Ein weißes Papier fällt mir ins Auge, ungefähr auf Höhe meines Knies. »Hier«, flüstere ich. Meine Hände zittern, so aufgeregt bin ich plötzlich. Sebastian taucht neben mir auf und guckt mir über die Schulter, während ich das Papier aufhebe. Doch im selben Moment wird mir klar, dass das hier nicht der Brief meines Vaters ist.

»Ein altes Taschentuch«, flüstere ich und lasse es los, wo es sofort wieder vom leichten Windzug erfasst und ein paar Meter weiter wieder in den Zaun geweht wird. So, wie es vermutlich auch hier gelandet ist.

»Wir suchen weiter«, sagt Sebastian und die tröstende Wärme, die seine Augen ausstrahlen, setzt sich sofort schützend auf meine Enttäuschung und vermindert sie. Ich will nach Sebastians Hand greifen, in mir spüre ich ein regelrechtes Verlangen danach, ihm nah zu sein. Aber mir ist durchaus klar, dass wir diese Aktion hier nicht unnötig in die Länge ziehen sollten, wenn wir nicht entdeckt werden wollen. Also suche ich weiter und widerstehe meinen Gefühlen, die wegen der Suche ohnehin durcheinander sind.

Sebastian schüttelt den Kopf. »Der Zaun ist eine Niete. Wir sollten besser am Haus suchen.«

»Okay.« Ich gehe einen Schritt auf die Hütte zu und zögere. Vom nahen sieht sie noch unheimlicher aus. »Sebastian?«, flüstere ich »Was genau sind das denn für Geistergeschichten, die hier erzählt wurden?«

Ich höre ihn leise lachen.

»Hey, lach mich nicht aus. Ich finde ja nur, ich sollte vielleicht alles wissen, bevor ich zu diesem Gruselhaus gehe.«

»Es gibt keine spezielle Geschichte. Eher viele verschiedene Stories, ausgedacht von Leuten die das Haus genauso gruselig finden, wie du. Aber Edwin verwaltet das Grundstück im Auftrag, hat die Fenster vernagelt und die Zäune aufgestellt, und er hat nie etwas außergewöhnliches gesehen oder gehört.«

»Er ist ja auch schon gefühlt hundert Jahre alt. Er sieht und hört inzwischen ohnehin nicht mehr gut.«

Jetzt lacht Sebastian so laut, dass er uns damit noch auffliegen lässt. Es hallt durch die stillen Straßen.

»Psst«, flüstere ich und versuche, ihm einen Knuff zu geben, doch er bückt sich weg, immer noch so stark lachend, dass er sich inzwischen den Bauch hält.

»Wenn es hier Geister gibt verspreche ich, dass ich sie zu mir locken werde. Auch wenn das schwer wird, wo du doch jedem mitteilst, wie *juicy* du bist.«

»Sebastian«, sage ich halb lachend und halb verzweifelt. »Lass das, sonst bereue ich es noch, dich für die Schnitzeljagd beauftragt zu haben.«

»Ach was, du freust dich doch, dass wir das hier gemeinsam machen.« Ich höre, dass er es sagt, um mich aufzuziehen, aber ich sehe ihn nur an und nicke ernst, um ihm zu zeigen, dass es der Wahrheit entspricht. Zur Antwort nimmt er meine Hand. Einfach so. In dem Moment, wo unsere Finger sich umschließen, hört er auf zu lachen und wird ruhiger, auch wenn sein Mundwinkel immer noch amüsiert zuckt.

Ich drücke zu, streiche meinen Daumen sanft über seine Hand. »Dann los«, sage ich und hefte meinen Blick auf das Haus.

Wir lösen uns voneinander und beginnen, die Außenwände abzusuchen. Wir verheddern uns in Spinnenweben, schimpfen über die schlechte Sicht, stolpern über Wurzeln, die die Pflastersteine hochgedrückt haben. Einmal erschrecke ich mich so sehr vor einer Maus, dass Sebastian wieder lachend am Boden liegt und ich ihn daran erinnern muss, dass uns hier niemand hören darf. Aber letztendlich ist der Brief nicht von außen angebracht.

»Bleibt nur noch eine Möglichkeit«, überlegt Sebastian. »Wir könnten noch drinnen nachsehen.«

»Sagtest du nicht, es wäre marode?«

»Marode ja, aber nicht einsturzgefährdet. Denke ich.«

»Sehr beruhigend«, sage ich ironisch.

»Okay.« Sebastian strafft die Schultern. »Ich gehe, du hältst Wache.«

»Aber es ist doch mein Vater gewesen. Sollte ich dann nicht –?«

»Damit du dich wieder vor einer Maus erschreckst und dann vor lauter Panik gegen einen maroden Balken läufst? Besser nicht. Ich husche schnell rein, sehe mich um, und bin ich ein paar Minuten wieder hier.«

»Na gut. Aber beeil dich.«

»Logisch.« Sebastian öffnet die Haustür, die bedrohlich quietscht und mir eine Gänsehaut verpasst. Er verschwindet im Haus und ich bleibe zurück. Die Gänsehaut will nicht verschwinden, egal wie hartnäckig ich mir selbst einzureden versuche, dass ich mich nicht zu fürchten brauche und dass das hier schließlich Seagulls, nicht *Haddonfield* aus den Halloween-Filmen ist. Hier wird nicht gleich ein maskierter Serienkiller auftauchen. Aber die Stille, die mich umgibt, ist beinah unerträglich. Alles in mir steht unter Strom. Ich zähle die Sekunden, aber es scheinen ganze Minuten zu vergehen, in denen ich wie angewurzelt dastehe, fröstelnd und angespannt. Inzwischen ist Sebastian schon viel zu lange weg. Da kann etwas nicht stimmen. Ich will gerade nach ihm suchen gehen, als ich seine Stimme höre.

»Riley.« Nur mit diesem einen Wort vertreibt Sebastian meine Gänsehaut und lässt mein Herz rasen – diesmal vor Vorfreude, nicht vor Angst. Alleine aus diesem einen Wort höre ich die Aufregung und ich weiß, dass nur eine Sache diese Aufregung schüren könnte.

Ich will ihm gerade in das Gruselhaus folgen, als Sebastian bereits wieder ins Freie tritt, in seiner Hand einen Brief mit meinem Namen drauf.

»Du hast ihn gefunden«, keuche ich und falle ihm unvermittelt um den Hals. Seine Hände legen sich um meinen Rücken, der Duft von Kaminholz umhüllt mich. Aber obwohl ein Teil von mir diesen Moment auskosten und genießen will, verharre ich nicht in dieser Situation, sondern löse mich schnell wieder. Zu groß sind die Aufregung und die Neugier auf den Brief.

»Lass uns von hier verschwinden«, sagt Sebastian. Seine Wangen sind gerötet.

Er übergibt mir den Brief, den ich mit beiden Händen fest umklammere und folge ihm durch die Öffnung im Zaun. Die Straßen sind zum Glück immer noch leer und so kommen wir unbemerkt vom Grundstück und landen wieder auf dem Rathausplatz.

»Unfassbar, dass du schon wieder einen Brief gefunden hast«, sage ich, als wir stehen bleiben und drücke den Umschlag gegen meine Brust.

»Kannst du dabei sein, wenn ich ihn lese? Können wir zu mir gehen?«

»Was immer du möchtest.«

Meine Finger umklammern den Zettel und schützen ihn so vor den Brisen, die uns entgegenwehen. Mein Zopf ist längst zerzaust, immer mehr Haarsträhnen fallen mir ins Gesicht, aber ich störe mich gar nicht daran. Wir eilen einfach die leeren Straßen entlang, bis wir an dem Café ankommen, das genauso ruhig daliegt, wie der Rest von Seagulls. Durch den Hintereingang schlüpfen wir hinein, gehen die Treppe hinauf und lassen uns auf meinem Bett nieder, auf dem noch immer das Tablett mit der leeren Kakaotasse steht. Ich räume es auf den Nachttisch und sehe dann hinunter auf den Brief. Die geschwungene Handschrift, die mir inzwischen so vertraut ist, scheint mich herausfordernd anzusehen und mir zuzurufen, den Brief endlich zu öffnen. Mein Blick wandert kurz zu Sebastian, der vor mir sitzt und mich mustert. Ich spüre Neugier, spüre auch von ihm eine gewisse Aufforderung, aber ohne dabei Druck zu verursachen.

»Also gut«, sage ich und schlucke. Ich atme tief ein, versuche meinen Herzschlag zu beruhigen, und dann öffne ich den Klebestreifen. Ich hole das gefaltete Papier heraus.

Hallo Sternchen,
Hast du eine Ahnung, wieso ich die Hütte gewählt habe,
um diesen Brief zu verstecken? Lange habe ich überlegt, ob das so klug ist: Was, wenn die alte Hedwig Stone doch das Grundstück verkauft und das Haus abgerissen wird, bevor du kommst? Oder was, wenn diese Geistergeschichten doch der Wahrheit entsprechen, obwohl ich nie ernsthaft daran geglaubt habe? Aber ich konnte diesem Ort nicht ausweichen, denn wenn ich

an Seagulls denke, denke ich automatisch an das Haus, das einst diese verrammelte alte Hütte war. Ein prachtvolles Haus, klein und verwinkelt, aber mit wunderschönen abgerundeten Fenstern, Vogeltränken und einem wundervollen Grundstück, das mich an den Wald erinnert hat. Und vom Wald war ich immer ebenso fasziniert wie vom Meer. Aber dazu in einem anderen Brief mehr ... oder hast du ihn schon gefunden?

Früher als Kind habe ich mir immer geschworen, dieses Haus einmal zu kaufen und darin eine Familie zu gründen. So oft habe ich davorgestanden und davon geträumt, doch inzwischen ist dieser Traum ebenso verrottet wie das Haus.

Du bist meine Familie, Sternchen, und doch ist es nie so gekommen, wie in meiner Vorstellung. Nie konnte ich dich an der Schaukel im Garten anschubsen, mit dir Fangen spielen oder dir zusehen, wie du durch die Zimmer turnst. Nie konnte ich von dir am Gartenzaun begrüßt werden. Irgendwann hat mich der Anblick dieses Hauses traurig gestimmt. Nicht nur wegen dir und unserer vertanen Zeit, sondern auch, weil ich in meinem Leben keine langfristigen Beziehungen aufgebaut habe. Mir fiel es immer schwer, mich zu öffnen und das bereue ich inzwischen. Hätte ich diese Familie haben können?

Hätte ich eine Frau haben können? Hätte ich der Vater für dich sein können, der ich in meiner Vorstellung war?

Ich denke, beides habe ich vermasselt. Zu beidem war ich nicht in der Lage. Und nun ist es zu spät.

Wieso ich dir diese Zeilen schreibe und dir damit offenbare, wie armselig ich war? Vielleicht, weil ich nicht

möchte, dass du denselben Fehler machst wie ich. Verschließe dich nicht, lass Beziehungen zu und erfülle deine Träume. Man weiß nie, wie lang das Leben ist. Ich will nicht, dass du auch irgendwann bereuend auf ein altes, schäbiges Haus gucken musst, um daran erinnert zu werden, was du nicht erreicht hast. Sei glücklich. Versprich es mir.
Dein Matt

Meine Träume erfüllen. Die Worte klingen in meinem Kopf nach, doch gleichzeitig wird mir bewusst, dass ich bisher nie Träume hatte. Nicht wirklich. Ich hatte nie große Visionen von mir. Ein paar Jahre lang habe ich gedacht, es wäre mein Traum eine Festanstellung in der Werbeagentur zu bekommen, doch inzwischen glaube ich nicht, dass dies wirklich ein Traum war. Es war ein Plan, der einzige, den ich irgendwie hatte und nun bin ich hier in Seagulls: Planlos, aber mit dem Traum, meinen Vater kennenzulernen. Vielleicht war mein größter Traum genau derselbe, wie bei ihm: Eine Familie. Ich wollte immer nur meinen Vater. Und obwohl ich ihn mit jedem Brief ein bisschen besser kennenlerne, habe ich noch immer das Gefühl, ihn nicht richtig greifen zu können. Noch nicht vollständig. Dabei fehlen nur noch zwei Briefe.

»Alles in Ordnung?«

Ich blinzle angestrengt. Mein Kopf schmerzt, wenn ich zu stark über den Brief nachdenke.

»Du kennst dich doch mit Musik aus«, sage ich, mehr zu mir selbst, einfach blind einem Gedanken folgend.

Sebastian runzelt die Stirn.

»Meinst du, wir können die Plattensammlung von meinem Vater durchgehen? Ich habe es schon seit Wochen vor, aber irgendwie habe ich es immer aufgeschoben. Und ich denke, es hilft mir, wenn du dabei bist.«

Sebastians Blick huscht zu dem Stapel alter Platten, die auf der Kommode stehen und massig Platz einnehmen. Er wirkt regelrecht unsicher, während er darauf starrt und sich durch die Haare fährt.

»Entschuldige«, sage ich, kann aber meine Enttäuschung über seine Reaktion nicht vollständig aus meiner Stimme verbannen. »Ich weiß, dass es spät ist. Ich hätte nicht fragen sollen. Ich nehme dich schon viel zu lange in Beschlag. Du solltest schlafen gehen.«

Ich stehe auf und räume das Tablett in die Küche, froh, etwas zu tun zu haben. Meine Gefühle übermannen mich, ich kann es nicht kontrollieren. Obwohl mir durchaus klar ist, dass ich überreagiere, will ich in diesem Moment einfach nur heulen. Die Worte von Matt echoen in meinem Kopf und vermischen sich mit meiner Wehmut und meinem unerfüllten Wunsch, einfach nur meinen Vater in die Arme schließen zu können.

Sebastian tritt hinter mich. Seine Arme umschließen mich und bringen mich dazu, mich zu ihm umzudrehen.

»Es ist nicht zu spät«, sagt er. Seine Stimme klingt brüchiger als sonst. »Wenn du diese Sammlung durchgehen willst, dann machen wir das.«

»Bist du dir sicher?«, frage ich leise.

Sebastian mustert mich, sein Blick ist unergründlich. Es ist das erste Mal, dass ich die Gefühle, die sich sonst darin widerspiegeln, nicht lesen kann. Es verunsichert mich, nicht zu wissen, was gerade in ihm vorgeht. Aber noch bevor ich etwas dazu sagen kann, antwortet Sebastian mir, indem er mich noch näher zu sich zieht und seine Hände um mein Gesicht legt. Eine Gänsehaut jagt parallel mit Sehnsucht über meinen Körper. Sehnsucht, die ich schon viel zu lange unterdrücke. Gerade, in diesem Moment, mit den Worten meines Vaters im Ohr, ich solle Beziehungen zulassen, spüre ich es überdeutlich. Ich spüre, wie mein sorgsam konstruiertes Kartenhaus der Argumente zusammenbricht und allein meine Gefühle für ihn stehenbleiben. Roh und ungefiltert. Absolut unkontrollierbar. Er sieht mich an, als wäre ich kostbar, oder zerbrechlich. Und dann küsse ich ihn.

Es ist nicht geplant, ich bin selbst überrascht davon, aber als unsere Lippen aufeinandertreffen, fühlt es sich rein an. Echt. Sebastian seufzt auf, sein Laut und sein Körper zeigen mir deutlich, dass er den Kuss genießt. Er rückt noch etwas näher, seine Hand umfasst meine Taille. Unsere Lippen finden einen Rhythmus. Mein Herz fügt sich in diesen Rhythmus ein, für einen kurzen Moment fühlt es sich an, als würde alles um uns herum verschwimmen. Als wären wir in einem Knäul aus Farben und Empfindungen, Sehnsucht und Herzklopfen.

Als Sebastian den Kuss beendet, für meinen Geschmack viel zu früh, verweilt er noch, hält mich fest. Und so kann ich noch ein wenig mehr dieses Gefühl genießen, bevor mir tausend Fragen in den Kopf schießen. Fragen, wohin dieser Kuss nun führt, und was er zu bedeuten hat. Gleichzeitig öffnen wir die Augen. Eng umschlungen stehen wir da, sehen uns an und verlieren uns ineinander. Ich sehe ihn schlucken, schwer und sehnsuchtsvoll. Dann nimmt er meine Hand und zieht mich sanft zu der Plattensammlung. Er holt den Plattenspieler hervor und stellt ihn auf dem Fußboden ab. Wir setzen uns mit Kissen und Decken auf die Dielen, nehmen Platte für Platte und beginnen sie durchzuspielen. Seine Hand hält meine, während die Musik uns in die Welt meines Vaters entführt. Die Schwingungen unseres Kusses kitzeln noch regelrecht in der Luft, legen sich auf meinen Körper. Mein Herz reagiert darauf, während sein Daumen über meine Handknöchel fährt. Aber obwohl ich es genieße, konzentriere ich mich auf die Bands und Lieder, die von Sebastian kommentiert werden und lasse mich damit mehr auf meinen Vater ein. Ich richte meine Aufmerksamkeit darauf.

»Diese als nächste?«, frage ich und halte eine der Platten hoch. Sebastians Augen blitzen auf.

»Bruce Springsteen. Nichts geht über ihn.«

»Du kennst ihn?«, frage ich überflüssigerweise, denn er kannte bisher jede dieser Platten.

»Du etwa nicht?«, fragt er zurück.

»Ich habe schon mal von ihm gehört. Aber Lieder kenne ich, glaube ich, nicht.

»Was? Das müssen wir ändern.« Er nimmt die Platte an sich. »Ohne Bruce würde ich vermutlich keine Musik machen. *Er* ist der Grund, wieso ich mir eine Gitarre gewünscht habe.«

»Wirklich? Wie ist es dazu gekommen?«

»Als ich sieben Jahre alt war, habe ich einen Auftritt von ihm gesehen. Er stand da, mit einer Gitarre in der

Hand, einem schwarzen Tank Top und hat *I'm going down* gesungen, und er war so ziemlich der coolste Typ, den ich je gesehen habe. Es war wie Magie. Ich wusste, dass ich auch so werden will.« Sebastian lacht. »Ganz so ist es nicht gekommen, aber es war der Moment, in dem meine Liebe zur Musik wirklich entfacht ist.«

»Vielleicht hast du mehr mit Bruce gemeinsam als du denkst«, sage ich und halte seinem Blick stand, halte die Energie aus, die sich wieder zwischen uns aufbaut, und die meinen Körper zum Flimmern bringt. »Wenn du singst, spüre ich diese Magie auch, von der du redest.«

Sebastian drückt meine Hand.

»Zeigst du mir das Lied?«, frage ich.

Er sucht die entsprechende Platte heraus und legt das Lied auf. Sebastian grinst, sobald es ertönt. Es ist fröhlich, sein Gesicht wird sofort um einige Jahre jünger, während er anfängt, mitzusingen. Ich lächle unwillkürlich, beobachte ihn, wie er die Augen schließt und den Text immer befreiter mitsingt. Es ist das Schönste, was ich seit langem gesehen habe. Noch nie habe ich ihn derart befreit erlebt, manchmal wirkt er mir viel zu nachdenklich und ernst. Aber in diesem Moment ist er einfach nur der Junge, der sich damals in die Musik verliebt hat. Vorsichtig schiebe ich die Plattenhülle etwas weiter zu mir, weg von dem Chaos, um es nicht aus den Augen zu verlieren und es später nochmal hören zu können.

Ich beginne mit dem Fuß zu wippen. »Gar nicht mal schlecht«, sage ich.

Sebastian öffnet seine Augen und sieht mich empört an. »Gar nicht mal schlecht? Das ist alles?« Er verzieht beleidigt sein Gesicht. »Ich glaube, du musst es nochmal hören. Komm.«

Er nimmt meine Hand und zieht mich hoch. Wir stehen auf dem Decken- und Kissenturm, umringt von den Platten meines Vaters, während Sebastian das Lied neu startet und lauter dreht. Er zieht mich zu sich, sodass er seine Hände um meine Hüfte legen kann. Und dann beginnt er sich zu bewegen. Hin und her, passend zum Takt und bringt mich mit sanftem Druck dazu, es auch zu tun.

»Ich kann nicht tanzen«, sage ich über der Musik hinweg.

»Darauf kommt es ja auch nicht an«, erwidert er. Sebastian grinst mich schief an. Mein Herz reagiert prompt darauf. Ich lasse mich darauf ein. Auf ihn. Meine Bewegungen passen sich seinen an. Sebastian singt leise mit, der Klang legt sich direkt auf mein Herz. Ich schließe die Augen, konzentriere mich auf das Lied, und vergesse kurz alles, habe einfach Spaß. In Gedanken sehe ich meinen Vater, hier im Apartment, wie er neben uns steht und uns zulächelt. Ich sehe ihn dastehen, in seiner abgewetzten Lederjacke, die noch im Kleiderschrank hängt, mit seinen wilden, grauen Locken und seinen Lachfältchen. Kurz denke ich an den Geruch seines Parfüms, ein herbes Sandelholz. In meiner Vorstellung mischt sich dieser Duft mit einer Note Holzpolitur. Und in dieser Vorstellung hat er eine raue Stimme, die mir zuflüstert und, genau wie Sebastian, den Text mitsingt. In diesem Moment weiß ich, dass es mein Lieblingslied wird. Dass es mich für immer mit dieser ganzen aufregenden Suche, der Achterbahn meiner Gefühle und meiner Sehnsucht nach meinem Vater, verbinden wird.

Als das Lied endet, öffne ich meine Augen und sehe sofort in Sebastians, die mich unergründlich mustern. Beobachten. So intensiv, dass die Stimmung sofort umschwenkt und mein Mund trocken wird.

»Ich liebe das Lied«, sage ich, aber ein Teil von mir, will ihm sagen, dass ich *ihn* liebe. Der Gedanke kommt plötzlich, aber er kommt mit einer derartigen Intensität, dass ich das Gefühl habe, nicht richtig atmen zu können. Es ist das erste Mal, dass ich mir sicher bin, dass ich hier in Seagulls bleiben und mit Sebastian zusammen sein möchte. Dass dies hier mein neues Zuhause wird. Ohne Wenn und Aber. Ohne Zweifel. Unabhängig von den letzten zwei Briefen und den Worten, die an meiner Liebe zu meinem Vater, seiner Stadt und den Leuten hier nichts mehr ändern können, ganz gleich, was darinstehen wird.

»Ich glaube, meinem Vater hätte es Spaß gemacht uns beide zusammen zu sehen, während wir seine Musik hören«, überlege ich laut. »Sicher hätte es ihm gefallen, immerhin bist du genauso ein Musikfan wie er. Stell dir vor, ich hätte ihn damals kennengelernt. Ich hätte nach Seagulls kommen und ihn besuchen können, er hätte mir all die Lieder gezeigt und mich dazu auch zu einem Bruce Springsteen und Rolling Stones Fan gemacht. Und dann hätte ich dich hier getroffen und wir wären sicher Freunde geworden. Meinst du nicht? Zwei Gleichgesinnte, mit denselben Interessen.«

Sebastian lächelt, aber es erreicht seine Augen nicht, als wäre er gedanklich gar nicht richtig anwesend.

Meine Hand streicht über seine Wange, ich zwinge ihn dazu, mich anzusehen.

»Das ist eine schöne Vorstellung«, sagt er leise.

»Ich glaube, Matt wäre ein richtig guter Vater gewesen. Einer, der mir erlaubt, auch abends noch Süßes zu essen, der mich mit auf Konzerte nimmt und mit mir campen geht. Vielleicht wären wir dann auf seinem Motorrad hier die Küstenstraßen entlanggedüst.«

»So einen Vater hätte ich mir auch gewünscht.« Sebastians Stimme klingt traurig, so viel trauriger, als ich es bei ihm jemals für möglich gehalten hätte. Es bringt mich allein bei dem Klang dazu, einen Kloß in meinem Hals zu sammeln.

Ich nehme seine Hand in meine, so wie er es immer macht, wenn ich Halt brauche.

»Was genau ist damals passiert? Was genau, hat der Ex deiner Mutter gemacht, dass dich so verletzt hat?«

»Riley«, seufzt Sebastian, es klingt beinah so, als hätte er Schmerzen. »Ich kann nicht.«

»Manchmal hilft es, darüber zu reden.«

Sebastian wirkt wirklich, als würde er darüber sprechen wollen. Mehrfach sehe ich, wie sein Mund aufgeht, als würde er gleich etwas sagen, aber kein Wort kommt über seine Lippen. Ich sehe nur den Schmerz in seinen Augen, der sich schon seit mehreren Jahren dort tummelt und noch genauso intensiv zu sein scheint, wie damals. Ich wünschte nur, ich könnte etwas für ihn tun, um diesen Schmerz wegzuwischen. Um ihm so die Last zu nehmen, wie er es seit Wochen für mich tut.

»Bitte«, flüstere ich ihm zu und lege eine Hand auf seine Brust. »Rede mit mir.«

Sebastian öffnet nochmal den Mund, doch dann schüttelt er langsam den Kopf. »Ich kann nicht«, sagt er. »Ich ... ich sollte gehen.«

Ich bin wie erstarrt, regelrecht vor den Kopf gestoßen, als ich perplex dabei zusehe, wie er seine Jacke und seine Schuhe schnappt und ohne ein weiteres Wort aus dem Apartment verschwindet. Er lässt mich einfach zurück, umringt von den Platten, bei denen ich eben noch dachte, sie hätten uns noch enger zusammengeschweißt. Umgeben von der Liebe, die ich erstmals deutlich in meiner Brust spüre. Doch daneben sammelt sich nun Enttäuschung, darüber, dass Sebastian sich mir nicht öffnen kann. Und dass, obwohl ich ihm von mir bereits jede verletzliche Seite anvertraut habe, jede meine Schwächen. Meine Tränen.

Ich lasse mich auf die Decken sinken, die noch auf den Dielen liegen, während Bruce Springsteens Stimme nach wie vor durch das Apartment schallt. Was ist Sebastian nur widerfahren, dass er auch nach all den Jahren nicht darüber sprechen kann? Was hat diesen Schmerz ausgelöst?

Mit einem Kloß im Hals beginne ich, die Platten wieder zu stapeln und einzusortieren. Die Platte von Bruce lege ich nach ganz oben. Doch die Leichtigkeit, die ich eben noch in Verbindung damit gespürt habe, ist verflogen.

Kapitel 24

Ich sitze am Tresen und starre ins Nichts. Nur verschwommen nehme ich wahr, wie vereinzelte Menschen an den großen Fenstern des Cafés vorbeiziehen. Gleich werden hier auch die ersten Gäste hereinströmen, es wird Zeit, mich zusammenzureißen, aber meine melancholische Stimmung steigt mit jedem Tag, an dem Sebastian sich nicht meldet. Fünf Tage inzwischen, ohne ein Lebenszeichen von ihm. Es ist, als wäre er vom Erdboden verschwunden und langsam breitet sich Übelkeit in mir aus, wenn ich daran denke. Nach unserem Kuss, nach diesem Moment, der für mich alles geändert hat, verstehe ich gar nichts mehr. Ist es nur die Erinnerungen an seinen Schmerz, die ihn dazu bringen, mich zu schneiden, oder steckt mehr dahinter? Bereut er den Kuss?

Immer wieder drehen sich meine Gedanken um den Abend und um seine nachdenkliche Stimmung, schon vor der Plattensammlung. Allmählich schleicht sich ein Gefühl von Angst in mein Herz. Angst davor, ihn mit dieser Schnitzeljagd viel zu sehr in Anspruch und in mein Drama hineingezogen zu haben. Angst davor, dass er meine Gefühle vielleicht gar nicht erwidert.

Die Türklingel lenkt meine Aufmerksamkeit zurück in den Laden. Lydia und Mateo betreten das Café. Der Anblick von den beiden lässt Sebastian tatsächlich kurz aus meinen Gedanken verschwinden.

»Hey«, sage ich. Der Wunsch, mit ihr über Sebastian zu sprechen, ist unfassbar groß, aber mit Mateo an ihrer Seite und dem vielsagenden Grinsen auf ihren Lippen ist es nicht der richtige Moment, um ihr mein Leid zu klagen.

Lydia begrüßt mich mit einem Kuss auf die Wange. Ihre Haare sind heute zu einem seitlichen Zopf geflochten. »Wir dachten, wir treffen uns mal auf einen Kaffee«, sagt sie. Mateo winkt mir zu und sucht sich einen Platz, während ich Lydia sachte am Arm nehme und sie Richtung Vorratskammer ziehe.

»Was hat das zu bedeuten?«, frage ich, sobald die Tür hinter uns zufällt. »Geht da was?«

»Du klingst ja schon wie ich«, grinste Lydia. »Es ist kein Date oder so. Erstmal nur ein Kaffee. Aber er ist heiß, findest du nicht?«

Mit seiner bronzefarbenen Haut und den kurzgeschorenen schwarzen Haaren treffen diese Worte definitiv zu.

»Dann stehst du auf ihn?«, hake ich nach.

»Mal schauen.« Lydia grinst. Dann mustert sie mich. »Ist bei dir alles in Ordnung? Du siehst ziemlich müde aus.«

»Ich habe nur schlecht geschlafen. Eine lange Geschichte. Aber dafür haben wir jetzt keine Zeit, immerhin wartet dein Nicht-Date auf dich.«

Lydia richtet ihren Zopf neu und nickt mir zu.

»Komm, schnapp ihn dir«, sage ich und schicke sie mit einem kleinen Stups zurück ins Café.

Ich widme mich der Kaffeemaschine, um den beiden ihre Getränke zu servieren. Ich bringe ihnen den Kaffee, ohne mich lange am Tisch aufzuhalten. Lydia mag dies hier nicht für ein Date halten, aber für mich ist es offensichtlich, dass sich beide wünschen, dass es zu einem Date wird. Das sehe ich an der Art, wie Lydia mit ihren Haarspitzen spielt und Mateo nervös an seinem Armband nestelt. Sie mögen sich eindeutig.

Weitere Gäste kommen, um die ich mich kümmere. Ich wische Tische ab, kämpfe mit der Kaffeemaschine, räume die Spülmaschine ein und serviere Muffins. Immer wieder schweift mein Blick kurz zu den beiden Turteltauben, die noch immer in ihre Gespräche vertieft sind und gar nicht mitbekommen, wie der Vormittag an ihnen vorbeizieht.

»Bringst du uns noch zwei Cappuccino?«, fragt Lydia irgendwann. Alle anderen Gäste sind längst wieder weg, nur die beiden sind noch da und lächeln sich weiterhin an.

»Hier«, sage ich und reiche ihnen die beiden Tassen.

»Willst du dich nicht kurz zu uns setzen?«, fragt Lydia. Ich sehe unsicher zu Mateo, doch der nickt zustimmend.

»Klar, setz dich. Du hast dir eine kleine Pause verdient.«

»Ich will nicht stören«, sage ich. Keinesfalls will ich mich wie das fünfte Rad am Wagen fühlen.

»Tust du nicht. Wir haben gerade überlegt, in den nächsten Wochen ins Factory zu gehen. Und wir dachten, wir gehen vielleicht als Gruppe. Sebastian und Daniel sind sicher auch dabei. Vielleicht hat auch eine von den Mädels Zeit.«

»Gerne«, sage ich, denke aber sofort wieder an Sebastian und die Funkstille. »Ich weiß nur nicht, ob Sebastian Lust hätte. Er macht sich die letzten Tage irgendwie rar.«

»Ach, das ist normal, wenn sich neue Auftraggeber melden«, sagt Mateo. »Der hat doch heute diesen Auftritt in diesem neuen Restaurant, rund dreißig Meilen von hier. Er will versuchen dort ein regelmäßiges Arrangement zu bekommen.«

»Vor solchen Events ist er immer wie so ein Einsiedlerkrebs«, meldet sich Lydia zu Wort.

Erleichterung fließt plötzlich durch meine Adern. Unwillkürlich entspannt sich mein Kiefer, den ich den ganzen Tag nachdenklich aufeinandergepresst hatte. Wenn Sebastian so nervös vor Auftritten ist, hat seine Funkstille vielleicht gar nichts mit mir und unserem Abend zu tun.

»Also. Factory«, holt mich Lydia aus meinen Gedanken. »Wärst du dabei?«

»Ja, ihr könnt mich einplanen.«

Die Türklingel kündigt einen Gast an, also stehe ich wieder auf und lasse die beiden wieder allein, aber ich fühle mich direkt besser.

Als ich den Laden zwei Stunden später schließe, hole ich mein Handy hervor und tippe eine Nachricht für Sebastian ein.

Ich habe gehört, du hast heute einen wichtigen Auftritt. Ich wünsche dir ganz viel Glück.

Bei Klängen aus dem Radio beginne ich den Laden zu wischen und nehme danach meine Unterlagen für die

Buchhaltung hoch ins Apartment, wo ich sie auf meinem Bett ausbreite. Ich esse Schokokekse, trinke Limonade und gehe anschließend sogar nochmal das Fotoalbum durch. Nur noch zwei Briefe und sechs Orte an denen wir noch nicht waren. Es fehlt das Foto an einem Steg, eine Landstraße, auf der er mit einem Motorrad steht, einem Strandabschnitt, ein altes Fabrikgebäude und ein Bild eines Museums ... so sieht es zumindest aus, auch wenn wir es bisher nicht geschafft haben, das unscharfe Schild daran zu entziffern.

Mein Handy vibriert und sofort lächle ich. Nach der Funkstille der letzten Tage ist es beinah heilend, endlich wieder ein Lebenszeichen von Sebastian zu hören. Doch als ich die Nachricht lese – als ich wirklich verstehe, was dort steht – entgleitet mir mein gesamtes Gesicht.

Danke, der Auftritt lief gut, aber es ist gerade wahnsinnig viel zu tun. Ich schaffe es leider nicht, dir momentan mit den Briefen zu helfen. Tut mir leid. Aber ich habe einen Ort gefunden, an dem du suchen kannst.

Ungläubig starre ich auf die Koordinaten, die Sebastian mir beigefügt hat. Meine Argumentationskette, wieso er sich die letzten Tage nicht gemeldet hat, all meine Hoffnung, es würde an den Auftritten liegen, bricht wie ein Kartenhaus in sich zusammen. Egal wie viele Auftritte er bisher hatte, egal wie beschäftigt er war: Sebastian hat mich noch nie alleine losgeschickt. Noch nie hat er mich bei der Suche im Stich gelassen. Es fühlt sich unfassbar schmerzhaft an, als würde seine Faust in meine Brust greifen und beginne, mein Herz zu quetschen. Was habe ich getan, dass er sich so benimmt? Ausgerechnet nach unserem Kuss, der mich verletzlich zurücklässt, ist dieses Verhalten wie ein Schlag ins Gesicht.

Ich fege mit einem Schwung die Unterlagen von meinem Bett, schnappe mir die restlichen Kekse und esse sie zusammengerollt auf meiner Matratze. Tränen laufen mir über das Gesicht. Ich weiß nicht, wie mein Herz sich so viel Hoffnung machen und nun mit einer einzigen Nachricht zerbrochen werden konnte. So lange habe ich mich genau davor geschützt, habe genau diese Situation gefürchtet, um dann doch alle Bedenken über Bord zu werfen. Wie dumm von mir.

Im Licht der Morgendämmerung halte ich auf einem staubigen Parkplatz. Meine Augen jucken vor Müdigkeit, weil ich kaum geschlafen habe und deswegen schon bei Sonnenaufgang losgefahren bin. Ich steige aus, schließe mein Auto ab und folge dem Pfeil auf meinem Handy, das mich genau zu den Koordinaten bringt. Der sandige Weg führt mich direkt zu einer kleinen Bucht. Schon von Weitem sehe ich die Boote, die im Klang der Wellen mitschaukeln, heute sanft und gemütlich, in morgendlicher Ruhe. Kurz halte ich inne und nehme das Fotoalbum aus meiner Tasche. Es dauert eine Weile, bis ich das Bild sehe, das mich hierhergeführt hat. Es zeigt Matt auf einem grauen Steg, die Füße baumeln über dem Wasser und er streckt die Daumen in die Höhe. Genau dieser Steg ist nur eine Armlänge von mir entfernt. Er ist es unverkennbar.

Eilig stopfe ich das Album zurück und gehe darauf zu. Rund zehn Boote sind an dem Steg angeleint, einige prachtvoller und mit Segel, andere eher rustikal und mit abgeblätterter Farbe. Der Geruch von Salz ist hier beinah schon penetrant, als würde er in den Seilen hängen. Ich beginne, den Strand abzusuchen, dann den Steg. Viel gibt es nicht, an dem ein Brief befestigt sein könnte. Außer der Boote. Meine Blicke huschen unkontrolliert von einem zum anderen, ich habe immer mehr das Gefühl überfordert zu sein. Nur zwei Augen, nicht vier. Ich, ganz allein und in mir dieses Gefühlschaos. Ich wünschte, Sebastian wäre jetzt hier.

Ich seufze laut auf und drehe mich um ... und erstarre. Ich sehe auf einen gelben Stern. Er ist dort aufgemalt, wo sonst die Namen der Schiffe stehen, auf leicht abgeblättertem Blau ruft er regelecht meinen Namen. Oder besser gesagt meinen Spitznamen. Sofort bin ich hellwach und stolpere zum Boot, das am Ende des Stegs anliegt und sanft dagegen klatscht. Ich streiche mit der Hand über das Holz, scanne mit den Augen jeden sichtbaren Zentimeter ab, und finde direkt hinter dem Stern, auf der Innenseite des Boots einen weißen Umschlag mit meinem Namen, eingehüllt in eine schützende Folie. Tränen schießen mir innerhalb von Sekunden in die Augen. Tränen der Freude, aber auch der Einsamkeit, weil diesmal niemand dabei ist, wenn ich die Worte meines Vaters zum ersten Mal lese. Niemand ist hier und hält tröstend meine Hand. Kein Kaminholz-Duft umgibt mich, während ich mich auf den Steg setze, den Umschlag öffne und das gefaltete Papier herausziehe. Obwohl ich mit dem Brief in den Händen pures Glück spüren sollte, ist in mir nichts als Kummer. Unverständnis. Offenen Fragen. Und ein verzehrendes

Verlangen nach Sebastian, das selbst das Verlangen nach meinem Vater überlagert.

Trotzdem beginne ich zu lesen. Ein verzweifelter Versuch, Antworten zu bekommen, auch wenn die Fragen in meinem Kopf gerade einen völlig anderen Menschen betreffen.

Hallo Sternchen,
Du hast es gefunden, das blaue Boot mit dem gelben Stern. Der Lack ist inzwischen ein wenig in die Jahre gekommen, auch wenn ich versucht habe, es gut in Schuss zu halten. Es ist nun genau vierzehn Jahre alt, in dem Monat entstanden, indem ich herausgefunden habe, dass du meine Tochter bist. Vorher hatte ich ein kleines Ruderboot für eine Person, viel zu klein für die Hoffnung, dich vielleicht irgendwann einmal auf eine meiner Angeltouren mitzunehmen. Dabei habe ich mir so oft vorgestellt, wie wir zusammen aufs Wasser fahren, umgeben von der Ruhe und fern von allen Problemen.
Getrieben von dieser Hoffnung, habe ich angefangen dieses Boot zu bauen, groß genug damit wir beide darin Platz finden. Im Umgang mit Holz war ich schon immer geschickt, vielleicht sind dir die ganzen Möbel schon aufgefallen, die ich alle handgefertigt habe? Es war immer meine Leidenschaft, auch wenn es nicht mein Beruf geworden ist. Als meine Mutter das Café nicht mehr leiten konnte, habe ich kurz überlegt, wie es weitergehen soll und ob ich Schreiner werde, aber letztendlich konnte ich das Café, in dem ich aufgewachsen bin, nicht aufgeben. Den Traum meiner Mutter. Also habe ich ihn zu meinem eigenen gemacht, habe

meine Schreinerei genutzt, um das Café zu meinem Wohlfühlort zu gestalten. Aber das ist eine andere Geschichte, ich fürchte, ich schweife ab. Mit Holz zu arbeiten, war immer eine Leidenschaft von mir und so siehst du vor dir mein erstes und bisher einziges, selbstgestaltetes Boot. Deswegen hat es ein paar Macken, aber die habe ich auch, also fand ich das passend. Sicher erwarte ich jetzt nicht von dir, dass du rausfährst und angelst, es sei denn du hättest Lust dazu, aber ich möchte, dass du weißt, dass dieses Boot dir gehört. Es ist dein Besitz, ein Teil meines Geschenks an dich. Ich hoffe, dass es dich noch viele Jahre übers Wasser trägt und dir ebenso ein Ort der Ruhe ist, wie für mich.
Denk an mich, wenn du diese Momente erlebst. So wie ich an dich gedacht habe, während ich das Boot gebaut habe. Für dich. Für uns.
Dein Matt

Ich überlege nicht lange, sondern packe den Brief in meine Tasche, steige in das Boot und löse die Leine. Da ich nicht weiß, wie man mit dem Motor umgeht, nehme ich die Paddel in die Hände und rudere los. Kurz schmeißen mich die Wellen, die das ganze Boot zum Schaukeln bringen, aus dem Konzept. Übelkeit steigt in mir hoch, doch dann halte ich meinen Blick auf einen Punkt in der Ferne gerichtet. Ich gleite weiter durch das Wasser, bis ich eins werde mit den Bewegungen des Boots. Mit meinem Vater.

Meine Arme schmerzen, weil sie das Rudern nicht gewohnt sind, doch ich mache weiter, wie es mir vorkommt, stundenlang. Die Sonne hängt längst tief, droht gleich direkt vor mir im Meer zu versinken und alles um mich herum in Dunkelheit zu tauchen. Aber ich kehre nicht um, sondern lasse mich von der Strömung treiben.

Ich atme tief ein und aus, konzentriere mich bewusst auf jeden Atemzug und auf die Worte meines Vaters. Es fühlt sich einsam an, nun alleine in diesem Boot zu sitzen. Ohne ihn. Zu gerne wäre ich mit ihm hier rausgefahren, hätte alles über das Angeln und das Meer gelernt und hätte diese Ruhe mit ihm genossen. Zu gerne hätte ich nun Sebastian dabei, der diesen Platz ausfüllen und mir Trost geben könnte. Doch der Platz ist leer und mit einem Mal ist es regelrechte Einsamkeit, die mich überkommt.

Ich beginne zu weinen. Ein Schluchzen, das meinen ganzen Körper erzittern lässt. Bis ich weiß, dass die Sehnsucht nach meinem Vater und nach Antworten nun unweigerlich mit der Sehnsucht nach Sebastians Nähe zusammenhängt. Ich brauche ihn hierbei, allein schaffe ich es nicht. Ich kann diese Reise nicht ohne ihn beenden. Und in dem Moment, indem dieser Gedanke klar ist, indem ich ihn ganz deutlich sehe, werde ich wieder ruhiger. Plötzlich weiß ich, was ich zu tun habe.

Ich schaffe es, die Kontrolle über meinen Körper zurückzugewinnen, beginne wieder zu rudern und paddle zurück zum Steg. Dann steige ich ins Auto, angetrieben von dem Gedanken an Sebastian. Ich muss mit ihm reden. Ich muss ihm sagen, was ich fühle.

Ich bin angespannt, als ich zum Strandabschnitt gehe. Schon von weitem höre ich Sebastians Gitarre, instinktiv wusste ich, dass er hier sein würde, an seinem Ruhepol wo er mit sich und seiner Musik eins wird. Fast schon fühle ich mich schuldig, dass ich diese Ruhe erneut störe und ihn belästige. Aber ich kann nicht anders, zu stark ist das Bedürfnis ihn zu sehen und ihm meine Gedanken mitzuteilen.

Sebastian sitzt mit dem Rücken zu mir, sanften Melodien sind im Einklang mit dem Rauschen des Meeres. Ich könnte jetzt einfach hier stehen, verborgen hinter seinem Rücken und ihm stundenlang dabei zuhören, wie er allein mit seiner Stimme und seiner Gitarre Magie erzeugt. Doch ich entscheide mich dafür, mich zu räuspern, um ihm zu zeigen, dass ich hier bin.

»Riley.« Sebastian dreht sich zu mir und legt seine Gitarre zur Seite. »Du hast mich erschreckt.«

»Entschuldige«, sage ich und komme näher. Die Unsicherheit, die ich im Innern spüre, ist unerträglich. »Ich … ich wollte dir das geben«, sage ich und halte ihm Geld unter die Nase.

»Du bist extra hierhergekommen, um mir Geld zu geben?«

»Das ist dein Lohn. Ich habe einen Brief gefunden.«

»Wirklich?« Es ist das erste Mal, dass er mich richtig ansieht. »Dann war der Bootssteg also der richtige Ort?«

»Ja. Wusstest du, dass Matt dort ein Boot hatte?«

Verwundert schüttelt er den Kopf. »Ich hatte keine Ahnung.«

»Es ist selbstgebaut und ich bin damit aufs Meer gefahren.«

»Was? Alleine? Hast du denn überhaupt Erfahrung mit Booten?«

»Nein, aber ich war ja auch nicht weit draußen.«

Sebastian runzelt die Stirn. »Man sollte die Strömung nicht unterschätzen.«

»Ich lebe doch noch.« Ich lache auf, aber Sebastian ist viel zu ernst für meinen Geschmack. Es ist deutlich, dass diese Spannung noch immer zwischen uns steht und ich bin zu feige, um sie anzusprechen. Jetzt, wo ich ihm gegenüberstehe, kann ich es nicht.

»Also, danke jedenfalls«, sage ich seufzend. Ich wende mich ab, will eigentlich zurückgehen, aber ich kann es nicht. Ich kann nicht gehen, aber ich schaffe es auch nicht, endlich zu reden, also stehe ich nur da, während die Sekunden vergehen und der Wind mit meinen Haaren spielt und Strähne für Strähne aus meinem Zopf löst.

»Es hat mich verletzt«, sage ich plötzlich. Es überrascht mich selbst, diese Worte aus meinem Mund zu hören. Aber nun, wo ich angefangen habe und Sebastians Blick in meinem Rücken spüre, weiß ich, dass ich die Kraft aufbringe, weiterzusprechen, auch wenn ich mich unsicher fühle. Ich drehe mich wieder zu ihm, doch ich schaffe es nicht, ihm in die Augen zu sehen. Stattdessen gucke ich auf den Sand vor meinen Füßen, während eine unangenehme Gänsehaut über meine Haut kriecht. »Ich dachte, dass wir das mit den Briefen zusammen durchziehen. Und nach allem, was war, nach der Nähe, die wir zueinander aufgebaut haben, dachte ich wohl, dass diese gemeinsame Suche uns verbunden hätte. Ich dachte wohl, dass du es gerne machst, nicht nur wegen des Geldes. Es tut mir leid, falls ich das missverstanden habe. Aber anders kann ich mir nicht erklären, wieso du dich plötzlich so abweisend verhältst. Mir ist schon klar, dass ich dich viel mehr in Beschlag genommen habe, als ich am Anfang beabsichtigt habe. Aber das ist doch nur so, weil du für mich da warst und du mir das Gefühl vermittelt hast, das wäre mehr als nur eine Geschäftsbeziehung. Aber vielleicht habe ich mich da geirrt.«

Endlich sehe ich auf. Sebastian kaut auf seiner Unterlippe herum, Röte hat sich auf seinen Wangen gebildet. Der Rest seines Gesichts wirkt hingegen blasser als sonst. Er hat tiefe Augenringe.

Dann schüttelt er kaum sichtlich den Kopf. »Ich mache das alles nicht nur wegen des Geldes.«

»Nein?«, flüstere ich fast.

»Natürlich nicht. Wie könnte ich? Du bist toll, Riley. Ich bin gerne mit dir zusammen und ich finde es schön, dass alles mit dir durchzustehen. Manchmal ängstigt es mich, wie sehr ich es genieße in deiner Nähe zu sein. Himmel, bei dir genieße ich sogar Tränen, obwohl ich sonst immer davonlaufen möchte, wenn jemand weint. Aber bei dir nicht. Dich möchte ich trösten, ich möchte für dich da sein.«

»Was ist es dann? Wieso diese Funkstille? Wieso die Koordinaten?«

Sebastian fährt sich durch die Haare. Dreimal setzt er an, um etwas zu sagen, doch er stockt immer wieder und bleibt stumm. Ich sehe ihn an, warte ab, bis er bereit ist, es auszusprechen. Auch wenn der Kloß in meinem Magen immer dicker wird, ihn einnimmt und mir sagt, er könne diese Anspannung nicht mehr aushalten.

»Das mit Matt ... die Briefe«, setzt er endlich an. »Ich denke, es wühlt bei mir selbst einiges auf.« Der Schmerz in seinen Worten bringt mich dazu, ein paar Schritte auf ihn zuzugehen und mich neben ihn in den Sand zu setzen. Der Drang, seine Hand zu nehmen, ist groß, aber ich widerstehe ihm und lege meine Arme stattdessen schützend um mich.

»Wieso?«, frage ich sanft. »Was ist passiert? Es ist offensichtlich, dass du nicht darüber reden willst. Aber ich verstehe nicht, wieso. Nicht, wo du so viel meiner eigenen Probleme kennst. Du stehst diese Schnitzeljagd mit mir durch, gibst mir bei jedem Brief und jeder Krise Halt und genau das will ich auch für dich tun. Ich will das mit dir durchstehen.«

Sebastian nickt vorsichtig. »Ich will es dir ja auch erzählen. Schon lange. Aber es ist nicht leicht. Ich ... ich weiß gar nicht, wo ich anfangen soll. Väter, Familie ... das sind schwierige Themen für mich. Und dich zu erleben, wie du Stück für Stück eine Bindung zu deinem Vater aufnimmst, ist wunderschön. Und schwer. Es erinnert mich immer daran, dass ich diese Bindung zu dem Mann, den ich meinen Vater nenne, nicht habe. Nie mehr haben werde. Obwohl ich es mir wirklich wünsche. Sehr sogar.« Eine Träne läuft über Sebastians Wange, einsam und traurig bildet sie ein Rinnsal. Dann seufzt er. »Die Wahrheit ist, dass ich nach außen hin gerne stark bin und tue als wäre ich all dem überlegen, aber so ist es nicht. Ich hatte nie wirklich einen Vater. Mein leiblicher Vater ist in Schottland, ich kann mich kaum an ihn erinnern. Aber ich habe mich immer nach einer Vaterfigur gesehnt. Immer, wenn andere Kinder von ihren Vätern erzählt haben, war ich unendlich neidisch, weil ich das nicht hatte. Als meine Mutter dann mit diesem Kerl ausgegangen ist, wurde es zum ersten Mal anders. Erst waren es nur flüchtige Aufeinandertreffen, dann war er immer öfter mit uns zusammen, hat bei uns übernachtet oder wir haben zu dritt Ausflüge gemacht. Irgendwann sind wir zu zweit losgezogen, nur er und ich, genau wie es Väter und Söhne machen. Er hat mit mir Musik gemacht, ist mit mir angeln gegangen. Wir sind durch die Wälder gestreift und er hat mich getröstet, wenn es mir schlecht ging. Er war ... mein Vater.«

Ich nicke ihm zu. Es erinnert mich an Jack, der auch immer für mich da ist.

»Was ist passiert?«, frage ich vorsichtig.

»Sie haben sich getrennt«, sagt Sebastian. »Es war hart, ich habe tagelang geweint. Ich habe nicht verstanden, wieso wir keine Familie bleiben konnten. Er hat mir versprochen, dass wir trotzdem eine Familie bleiben. Ein Team. Anfangs hat er an diesem Versprechen festgehalten, wir haben uns trotzdem getroffen. Ich habe bei ihm übernachtet und wir sind weiterhin angeln gegangen oder haben Gitarre gespielt. Bis es irgendwann weniger wurde, von heute auf morgen. Plötzlich hatte er kaum noch Zeit für mich, hat mich immer häufiger versetzt.« Sebastian schluckt. »Bis er mich irgendwann nicht mehr wie ein Familienmitglied behandelt hat. Mehr wie einen Fremden. Am Ende hat

er mir nicht mal mehr richtig in die Augen gesehen.«
Sebastians Adamsapfel zittert, ich spüre die Welle von
tiefer Trauer, die von ihm ausgeht. Diesmal lege ich
meine Hand in seine, drücke leicht zu, genau wie er es
immer gemacht hat, wenn ich traurig war. Er lässt es
zu. Ich durchbreche nicht die Stille, obwohl mir unendlich viele Fragen auf der Zunge brennen.

Irgendwann ist es Sebastian, der weiterspricht. »Es
plagt mich bis heute, dass er mich nicht so annehmen
konnte, wie ich es verdient hatte. Dass er mich nicht so
lieben konnte. Es legt einen Schatten auf mein gesamtes Leben. Es ist eigentlich lächerlich. Ich bin fast dreißig, ich sollte mein Selbstwertgefühl nicht von so alten
Erlebnissen definieren, aber immer dann, wenn ich etwas nicht hinbekomme, sehe ich ihn. Die Art, wie er immer abweisender wurde, Monat für Monat.«

»Weißt du nicht, wieso er so gehandelt hat? Hat er nie
etwas gesagt?«

»Ich habe auch nie gefragt. Ich war zu jung, zu verletzt. Später, als ich älter wurde, wollte ich Antworten.
Aber Versuche, darüber zu sprechen sind immer ge-
scheitert.«

Ich drücke seine Schulter. »Das muss sehr verletzend
gewesen sein.«

»Es war das Schlimmste für mich.« Sebastians
Stimme bricht, eine Weile sieht er raus aufs Meer, und
ich lasse ihm diese Zeit. »Er war immer mein Held«,
flüstert er. »Ich wollte ihm doch nur gefallen.«

»Wenn er dich nicht so lieben konnte, wie du bist,
dann hat er deine Liebe nicht verdient. Dann war er all
das nicht wert.«

»Ich weiß. Aber dieser Gedanke macht es leider nicht wirklich besser.«

»Nein«, grüble ich. »Vermutlich nicht.« Eine weitere Haarsträhne löst sich aus meinem Zopf und weht im Wind, verdeckt mir immer wieder die Sicht, die gerade jedoch ohnehin ins Leere führt. Ich denke an Jack, der als Ziehvater immer für mich da war und nie einen Hehl daraus gemacht hat, dass ich nicht seine leibliche Tochter war. Für ihn hat es keinen Unterschied gemacht. Nie. Anders als bei Sebastian und seinem Ziehvater.

»Er scheint ein schlechter Mensch gewesen zu sein«, überlege ich.

Tränen schimmern in Sebastians Augenwinkeln, ich kann sie deutlich sehen, auch wenn ich versuche, nicht genau hinzusehen um ihm den Raum für seine Gefühle zu lassen.

Er schüttelt sachte den Kopf. »Das habe ich auch jahrelang gedacht. Aber ich muss mir eingestehen, dass er nicht der Teufel ist, für den ich ihn immer gehalten habe. Ich weiß nicht, wieso er so gehandelt hat. Aber ich denke nicht, dass er es böswillig getan hat.«

»Das ist sehr reif von dir. Ich denke, ich könnte das wohl nicht so objektiv betrachten.«

»Du bringst mich dazu. Du und die Schnitzeljagd.« Er sieht zu mir. Unsere Blicke treffen sich. Die letzte Träne glitzert noch in seinem rechten Auge, aber seine Lippen sind zu einem sanften Lächeln geformt. Dann nimmt er seine Hand und streicht mir die Strähne hinters Ohr. Eine federleichte Bewegung, die bei mir eine Gänsehaut am Hals auslöst. »Schritt für Schritt zu sehen, wie du deinen Vater und seine Beweggründe kennenlernst und wie du all das durchstehst, hat mich zum Nachdenken gebracht. Du bist ohne Vorurteile auf diese Reise gegangen und hast dich für die Liebe zu Matt entschieden. Von Anfang an. Ich sehe es in deinen Augen, wenn du über ihn redest oder auch nur an ihn denkst. Er ist dein Vater, du bist seine Tochter. Ihr habt eine echte Bindung, egal was in der Vergangenheit einmal war. Du hast dich darauf eingelassen. Du bist stark, Riley. So viel stärker als ich.«

»Weil du das mit mir zusammen durchstehst«, erwidere ich. Er muss seine Rolle bei dem ganzen sehen. »Ohne dich wäre ich sicher schon längst zusammengebrochen. Diesen Brief allein zu finden, dich nicht dabei gehabt zu haben, war grauenvoll. Es fühlte sich falsch an.« Ich suche nach den richtigen Worten, obwohl mein Herz bereits die richtigen Zeilen kennt. »Ich brauche dich, Sebastian«, flüstere ich. »Bei der Schnitzeljagd. Aber auch in meinem Leben. Es geht nicht mehr ohne dich.«

Sebastians Blick wird dunkler, ich sehe seine Augen eindeutig aufblitzen, während er meinen Worten lauscht.

»Ich brauche dich auch«, flüstert er. Mein Herz drängt sich gegen meine Brust, ihm entgegen, bis ich das Gefühl habe, keine Luft mehr zu bekommen, weil das Verlangen nach ihm zu groß ist.

Der Wunsch, ihn zu küssen, wird übermächtig. Wie von selbst lehne ich mich ein wenig zu ihm vor, mein Blick streift seine Lippen, die leicht geöffnet sind. Ein Prickeln geht durch meinen ganzen Körper, ausgelöst von der Stelle, an der er mich eben noch berührt hat. Ich wage es nicht, etwas zu sagen, was diese Spannung zwischen uns zerstören würde. Viel zu gewaltig ist die Energie, die sich zwischen uns aufbaut, während ich immer näher rücke, bis unsere Lippen sich beinah berühren. Ich nehme den Duft von Kaminholz wahr, spüre seinen Atem, der sanft gegen meine Lippen streicht.

»Sebastian?«, frage ich vorsichtig. »Was ist das mit uns?«

»Ich kann nicht mehr aufhören an dich zu denken.« Er sieht mich gequält an. »Aber ich versuche mich wirklich, dagegen zu wehren.«

»Aber wieso?«, frage ich sanft.

Sebastians Blick ist unergründlich, aber ich verstehe ihn. Dieselben Zweifel, die ich in seinen Augen sehe, habe ich auch gespürt.

»Ich hatte am Anfang auch Angst davor«, sage ich. »Ich wusste nicht, ob ich hierbleiben und wo das mit uns hinführen soll. Aber wie schon gesagt: Es geht nicht mehr ohne dich.« Ich rücke ein kleines Stück näher zu ihm. »Was wäre, wenn ich hierbliebe? Hier in Seagulls? Bei dir? Würde das etwas ändern?«

Seine Augen werden groß, er rückt weg von mir, etwas, was ich nicht beabsichtigt hatte. Kurz bin ich enttäuscht, aber auf Sebastians Lippen breitet sich ein einnehmendes Lächeln aus, wie ich es bei ihm noch nie gesehen habe.

»Heißt das, du hast dich entschieden? Du bleibst wirklich hier?«

Ich halte seinem Blick stand, während ich nicke. Ich komme nicht dazu, etwas zu sagen, denn plötzlich zieht mich Sebastian an sich und küsst mich. Es ist wie ein Sturm, den wir mit unseren Lippen freisetzen. Ich stöhne leise auf, als seine Zähne sanft an meiner Unterlippe zupfen und unsere Zungen sich treffen. Dieser Kuss ist nicht mit dem zuvor vergleichbar, als würden wir uns erst jetzt vollständig fallen und aufeinander einlassen. Die unsichtbare Mauer, die die Frage nach der Zukunft ausgelöst hat, ist plötzlich weg und setzt Hoffnung frei. Fiebrig lege ich meine Hände an seinen Nacken, fahre über sein Gesicht und runter zu seinen Schultern. Ich will ihn spüren, überall, will mich endlich in diesem Gefühl verlieren, das ich schon seit Wochen zurückhalte. Die Angst, verletzt zu werden, ist weg. Zum ersten Mal habe ich das Gefühl, Sebastian voll und ganz zu kennen, ihn richtig zu sehen, mit all seinen Seiten. Mit dem Wissen, dass er selbst in seiner verletzlichsten Seite einfach nur wunderschön ist. Stark und schwach zugleich, sanft und stürmisch.

»Riley«, seufzt Sebastian und hält mein Gesicht in den Händen als wäre ich kostbar. »Ich will ein Date«, murmelt er.

»Was?« Ich rücke ein Stück weg und lache.

»Ich meine es ernst. Ich will ein Date. Ich will dich richtig ausführen.«

»Okay«, sage ich atemlos.

Er kommt wieder ein wenig näher, ich öffne erwartungsvoll die Lippen, doch er gleitet ein wenig nach rechts, nur ein paar Millimeter über meine Haut. Seine Hitze streichelt mich, überträgt sich auf mich, setzt sich wie ein loderndes Feuer in mir ab. Seine Lippen berühren meine Wange und hauchen mir einen zarten Kuss darauf. »Dann sehen wir uns morgen«, flüstere er mir zu. »Ich hole dich um neunzehn Uhr ab.«

Dann steht er auf und geht. Ich starre ihm hinterher, immer noch komplett unter Strom.

»Wo gehen wir denn hin?«, rufe ich ihm nach, bevor er um die Ecke verschwindet.

»Ich zeige dir mein Lieblingsrestaurant«, sagt er. Im Licht des Mondes bilde ich mir ein, ein Grinsen zu sehen. Doch ehe ich mir sicher sein kann, verschwindet er in Richtung eines Hauses und lässt mich zurück.

Als ich eine halbe Stunde später in meinem Bett liege, mit geöffneten Augen und immer noch mit dem Kribbeln in meinem Körper, umhüllt mich der Duft von Sebastians Cordjacke. Und ich spüre pures Glück.

Kapitel 26

Lydia klatscht in die Hände, als ich mich vor ihr drehe. Ich trage wieder meine engste Jeans, die die Rundungen meines Pos betont und habe ein schwarzes Spitzentop angezogen.

»Wie sehe ich aus?«, frage ich unsicher. Obwohl ich mich im Spiegelbild hübsch finde, ist die Nervosität zu stark, um das wirklich beurteilen zu können. Schon in einer halben Stunde holt Sebastian mich ab und obwohl wir in den letzten Wochen dauernd Zeit zusammen verbracht haben, bin ich diesmal furchtbar aufgeregt. Jetzt, wo es etwas Offizielles ist.

»Sebastian wird dich anbeten«, erwidert Lydia und grinst anzüglich. Dann fährt sie mit den Fingern durch meine Haare, die wie immer zu einem hohen Zopf geformt sind. »Und du willst sie heute wirklich nicht offen tragen?«

Ich schüttle den Kopf. »Mit offenen Haaren fühle ich mich immer unsicher. Ein Zopf passt einfach besser zu mir.«

»Er steht dir auch«, sagt Lydia und drückt meine Hand. »Es ist so aufregend, dass ihr euch endlich datet. Das hättet ihr schon vor Wochen tun sollen.«

»Vielleicht«, überlege ich. »Aber jetzt fühlt es sich irgendwie richtiger an. Jetzt, wo wir uns schon so gut kennen. Es ist dadurch etwas Besonders.« Verträumt sehe ich in den Spiegel, während Lydia sich durch meine kleine Make-up-Sammlung wühlt und mir schließlich eine schwarze Wimperntusche reicht.

»Mehr brauchst du nicht«, lächelt sie.

Ich beginne, meine Wimpern mit der Tusche in Form zu bringen. »Ist es wirklich okay, wenn du morgen früh das Café übernimmst? Ich weiß nicht, wie spät es heute wird.«

»Klar, habe ich dir doch versprochen. Ich nehme mir gleich den Schlüssel mit und stehe dann um punkt neun Uhr auf der Matte.«

»Du bist die Beste.«

»Das weiß ich doch.« Lydia grinst schief.

Ich betrachte mich ein letztes Mal im Spiegel, sammle meine Habseligkeiten zusammen und gehe schließlich unter Lydias Anfeuerungsrufen runter, wo Sebastian bereits vor meinem Wagen steht. Sein Anblick lässt mich schlucken. Er hat ein graues Shirt und eine Bluejeans an, aber das, was mich sofort umhaut, ist das Leuchten in seinen Augen, das mich geradezu magisch anzieht.

»Hey«, sage ich atemlos.

»Ich dachte, ich gebe deiner Knutschkugel nochmal eine Chance«, sagt er und grinst mich an. »Es schien dir wichtig zu sein, dass ich deinen Wagen mag.«

»Aber mach keine Beulen rein«, feixe ich und überreiche ihm den Autoschlüssel. Die Spannung, die sich aufbaut, während unsere Fingerspitzen sich leicht berühren, ist fast unerträglich. Am liebsten würde ich das Essen vergessen und ihn sofort küssen, hier und jetzt.

»Also«, sage ich und habe Mühe, meine Stimme ruhig klingen zu lassen. »Wo ist dein Lieblingsrestaurant?«

»Du kennst es sicher noch nicht. Es ist zwei Orte weiter, und eines der besten italienischen Restaurants, die ich kenne. Die Pasta da ist göttlich.«

»Besser als deine?«

»Und wie. Meine ist dagegen so ähnlich wie dein Nudel-Ketchup-Desaster.«

»Irgendwann werde ich dir das mal kochen und dann werde ich dich überzeugen«, kontere ich.

»Das kannst du nicht kochen nennen, Riley.«

»Oh doch.« Ich strahle. »Das kann ich. Du wirst schon sehen.«

Sebastian seufzt theatralisch, bevor er plötzlich seine Hand auf meinen Oberschenkel legt und dort verharrt, während er meinen VW Beetle die Landstraßen entlangjagt.

»Du siehst übrigens umwerfend aus«, sagt er und wirft mir einen Seitenblick zu, unter dem meine Wangen zu glühen beginnen.

»Du auch«, sage ich krächzend. Diese Spannung ist kaum auszuhalten. Das Bedürfnis, ihn zu küssen wird immer größer. Die ganze Autofahrt lang kann ich nur diesen Gedanken fassen, kann an nichts anderes denken als an seine Lippen auf meinen. Als wir schließlich in einer unscheinbaren Seitenstraße parken und Sebastian sich abschnallt, bin ich in meinen Gedanken versunken und reagiere erst, als er mir sanft über die Schulter streift.

»Wir sind da.«

Ich sehe mich um. Schräg gegenüber ist ein kleines, italienisches Restaurant mit Lichterketten im Fenster, die ein gemütliches Licht erzeugen.

Ich steige aus dem Auto, meine Beine gleichen Pudding, der noch fester wird, als Sebastian zu mir kommt und meine Hand nimmt. Gemeinsam gehen wir die kleinen Stufen hinauf und betreten das Restaurant. Der Laden hat braune Backsteinmauern, einen alten Holzofen und karierte Tischdecken. Überall hängen Lichterketten.

»Wow«, hauche ich. Dieser Laden ist die perfekte Kulisse für ein erstes Date. Eine Kellnerin begrüßt uns und bringt uns zu einem Tisch, der in einer kleinen Einbuchtung steht und somit kaum einsehbar ist. Eine Kerze brennt in der Mitte des Tischs.

»Sehr romantisch hier«, sage ich und nehme Platz.

»Ich liebe diesen Laden. Du musst die Chef Pasta probieren, die ist wirklich ein Gedicht.«

Die Kellnerin bringt uns die Karten und wir bestellen Wein.

»Reicht dein Hunger auch für Vor- und Nachspeise?«

Gerade flattert es in meinem Magen so stark, dass ich mir nicht vorstellen kann, wie dort Essen hineinpassen soll. Aber ich nicke trotzdem, immerhin weiß ich, wieviel ich verdrücken kann, wenn ich will.

Wir bestellen eine gemeinsame Antipasti-Platte und die Pasta, dann sind wir allein. Von meinem Platz aus kann ich keinen der anderen Gäste sehen, also fühlt es sich an, als wären Sebastian und ich in einer Blase, die nur durch die Kellnerin gestört wird, die ab und zu nach uns sieht und uns unsere Bestellungen reicht. Im Hintergrund spielt sanfte, italienische Musik.

Als die Pasta kommt und ich den ersten Bissen nehme, schließe ich genüsslich die Augen. Das ist mit

Abstand das beste Nudelgericht, dass ich je gegessen habe.

»Habe ich zu viel versprochen?«, fragt Sebastian.

Ich öffne die Augen. »Beobachtest du mich etwa beim Essen?«

»Nur beim ersten Bissen. Die erste Reaktion ist immer die beste. Außerdem mag ich es, dich essen zu sehen.«

Ich runzle die Stirn. »Das ist seltsam.«

»Ist es nicht. Deine Augen leuchten richtig auf, wenn du isst. Wusstest du das?«

»Ich habe schon immer gerne gegessen«, erwidere ich. »Deswegen ist es eigentlich eine Schande, dass ich nicht wirklich kochen kann.«

»Soll ich es dir beibringen?«

»Ich bin mir nicht sicher, wieviel Talent ich habe«, sage ich und verziehe das Gesicht. »Aber wir können es gerne versuchen.« Allein, weil das bedeutet, weitere Dates mit ihm zu haben. »Gemeinsam zu kochen ist gemütlich.«

»Finde ich auch. Ich vermisse es, das mit jemandem zu teilen. Allein zu kochen und zu essen fühlt sich manchmal etwas einsam an.«

»Bist du oft einsam?«, frage ich.

»An sich bin ich jemand, der gut allein sein kann. Ich brauche oft die Ruhe und Momente, in denen ich meine Gedanken ordnen kann. Aber ja, es fehlt mir schon, jemanden in meinem Leben zu haben. All das zu teilen.« Er sieht mich an, dann legt er seine Gabel weg. »So wie in den letzten Wochen.«

Hitze steigt in mir auf, während ich seinen Blick erwidere. »Also«, ich lege ebenfalls die Gabel weg und versuche, mich aufs Atmen zu konzentrieren. »Dieses Date ... was bedeutet es?«

Sebastians Mundwinkel zuckt. »Ist das nicht offensichtlich?«

Ich öffne den Mund, um zu sprechen, aber mir fehlen die Worte, also schüttle ich nur den Kopf.

Plötzlich legt Sebastian über den Tisch hinweg seine Hand auf meine. »Ich will mit dir zusammen sein, Riley.« Seine Worte lösen eine Gänsehaut bei mir aus. »Ich will eine richtige Beziehung mit dir. Du weißt gar nicht, wie sehr ich mir das wünsche. Und jetzt, wo du gesagt hast, dass du in Seagulls bleiben würdest ...«

»Aber das mit uns hätte kein Date gebraucht. Ich habe mich doch schon längst für dich und Seagulls entschieden.«

»Ich wollte es nur richtig machen«, schmunzelt Sebastian. »Daran ist meine Mutter schuld. Sie hat mir immer eingetrichtert, dass man eine Frau, deren Herz man gewinnen will, ausführen und umgarnen muss.«

Ich beiße mir auf die Unterlippe, während wir uns ansehen. Während sein Daumen über meinen Handrücken streicht und die Gänsehaut sich weiter ausbreitet.

»Die Sache ist nur die«, sage ich und schlucke schwer. »Mein Herz hast du längst gewonnen.«

Die Luft knistert. Mir wird heißer, ich nehme seine Berührungen und Blicke deutlicher wahr und plötzlich habe ich gar keine Lust mehr auf den bestellten Nachtisch. Ich will nur Sebastian. Am liebsten würde ich den

Tisch wegstoßen und ihn küssen, ihm das Shirt herunterzerren und ihm zeigen, wie ernst ich es meine. Aber wir sehen uns weiter an.

Irgendwann kommt die Kellnerin mit dem Tiramisu, aber selbst mit dieser Unterbrechung bleibt die Spannung erhalten. Auch dann noch, als wir den Nachtisch essen und danach die Rechnung bestellen. Auch dann noch, als Sebastian wieder meine Hand nimmt und mich aus dem Restaurant führt. Alles in mir schreit nach ihm, laut und wild.

Der Sturm, der in meinem Innern tobt, scheint sich nach außen zu tragen. Draußen gleicht es einem Weltuntergang. Ein Gewitter zieht über Cornwall, Regen prasselt auf uns hinab, während wir zum Auto laufen. Doch selbst der kalte Regen kann der Spannung nichts anhaben, als würde er auf meiner überhitzten Haut einfach verdampfen.

Im VW Beetle streiche ich mir die nassen Haarsträhnen aus dem Gesicht und sehe zu Sebastian. Er schließt die Autotür hinter sich und schließt die Spannung, die zwischen uns liegt, ein. Sie umhüllt mich ... berauscht mich. Mein Herz ist unaufhaltsam, jedes Pochen fährt durch meinen Körper wie ein Donnerschlag. Alles bebt unter seinem Blick.

Das Blau seiner Augen wirkt in der Dunkelheit des Abends ruheloser, nur die Blitze am Himmel geben mir Sicht auf das Leuchten, das sich darin befindet und für mich bestimmt ist. Seine Hand legt sich auf meine, hinterlässt dort ein Prickeln. Genau das ist der Moment, in dem ich meinem Drang endlich nachgebe.

Plötzlich, ich habe es selbst nicht wirklich geplant, lege ich meine Lippen auf seine. Sie zittern voller Sehnsucht, ich höre ihn überrascht seufzen. Dann legen sich seine Hände auf mein Gesicht, behutsam und schutzgebend, und er erwidert den Kuss. Meine Hände fahren über seine Schultern, der Drang ihn überall zu erforschen, wird übermächtig.

Die Küsse werden fiebriger. Hungrig stürzen wir uns aufeinander, unsere Hände scheinen überall zu sein, während der Regen gegen das Autofenster prasselt. Ich dränge mich so gut es geht gegen ihn, aber im Auto ist viel zu wenig Platz.

Ein Donnergroll ertönt, kurz darauf blitzt es und wir lösen uns keuchend voneinander.

»Wir sollten fahren«, sagt Sebastian, seine Wangen sind gerötet.

Nur widerwillig löse ich mich von ihm und starte den Motor. Meine ganze Haut scheint zu vibrieren, immer noch angefeuert von seinen Berührungen.

Wie von selbst steuere ich Sebastians Haus an, getrieben von nur einem Gedanken. Einem Wunsch.

Ich halte direkt in der Einfahrt.

»Was ... was hast du vor?«

Ich sehe ihn kurz an, versuche ihm all meine Gedanken und Wünsche nur mit den Augen zu verdeutlichen. Sebastian seufzt leise, offenbar hat er verstanden. Dann ziehe ich den Schlüssel aus dem Zündschloss, öffne die Wagentür und laufe durch den Regen auf sein Haus zu. Erst an der Haustür sehe ich mit einem Schulterblick hinter mich, wartend und aufgeregt. Während der Regen mir über das Gesicht läuft und mich komplett durchnässt, kommt Sebastian auf mich zugelaufen. Er wirkt nervös, aber es ist eine gute Nervosität. Zittrige Aufregung durchfährt mich, als er dicht vor mir stehen bleibt und meine Hand nimmt. Mit der anderen Hand schließt er die Haustür auf. Mein Herz fühlt sich an, als würde es jeden Moment zerbersten und ein gewaltiges Feuerwerk freisetzen, alle meine Sinne sind angespannt. Sebastians Blick wendet sich wieder zu mir, ruht auf mir, während ich meine gesamte Lust in meine Augen projiziere. Ich sehe ihn schlucken, ehe er mich plötzlich hochnimmt. Meine Beine schlingen sich um seinen Rumpf und unsere Lippen finden wie von selbst zueinander. Noch während wir uns küssen, trägt Sebastian mich ins Haus und lässt die Haustür mit Hilfe seines Beins ins Schloss fallen. Mein Rücken liegt nur Sekunden später an dieser Tür, während sein Körper sich sehnsuchtsvoll gegen meinen presst und ich das Gefühl habe, in Flammen zu stehen. Die Hitze wandert flimmernd über meinen Körper und läuft genau zwischen meinen Beinen zusammen. Eine Sehnsucht überkommt mich, wie ich sie noch nie gespürt habe. Ich will Sebastian, mit jeder Faser meines Körpers. Ich will ihn spüren und ihm noch näher sein. Ungeduldig zerre ich an seinem T-Shirt, aber ich schaffe es nur, es ein paar Zentimeter weiter nach oben zu schieben. Seine Lippen wandern zu meinem Hals, saugen daran und ich kann nicht mehr denken. Ich stöhne leise auf, schließe die Augen und lasse endlich von seinem Shirt ab. Stattdessen fahre ich ihm über den Rücken, über die Schultermuskeln, bis hin zum Nacken, und ziehe ihn noch ein wenig näher zu mir.

»Gott«, flüstere ich. Ich will, dass er nie wieder aufhört, aber gleichzeitig ist es mir nicht genug. Ich will – nein, ich brauche – mehr. Ich brauche *ihn*.

Sebastian lässt von meinem Hals ab und sieht mich an. Die Flammen, die immer noch in meinem Körper wüten, spiegeln sich auch in seinem Blick wider. Ich sehe ihn an, signalisiere ihm, was ich fühle und er scheint zu verstehen. Mit einem Ruck nimmt er mein Gewicht wieder vollends auf seine Arme und trägt mich ins Schlafzimmer. Behutsam legt er mich auf der Matratze ab, meine nassen Haare zu einem Fächer über mir. Sebastian verharrt, seine Hände stützen sich neben mir ab und sein Körper bäumt sich über mir auf. Muskulös und männlich verharrt er über mir und lässt seinen Blick über meinen Körper fahren. Ich wage es kaum zu atmen. Doch ich halte seinem Blick stand, während meine Finger ganz langsam unter den Saum seines T-Shirts wandern und es hochziehen. Er hilft mir, zieht es über seinen Kopf und lässt mir damit freien Blick auf die Muskeln, die ich schon so oft bewundert habe. So oft schon habe ich mich gefragt, wie es sich wohl anfühlt, sie zu berühren. Ich lächle sanft, als meine Finger seinen Arm hinaufwandern, den Nacken umkreisen und dann die Schultern und den Rücken entlangfahren. Er beißt sich auf die Unterlippe und schließt ganz kurz die Augen, bevor er mich wieder ansieht. Intensiver.

»Riley«, sagt er fast gequält. »Ich will das hier wirklich. Aber wir müssen nicht ... Wir haben Zeit.«

Weiter kommt Sebastian nicht. Ich lege meine Lippen auf seine und ziehe ihn enger zu mir. Sein Atem wird schwerer, je näher ich seiner Leiste und dem Bund seiner Hose komme. Einer meiner Finger gleitet unter diesen Saum, ganz kurz und flüchtig nur, aber es ist der Moment, in dem Sebastian versteht, dass ich das hier ernst meine. Ich werde es nicht abbrechen. Niemals.

Ein kehliger Laut entfleucht ihm, bevor er wieder beginnt, mich mit den Lippen zu erkunden. Erst meinen Mund, dann meinen Hals, bis er schließlich tiefer wandert. Er zieht das schwarze Spitzentop sanft nach oben, ich lege meine Arme über meinen Kopf, damit er es mir ausziehen kann. Er blickt auf meinen schwarzen BH und streift behutsam die Träger hinunter. Seine eine Hand findet den Verschluss und löst ihn, ich halte den Atem an, während er mich betrachtet. Seine Hände legen sich um meine Brüste, dann folgen seine Lippen, die sich um meine Brustwarze legen. Ich schließe genüsslich die Augen, verliere mich in dem Gefühl der Lust. Gerade, als ich denke, es könnte sich nicht mehr steigern, wandern seine Lippen noch tiefer. Er löst den Knopf meiner Jeans, schiebt sie hinunter. Kurz danach folgt mein Slip. Entblößt liege ich vor ihm, und habe mich nie schöner und begehrenswerter gefühlt wie in diesem Moment, in dem ich Sebastians Blick auf mir spüre, bevor er sich selbst aus seiner Jeans schält und er dann da weiter macht, wo er aufgehört hat. Bevor er beginnt, mit seinen Lippen auch meine empfindlichste Stelle zu erforschen. Seine Hand liegt an meiner Hüfte, doch ich lege meine hinein, umschließe seine Finger mit meinen und drücke zu. Mit jeder Welle, die durch meinen Körper jagt, mit jedem leisen, lustvollen Schrei, den ich ausstoße, halte ich seine Hand ein wenig fester.

Unsere Hände bleiben ineinander verschränkt, halten sich die ganze Zeit, auch dann noch, als Sebastian ein Kondom überzieht und in mich eindringt. Die ganze Zeit halten wir die Verbindung, halten uns fest, während wir miteinander verschmelzen und alles voneinander offenlegen. Während jede letzte Mauer fällt.

Kapitel 27

Ich öffne die Augen und lächle sofort. Sebastians Arm ist von hinten um mich geschlungen, sein Atem geht ruhig und gleichmäßig, während draußen noch immer das Unwetter tobt. Es kommt mir vor, als wären Sebastian und ich in einer Blase und die Welt da draußen kann uns nichts mehr anhaben. Vorsichtig drehe ich mich zu ihm. Er sieht friedlich aus, seine Lippen sind zu einem kleinen Schmollmund geformt, während er schläft. Wir liegen so nah beieinander, dass unsere Nasenspitzen sich berühren und ich seinen Herzschlag spüren kann. Und dann küsse ich ihn, ganz sanft nur, um ihn nicht zu erschrecken.

Er lächelt, noch immer die Augen geschlossen. »Ich könnte mich echt daran gewöhnen, so geweckt zu werden.«

»Ich könnte mich daran gewöhnen, neben dir wach zu werden«, erwidere ich und rücke noch ein Stück näher.

Endlich öffnet er die Augen und sieht mich an. »Hast du gut geschlafen?«

Ich nicke. »Wie ein Stein.«

»Das ist schön.« Sebastian streckt sich und richtet sich dann ein wenig auf. Die Bettdecke rutscht an seinem nackten Oberkörper herunter und mein Blick bleibt automatisch an seinen Brustmuskeln hängen.

»Trainierst du eigentlich viel?«

»Ich gehe morgens gerne an der Promenade joggen, um ein bisschen in Form zu bleiben.«

Ein bisschen? Ich muss dem Drang widerstehen, meine Finger wieder über seinen Oberkörper gleiten zu lassen und zuzusehen, wie die Muskeln sich unter meinen Berührungen anspannen.

Sebastian beugt sich zu mir, riecht an meinem Haar, das inzwischen wieder getrocknet ist und seufzt leise. »Wollen wir uns heute hier einigeln?« Passend zu seinen Worten donnert es.

»Ich könnte mir nichts besseres vorstellen.«

»Hast du Hunger? Ich könnte uns etwas zum Frühstücken machen.«

»Hast du denn was da?« Ich richte mich ebenfalls auf. Das T-Shirt, das Sebastian mir zum Schlafen geliehen hat, fällt mir locker über die Schulter.

»Lass mich nachsehen.«

Sebastian steigt aus dem Bett und ich genieße den Anblick, folge ihm mit den Augen, zeichne seine Muskeln nach und erinnere mich an die letzte Nacht. Grinsend kuschle ich mich in die Decke, schnuppere daran und verliere mich kurz in den Erinnerungen, während Sebastian in der Küche nebenan ist.

Sein Haus ist offen gestaltet, mit Bambusverkleidungen und beige-grüner Einrichtung. Es ist geschmackvoll und viel aufgeräumter als in meiner Wohnung.

»Ich könnte uns Rührei machen. Oder Pancakes.«

»Rührei klingt toll.«

Ich steige aus dem Bett und gehe ins Badezimmer, wo ich die zerzausten Haare wieder etwas ordne. Dann streife ich durch das Haus. Auf seiner Kommode steht ein Foto von ihm und Grace. Beide halten sich in den

Armen und grinsen in die Kamera. »Hast du schon immer alleine hier gewohnt, oder ist es das Haus von deiner Mutter?«

»Nein, es ist meins. Es war total heruntergekommen, als ich es gekauft habe. Der Vorbesitzer war lange krank und keiner hat sich um das Grundstück gekümmert, also habe ich alles restauriert.«

Ich sehe aus dem Fenster, auf einen grünen Innenhof mit Steinofen. »Und der Hof?«

»Den habe ihn nur etwas bepflanzt.«

»Das du das überhaupt kannst. Ich war ja schon mit der Neueröffnung vom Café überfordert und da musste ich nicht mal renovieren.«

»Ich mache sowas gern. Bauen, Handwerken. Ich bin nicht immer gut darin, aber bisher hat es trotzdem immer geklappt. Das hat fast etwas Therapeutisches, mit den Händen zu arbeiten.« Ich höre die Kühlschranktür. »Magst du Pilze im Rührei?«

»Oh ja, gerne.«

Ich gehe ins offene Wohnzimmer, von dem ich einen direkten Blick auf die Küche habe. Mein Blick wird geradezu von Sebastian angezogen, der noch oben ohne dasteht und Pilze schneidet. Bei jeder Bewegung spannen sich seine Schultermuskeln zusammen und lassen wieder Hitze in mir hochsteigen. Bilder der letzten Nacht vermischen sich mit einem Gefühl des Angenommenseins.

Nur widerwillig löse ich mich von dem Anblick und lasse meine Hände über die Gitarrensammlung streifen, die neben der Couch steht. Drei Akustikgitarren und eine E-Gitarre mit Verstärker.

»Ich habe dich bisher glaube ich immer nur mit den Akustikgitarre gesehen«, überlege ich laut. »Wie kommt das?«

»Es ist viel praktischer«, antworte er und beginnt, eine Zwiebel zu schälen. »Gerade wenn ich auf der Promenade spiele, wirkt es viel sympathischer, wenn man nicht mit Verstärker und E-Gitarre kommt. Ich persönlich mag es aber auch lieber, die ruhigeren Lieder zu spielen.«

»Darf ich mal?«, frage ich und deute auf die braune Akustikgitarre, die er schon oft mit am Strand hatte.

»Ja klar, probiere dich ruhig aus.«

Ich nehme mir die Gitarre, setze mich damit auf das Sofa und versuche zu spielen. Schiefe, nichtsagende Töne erklingen, die manchmal sogar regelrecht quietschen, als würde man mit Kreide über eine Tafel fahren. Sebastian schaut über die Schulter und verzieht das Gesicht.

»Tschuldigung.« Ich grinse und lege die Gitarre neben mir auf das Sofa. »Musikalisches Talent habe ich wohl nicht.«

»Jeder fängt klein an«, erwidert Sebastian. »Aber das war wirklich ziemlich furchtbar.«

Er lacht auf, ich hingegen funkle ihn an. »Hey, na hör mal. Du warst sicher auch nicht besser bei deinem ersten Versuch.«

»Schwer zu sagen«, schmunzelt er. »Meine Mutter jedenfalls war sofort ein Fan von mir und meiner Musik, aber ich denke, da war viel Höflichkeit dabei. Ich will gar nicht wissen, wie oft sie sich gewünscht hat, mir diese Gitarre nie geschenkt zu haben, wenn ich wieder stundenlang die Wohnung beschallt habe.«

»Na zum Glück wolltest du nicht Schlagzeug lernen.«
Ich stehe auf und gehe weiter, zu neugierig bin ich auf
Sebastians Haus, das mir viel zu lange verborgen geblieben ist. Auch er hat eine Plattensammlung, ähnlich
wie die von meinem Vater, auch wenn sie wesentlich
kleiner ist. Ich sehe die Platte von Bruce Springsteen
und muss unwillkürlich lächeln.

»Ich habe heute Abend noch einen Auftritt in
Dawnshaven. Magst du vielleicht mitkommen?«

»Ja«, sage ich sofort. »Sehr gerne.«

Ich nähere mich Sebastian von hinten und schlinge
meine Arme um ihn. Meine Lippen wandern über seinen Rücken, bis er leise seufzt. »Soll ich dir ein Plakat
basteln und laut deinen Namen kreischen, so wie ein
Groupie?«

»Oh ja, bitte.« Sebastian lacht leise. »Und dann erwarte ich von dir, dass du deine Unterwäsche auf die
Bühne wirfst.«

»Wenn ich welche trage«, sage ich grinsend und genieße es, sein Funkeln in den Augen zu sehen, als er
sich zu mir umdreht. Er zieht mich bestimmt an sich,
aber ohne dabei grob zu sein. Unsere Körper berühren
sich und Hitze schießt in meine Wangen, während ich
daran denke, was er letzte Nacht alles mit seinen Händen gemacht hat. Wie er meinen Körper erforscht und
mich dazu gebracht hat, mich vollends fallen zu lassen.
Seine Lippen legen sich auf meine, stürmisch und
hungrig, aber diesmal lassen wir uns von diesem Sturm
nicht mitreißen, sondern bleiben ihm standhaft. Genießen nur die Gefühlswallungen und die Nähe. Ich seufze
trotzdem auf, als er sanft an meiner Unterlippe knab-
bert.

Dann löst er sich von mir, seine Augen treiben den Sturm in meinem Innern nach außen. »Du bist noch schuld, wenn unser Frühstück nichts wird«, sagt er und legt seine Stirn an meine. »Wir wollen doch nicht, dass mein Rührei so furchtbar schmeckt wie dein Omelett, oder?«

»Idiot«, sage ich und knuffe ihm in den Oberarm. Sebastians Lachen gleicht mehr einem amüsierten Brummen, als er meine Stirn küsst und sich dann wieder der Pfanne zuwendet. Ich hingegen gehe auf das Bücherregal zu, das neben den Gitarren steht. Unzählige Taschenbücher mit tiefen Leserillen, hauptsächlich Thriller und Krimis. »Du magst es wohl gerne düster.«

»Ich liebe Krimis. Ich will immer schon vor dem Ermittler herausfinden, wer der Täter ist.«

»Wie ist deine Erfolgsquote?«

»Sagen wir es mal so: Ich denke nicht, dass ich mich zum Detektiv eigne. Aber ich lese die Bücher trotzdem ständig. Und viele davon spielen hier in Cornwall.«

»Wirklich? Ich dachte immer, Cornwall würde sich mehr für Liebeschnulzen eignen. Oder für Abenteuergeschichten mit Schmugglern und Piraten ... irgendwie sowas.«

»Du kennst wohl unsere Schmugglerhöhle, was? Warst du schon drin? Ich wollte sowieso noch mit dir dahin, wegen der Schnitzeljagd.«

»Das kannst du dir sparen. Da ist kein Brief.« Ich gehe zu ihm in die Küche und setze mich auf einen der Stühle, die Füße auf der Sitzfläche und die Knie umschlungen. In der Küche breitet sich bereits der Duft von gebratenem Ei aus.

Sebastian wirft mir über seine Schulter hinweg einen Blick zu. »Dann warst du schon da? Auch in dem versteckten Teil?«

Unruhig drängt sich mein Herz gegen die Brust, während ich mich innerlich wieder in die Höhle begebe. »Was für ein versteckter Teil?«, frage ich. Ich erinnere mich nicht daran, auf irgendein Versteck gestoßen zu sein.

»Ganz hinten gibt es eine kleine, schmale Öffnung. Wenn man sich dort reinzwängt kommt man in einen zweiten Höhlenraum.«

»Was? Das habe ich gar nicht gesehen«, sage ich aufgeregt und übertrage die Unruhe meines Herzens auf meinen gesamten Körper. Plötzlich ist alles in mir in Aufruhr und will mehr erfahren. »Wieso hat Lydia denn nichts gesagt?«

»Vermutlich wusste sie gar nichts darüber. Soweit ich weiß, wissen nur eine Handvoll Leute davon. Matt hat ihn damals entdeckt, aber er hat das Geheimnis nur mit seinen engsten Leuten geteilt.«

Er sagt es so beiläufig, dass ich erst denke, mich verhört zu haben, zumal ich noch in meiner Aufregung gefangen bin. Ich richte mich auf und sehe gedankenverloren zu, wie Sebastian die Pilze in die Pfanne haut. Seine Boxershorts hängt verführerisch auf seinem Hüftknochen.

Ich runzle die Stirn, während ich mir seine Worte nochmal durch den Kopf gehen lasse. »Woher weißt du es dann?«, frage ich.

»Woher weiß ich was?«

»Woher wusstest du, dass Matt es entdeckt hat, wenn er daraus so ein Geheimnis gemacht hat? Ich dachte ...«

Ich schlucke schwer. »Ich dachte, du kennst ihn nur von ein paar Auftritten im Café?«

Bilde ich mir das ein oder erstarrt Sebastian? Er dreht sich zu mir um, sein Blick ist flehend. Er wirkt ertappt, und mein Herz sackt in die Tiefe.

»Was verschweigst du mir?«, frage ich. Druck sammelt sich auf meinem Brustkorb, meine Atmung wird schwerfälliger.

»Hör zu, Riley.«

Ich lache unwillkürlich auf. »Sätze, die so anfangen, sind niemals gut.«

»Ich … ich habe gelogen. Ich kannte Matt. Ziemlich gut sogar.«

Ich starre ihn an, versuche die Information zu verarbeiten. Sein Gesicht verschwimmt vor meinen Augen, während ich immer mehr ins Nichts gucke und endlich seine Worte in mir aufnehme.

Sebastian dreht den Herd herunter, stellt die Pfanne von der heißen Platte und geht zu mir, aber ich kann seine Nähe gerade nicht ertragen.

»Setzen wir uns«, sagt er flehend und zeigt aufs Bett. »Bitte.«

Ich schüttle überfordert den Kopf. Ich kann jetzt nicht neben ihm sitzen, wissend wie nah wir uns gekommen sind, wenn alles auf einer Lüge aufgebaut war.

»Ich habe dir vertraut«, sage ich und wünschte, meine Stimme würde Stärke zeigen, aber ich höre nur meine tiefe Enttäuschung heraus. »Ich habe dir von den Briefen erzählt und zugelassen, dass du mir hilfst. Das alles habe ich gemacht, um meinen Vater kennenzulernen. Du wusstest, wie sehr ich mir Antworten gewünscht habe. Und jetzt sagst du mir, dass du ihn gut kanntest und ich bei dir alle Antworten bekommen hätte? Willst du mir das sagen?«

»Riley. Matt wollte, dass du diese Schnitzeljagd machst.«

»Dann wusstest du vorher davon? Hast du ihm geholfen, das Album bei mir zu verstecken? Hast du die ganze Zeit gewusst, wo ich welche Briefe finde?« Meine Stimme überschlägt sich. Der noch nicht verarbeitete Verrat meiner Mutter treibt an die Oberfläche, direkt neben diesen neuen Verrat. Ausgerechnet von Sebastian, demjenigen, dem ich mein Herz ausgeschüttet habe. Diese Lüge schmerzt, es bringt das Fass zum Überlaufen und meinen Geist dazu, durchzudrehen.

»Nein«, sagt Sebastian. »Natürlich nicht. Ich habe das erste Mal von den Briefen gehört, als du mir davon erzählt hast.«

Ich wünschte, ich könnte ihm glauben.

Fiebrig springe ich vom Stuhl auf und sammle meine Klamotten vom Fußboden auf. Unfassbar, dass ich Sex mit ihm hatte. Unfassbar, dass ich ihm alles von mir gegeben habe – meinen Körper, mein Vertrauen ... meine Liebe. Er hätte so viele Chancen gehabt, mir zu sagen, dass er meinen Vater kannte, aber er hat es nicht gemacht. Auch gestern nicht. Nicht nach dem Kuss, nicht nach unserer Nacht.

»Wohin willst du?«, fragt Sebastian. »Bitte, lass uns doch reden.«

»Auf einmal willst du reden? Nachdem du solange geschwiegen hast?« Ich schüttle den Kopf. »Ich muss weg und den letzten Brief finden«, sage ich, denn in meinem Kopf ist nur noch dafür Platz. Es ist ein Mechanismus, mein Sicherheitsventil. Wenn ich mich auf den letzten Brief konzentriere, dann kann der Verrat mich nicht in das Loch ziehen, das sich gerade vor mir auftut. Ich kann und will mich nicht damit auseinandersetzen. Ich muss einfach irgendetwas tun, also suche ich jetzt diesen verdammten Brief. Ich schlüpfe in Jeans und Schuhe, Sebastian sieht gehetzt zu mir.

»Was? Riley, du kannst jetzt nicht in die Höhle. Nicht bei dem Wetter.« Er versucht mich festzuhalten, aber ich kämpfe mich los.

»Sag du mir nicht, was ich tun soll!«, fahre ich ihn an. Nach dem, was er getan hat, hat er kein Recht mehr dazu, mir irgendwelche freundschaftlichen Ratschläge zu geben. Wir sind offensichtlich keine Freunde. Kein Liebespaar. Wir sind Nichts.

Ich renne raus in den Regen, der mir schon nach wenigen Sekunden die Sicht raubt. Oder sind es die Tränen, die mir unkontrolliert die Wangen hinunterlaufen? Die ganze Welt verschwimmt vor meinen Augen, aber im Innern zerbricht sie. Die ganze Welt, die Zukunft, die ich mir mit Sebastian ausgemalt habe. Mein Zuhause, das ich vor meinem inneren Auge in Seagulls gesehen habe. Alles ist vernichtet, mit einer Lüge, mit einem Verrat. Ich steige blindlings in meine VW Beetle und fahre los.

Kapitel 28

Das Meer wütet, genau wie ich. Ich sehe hinaus auf die hohen Wellen und fühle mich merkwürdig verstanden von dieser Gewalt, als würde das Wasser von der Kraft meiner Gefühle angestachelt werden. Ich fühle mich so verraten. Wie konnte Sebastian mir die ganze Zeit verschweigen, dass er meinen Vater näher kannte? Wie konnte er mich küssen und mit mir schlafen, obwohl er mir so etwas vorenthalten hat? Wochenlang haben wir zusammen nach den Briefen gesucht, er war der Erste, dem ich mich hier in Seagulls voll und ganz geöffnet habe, und er erwähnt seine Beziehung zu meinem Vater nicht mit einem Wort? Er sitzt einfach nur da und schweigt? Tränen rinnen noch immer über mein Gesicht, während ich hinaus auf die raue See blicke. Dann wandert mein Blick weiter zu der Höhle und die Entschlossenheit, die ich bei meiner Abfahrt verspürt habe, ist wieder da. Ich werde diesen Brief finden. Dafür brauche ich Sebastian nicht.

Der Eingang zur Höhle ist diesmal umspült, aber es könnte mir nicht gleichgültiger sein. Ich schwimme darauf zu, verbissen und wütend, fokussiert auf das einzige, das mir noch helfen kann. Wellen zerren an mir, aber ich finde Halt auf dem Sand, der in der Höhle liegt und taste mich voran, bis ich den versteckten Zugang zum zweiten Höhlensystem finde. Wie konnte ich ihn beim letzten Mal übersehen? Er ist schmal, jemand der

breiter ist als ich würde nur mit Müh und Not hineinpassen, aber nun, wo ich weiß, dass der Eingang dort
ist, ist er gut ersichtlich. Ich gleite durch den Felsspalt
und gelange in eine zweite, viel kleinere Höhle. Es ist
finster. Ich habe mein Handy im Auto gelassen, also
bleibt mit nichts anderes übrig, als die Felsen blind abzutasten. Mich umgibt Sille, die nur von den Wellen
durchbrochen wird, die gegen den Höhleneingang pre-
schen. Immer wieder schweifen meine Gedanken zu
Sebastian, aber ich dränge sie zurück und versuche
mich nur auf meinen Vater und den Brief zu konzentrieren. Er muss einfach hier sein.

Ich taste die Wände ab, mit jeder Sekunde, die ver-
streicht, werde ich nicht nur unruhiger, sondern auch
emotionaler. Die Geschehnisse des Tages fordern ihren
Tribut, meine Augen sind längst schwer und ich spüre
den Verrat und den Kummer wegen Sebastian aus mir
herausbrechen. Ich schreie auf, meine Wut hallt von
den Wänden nieder. Immer und immer wieder. Die
Tränen sind nun unkontrollierbar, während ich mich
im Sand niederlasse und mich hilflos und allein fühle.
Ein Teil von mir wünscht sich in diesem Moment, niemals nach Seagulls gekommen zu sein. Niemals meinen Vater derart in mein Herz und niemals Sebastian
dorthinein gelassen zu haben. Meine Hände krallen
sich in den Sand unter meinen Fingern. Bis ich es etwas
spüre. Einen kleinen Hacken, an dem eine Schnur befestigt ist, die in den Sand führt. Es könnte alles sein,
vielleicht Überbleibsel von Jungs, die hier gespielt haben. Aber ich knie mich sofort hin und beginne zu bud-
deln.

Ich grabe solange, bis das, was an der Schnur befestigt ist, sich endlich nach oben befördern lässt. Es ist eine kleine Holzkiste, federleicht, als wäre sie leer. Oder als wäre dort ein Brief versteckt? Mein Herz rast bei dem Gedanken, aber die Höhle ist zu dunkel, um das zu überprüfen. Ich muss zurück an den Strand, um sicherzugehen, dass es wirklich von meinem Vater ist.

Mit der Truhe in der Hand husche ich wieder durch die Öffnung, hinein in den vorderen Höhlenbereich und erstarre. Wasser umspielt meine Knöchel, die Wellen sind während meiner Suche immer tiefer in die Höhle gedrungen. Ich sehe hinaus und erkenne nur Wassermassen, die auf mich zurollen. Meine Finger klammern sich um die Holztruhe wie um einen Rettungsring. Ich gehe auf den Eingang zu, das Wasser steigt immer höher. Meine Füße verlieren mit jeder Welle etwas mehr Halt auf dem Sandboden. Ich habe keine andere Möglichkeit, als zu schwimmen – raus aus der Höhle bis zum Strand. Blitze schnellen über den Himmel, kurz sehe ich alles um mich herum, dann folgt ein Donnergroll, bei dem ich Angst habe, die Höhle könnte einstürzen. Angst erfüllt mich und verdrängt alle anderen Gefühle, die eben noch auf mich eingeprasselt sind. Die kleine Holztruhe hindert mich daran, sichere Schwimmzüge zu machen, aber ich traue mich nicht, den Griff auch nur ein wenig zu lockern.

Doch ich komme nicht von der Stelle. Mit jeder Welle werde ich wieder ein Stück Richtung Höhleneingang geschwemmt, egal wie viel Kraft ich aufwende. Die Wellen werden immer stürmischer, die Blitze erhellen in Sekundentakt den Himmel. Das Gewitter ist direkt über mir. Erst in diesem Moment fällt mir auf, in wieviel Gefahr ich mich gerade begeben habe: Das Wasser, die Blitze, die Strömung, mit der ich niemals gerechnet habe und die mich nun immer weiter in Richtung der Felsen drängt. Panik steigt in mir auf, nicht langsam, sondern schnell und unkontrollierbar. Ich versuche, zurück zum Höhleneingang zu gelangen, aber ich habe einen Drall nach rechts, genau auf die massive Höhlenwand vor mir. Halt auf dem Boden zu finden, gelingt mir nicht, dafür sind die Wellen zu stark.

»Riley?«

Über das Toben des Meeres höre ich meinen Namen. Oder ist das nur mein Gehirn, das mir einen Streich spielen will? Klammere ich mich an einen Strohhalm der Hoffnung, der nicht da ist?

»Ich bin hier!«, rufe ich. »Hilfe!«

Meine Antwort wird mir zum Verhängnis, als eine Welle mich überrascht und unter Wasser zieht. Plötzlich sehe ich nur noch blau, dann weiß, sehe Fels und Wasser, sehe Licht und Dunkelheit und gleichzeitig sehe ich nichts davon richtig. Dafür geht alles zu schnell. Meine Finger krallen sich an die Truhe, während ich versuche, die Orientierung wiederzuerlangen und wieder über Wasser zu kommen. Doch ich schaffe es nicht. Mein Kopf knallt gegen den Felsen vor mir, so stark, dass ich kurz benommen bin. Ich spüre, wie ich den Griff locker und mir die Truhe aus der Hand gleitet. Mein letzter Gedanke gilt meinem Vater und seinem Brief, der gerade auf den Meeresboden sinkt, als ich in Dunkelheit zu fallen scheine.

Kapitel 29

Sebastians Stimme dringt nur gedämpft zu mir. Orientierungslos lasse ich mich von dem Geräusch treiben, bis ich seine Hand auf meiner Wange spüre. Es ist diese Berührung, die mich zurückholt. Als ich die Augen aufschlage, kniet er über mir. Noch immer erhellen Blitze den Himmel. Ich liege am Strand, die Höhle und das aufbrausende Meer werden von Sebastians Körper abgeschirmt. Wasser tropft von seinem Körper, seine Kleidung ist durchtränkt.

»Geht es dir gut?«, fragt er.

»Was ist passiert?« Ich will mich aufsetzen, doch er hindert mich mit sanftem Druck daran.

»Ruh dich noch einen Moment aus. Bitte.«

Ich nicke, Schmerz zuckt durch meinen Kopf.

»Tut es weh?« Sebastian mustert mich besorgt. »Ich glaube, du hast dir den Kopf gestoßen. Als ich gekommen bin, warst du unter Wasser. Ich dachte schon ...« Er schluckt hörbar.

»Danke«, sage ich. »Für die Hilfe.« In meinem Kopf sortieren sich die Erinnerungen. Bilder vom Wasser und von dem Brief. Die Truhe. Der Gedanke daran ist der erste, der völlig klar ist. Ich sehe mich um, doch die kleine Truhe ist nicht hier. »Ich habe sie wirklich fallen gelassen«, murmle ich entgeistert. »Wie konnte ich sie einfach fallen lassen?«

»Was?«, fragt Sebastian irritiert.

»Die Truhe mit dem Brief. Ich habe sie am Höhleneingang im Meer verloren.«

»Dann war der letzte Brief wirklich hier?« Sebastian fährt sich über den Mund, er sieht müde aus. »Das war es trotzdem nicht wert, dafür dein Leben zu riskieren. Jeder hier weiß, dass diese Höhle bei Unwetter zu einer Falle wird.«

»Nicht die Leute, die hier nicht aufgewachsen sind«, erinnere ich ihn erschöpft.

»Ich hätte dich aufhalten sollen.«

»Das hättest du nicht geschafft«, sage ich. Plötzlich spüre ich wieder Schmerz, aber diesmal hat es nichts mit meiner Kopfverletzung zu tun. Der Verrat, alles, was zwischen Sebastian und mir vorgefallen ist, kommt wieder zurück, genau wie das Wasser zuvor überrollt es mich. Welle für Welle. Sebastian scheint es mir anzusehen, denn er seufzt schwer.

»Kann ich es dir bitte erklären?« Das Flehen seiner Stimme zu hören ist schwer.

»Ich weiß nicht, ob es das besser macht«, antworte ich. »Du hattest so viele Gelegenheiten mir davon zu erzählen. Wieso hast du es nicht getan?«

»Am Anfang warst du eine Fremde. Und ganz ehrlich? Es hat mich sehr verletzt, herauszufinden, dass Matt eine Tochter hatte.« Er sieht mich gequält an. »Der Freund meiner Mutter, die Beziehung wegen der sie weggezogen ist –«

»War Matt?«, rate ich.

Sebastians Nicken schnürt mir die Kehle zu. Blicke fallen mir wieder ein, Blicke, bei denen ich dachte, Sebastian hätte etwas zu sagen. Momente, in denen ich gemerkt habe, dass ihn etwas beschäftigt hat. Die ganze

Zeit war der Mann, der seine Mutter verletzt, der Mann, den er selbst als Vater gesehen hat, *mein* Vater. Matthew Pommeroy. Wie zur Hölle konnte er das für sich behalten?

»Vierzehn Jahre«, sage ich nachdenklich. »Als ich erzählt habe, dass mein Vater mich vor vierzehn Jahren entdeckt hat, hat dir diese Zahl etwas gesagt, richtig?«

»Es war ungefähr die Zeit, in der er meine Mutter verlassen hat«, bestätigt er mit brüchiger Stimme.

Ich starre ihn an, pure Enttäuschung überkommt mich. »Im Leuchtturm habe ich dich gefragt, ob du etwas weißt, und du hast nichts gesagt. Nichts!«

»Ich musste das alles erstmal begreifen. Es war nicht leicht, auch für mich nicht. Matt war der Vater, den ich haben wollte. Du verstehst nicht, wie es für mich war. Meine Mutter war die erste und einzige Frau, die dein Vater näher an sich herangelassen hat. Ich war fünf Jahre, als sie zusammengekommen sind. Es muss kurz nach dem Abenteuer mit deiner Mutter gewesen sein und ich, der nie ein enges Verhältnis zu meinem leiblichen Vater hatte, konnte endlich von einer Familie träumen. Und Matt war großartig. Er ist mit mir Angeln gegangen, hat mit mir Fußball gespielt. Wir haben zusammen Musik gehört und er war es, der mir meine erste Gitarre geschenkt und die Liebe zu den Bands aufgebaut hat. Er war mein Vorbild. Der Mann in meinem Leben. Und dann hat er meine Mutter von heute auf morgen verlassen. Und mich.« Sebastian fährt sich durch das nasse Haar. »Verstehst du? Es hat mich total verletzt, dass er plötzlich nicht mehr da war. Nicht mehr richtig. Meine Mutter und er haben sich nur noch gestritten, jahrelang haben wir das Café gemieden und nicht mehr über Matt geredet, aber ich hatte immer Sehnsucht nach ihm. Nach dieser Vaterfigur. Meine Mutter ist irgendwann weggezogen, sie hat das mit Matt nie überwunden und ich habe angefangen, hin und wieder im Café aufzutreten. Ein verzweifelter Versuch, wieder eine Bindung aufzubauen, aber es hat nicht funktioniert. Ich war noch zu wütend … und Matt … er hatte sich irgendwie distanziert. Er wurde noch eigenbrötlerischer als früher. Eine Zeit lang, vor ein paar Monaten, dachte ich, es hätte vielleicht an dem Tumor gelegen. Daran, dass er wusste, dass er sterben würde, verstehst du? Aber jetzt denke ich, es hat angefangen, als er herausgefunden hat, dass es dich gibt. Kurz nachdem er diesen Artikel gefunden haben muss, ist er ohne uns verreist. Es war das erste Mal, dass er das Café mal eine Zeit lang geschlossen hatte. Als er wiederkam war er anders. Er hat mich nicht mehr so oft in den Arm genommen und war immer öfter abwesend – sowohl physisch als auch mental. Dann hat er uns verlassen.«

»Das tut mir leid«, sage ich ehrlich. »Aber das erklärt nicht, wieso du es mir nie gesagt hast. Ich hätte ein Recht darauf gehabt, es zu erfahren. Du wusstest, wie wichtig es mir war, meinen Vater kennenzulernen.«

»Es tut mir leid. Ich weiß, dass es falsch war, nichts zu sagen. Als du mich dazu beauftragt hast, die Briefe zu suchen, war ich egoistisch. Ich wollte wissen, was Matt dir zu sagen hatte und so endlich auch Klarheit für mich finden. Und ich denke, ich war auch etwas neidisch.«

»Worauf?«, frage ich.

»Darauf, dass er dir alles vererbt und an mich nicht mal gedacht hat. Darauf, dass er dich mir vorgezogen hat.«

»Das hat er doch gar nicht.«

»Aber sobald er wusste, dass es dich gibt, hat er mich fallengelassen.«

»Wenn du das so formulierst, klingt es so, als sei Matt herzlos gewesen.«

»Für mich hat es sich ja auch so angefühlt. Was aber nichts an der Tatsache geändert hat, dass ich ihn geliebt habe.«

»Du hattest keinen Grund neidisch zu sein«, sage ich aufgebracht. »Du hattest eine Beziehung zu ihm. Du kannst auf gemeinsame Erinnerungen zurückgreifen und darin schwelgen. Ich habe nichts davon. Nichts! Ich hatte nur Fragen. Fragen, auf die du eine Antwort hättest haben können.«

Sebastian fährt sich unsicher durch die Haare, sein Gesicht wirkt gequält. »Es tut mir so leid. Könnte ich die Zeit zurückdrehen, würde ich es tun. Als ich angefangen habe, dir mit den Briefen zu helfen, hätte ich doch nie gedacht, dass ich mich in dich verlieben würde. Das war nicht geplant. Als ich gemerkt habe, dass ich Gefühle für dich entwickle, und diese Schnitzeljagd immer mehr vergessene Erinnerungen an Matt hervorgerufen hat, habe ich versucht, aufzuhören. Aber dann bist du zu mir an den Strand gekommen.« Er schluckt schwer, seine Augen schwimmen in Tränen. »Du hast gesagt, dass du mich brauchst. Und da wusste ich, dass es zu spät ist, um umzukehren. Dass es zu spät ist, um aufzuhören, dir zu helfen. Weil ich dich genauso brauche. Wir beide gehörten längst zusammen.«

Mein Herz hämmert gegen meine Brust, obwohl ich es gar nicht will. Ich will nicht so auf seine Worte reagieren. Nicht, solange ich noch wütend bin. Er hat mich enttäuscht. Aber seine Worte bringen mich trotzdem dazu, ihn anzusehen. Direkt in die Augen, die mich regelrecht anflehen.

»Ich habe mich in dich verliebt, Riley. Und ab dem Moment, in dem meine Gefühle immer stärker wurden, gab es kein Zurück mehr. Plötzlich wusste ich, dass der Punkt, an dem ich die Wahrheit hätte erzählen können, überschritten war. Ich ... ich wollte dich nicht verlieren, also habe ich nichts gesagt. Es tut mir leid.«

Obwohl mein Herz nach ihm ruft, obwohl es mich dazu drängt, meine Hand zu nehmen und ihm die kleinen Sorgenfalten auf der Stirn fortzuwischen, bleibe ich einfach sitzen. Der Verrat überdeckt all diese warmen Gefühle, die an die Oberfläche treiben wollen. Der Verrat ist zu stark, und gemeinsam, mit der Erkenntnis, die mich in diesem Moment trifft, lässt sie mich frösteln. Eine Eisschicht scheint mitten durch mein Herz zu fahren.

»Die Leute hier in Seagulls kennen sich«, sage ich. Meine Stimme klingt merkwürdig monoton, als hätte die Erschöpfung, die ich gerade spüre, auch meine Stimmbänder erreicht. »Das heißt alle wussten, welche Rolle du in Matts Leben gespielt hast. Richtig?« Ich warte seine Antwort nicht ab. »Charlie wusste es.« Ich atme tief ein, sammle Kraft, obwohl alles in mir gerade zu zerbrechen droht. »Und Lydia muss es auch gewusst haben.«

»Ich habe Lydia gebeten, dass sie erstmal nichts sagen soll.«

»Aber sie ist meine Freundin. Das dachte ich jedenfalls.«

»Das ist sie«, erwidert Sebastian sofort.

»Nein. Was immer ich dachte, hier in Seagulls gefunden zu haben, ist aufgebaut auf Lügen.« Tränen beißen in meinen Augen. »Weißt du, wie es sich anfühlt, wenn alle Leute dir etwas verheimlichen? Wenn dich jeder verrät, dem du vertraust? Meine Mutter ... Charlie ... Lydia ... Du.« Das letzte Worte flüstere ich, aber die Energie, die ich dafür aufbringen muss, ist so groß, als hätte ich ihn angeschrien.

Sebastians Hand legt sich um meinen Arm. Sanft, aber bestimmend genug, um mir zu zeigen, was er will. Etwas das ich ihm nicht geben kann. Ich kann nicht mehr reden, ihn nicht mehr sehen.

»Seagulls ist nicht mein Zuhause«, wispere ich unter Tränen und reiße mich los. Dann laufe ich davon, zurück zu meinem Auto. Ich höre Sebastian nach mir rufen, aber ich kann nicht stehenbleiben. Das alles hier war ein Fehler. Ich hätte niemals nach Seagulls kommen sollen. Matt mag in diesem Ort einen Ruhepol gefunden haben, aber für mich ist es nur ein Ort des Schmerzes.

Kapitel 30

Meine Finger beben, während ich aus dem Auto steige und auf das Café zugehe. Die Flammen in meinem Innersten lodern so stark, dass ich das Gefühl habe, längst zu verbrennen.

»Riley.« Lydia tänzelt auf mich zu, in der Hand noch eine leere Kaffeetasse. »Wie war dein Date? Du hast noch die gleichen Klamotten an. Oh mein Gott, da lief was, oder? Ich fasse es nicht. Aber wieso bist du nass?«

»Das Café ist geschlossen«, sage ich laut und ernte damit verwunderte Blicke.

»Was redest du denn da?« Lydia mustert mich besorgt. »Das Geschäft läuft heute super.«

»Das Café ist geschlossen«, wiederhole ich. »Alle raus hier!«

Charlie kommt auf mich zu, ihm in die Augen zu sehen schmerzt noch mehr als der Anblick von Lydia. Mein Herz zieht sich beinah schmerzhaft zusammen, der Druck in meiner Brust vergrößert sich. Spuren des Verrats.

»Was ist denn los?« Seine Stimme ist väterlich und macht alles nur noch schlimmer.

»Ihr zwei«, harsche ich sie an. »Ihr geht auch.«

Lydia schüttelt den Kopf. »Erst wenn du mir sagst, was mit dir los ist.«

»Ich verschwinde von hier, das ist los«, zetere ich, obwohl die Gäste noch nicht gegangen sind. Die ersten rücken ihre Stühle zurecht, aber einige sitzen noch immer an ihrem Platz und glotzen mich an. Eine Tatsache, die mich nur noch wütender macht.

»Ja«, schnauze ich sie an. »Guckt nur. Guckt alle zu, wie ich mich hier zum Vollhorst mache. Das genießt ihr doch schon seit Wochen, oder? Mir dabei zuzusehen, wie ich einem Traum von einem Mann hinterherjage, den ich nicht kenne und wie ich zu dumm bin, um zu kapieren, dass mich alle anlügen.«

»Was ist denn los? Hattest du Streit mit Sebastian?« Lydia berührt mich an der Hand, eigentlich eine freundliche Geste, aber es fühlt sich in der Kombination mit Sebastians Namen an wie ein Schlag ins Gesicht.

»Fass mich nicht an«, zische ich und gehe einen Schritt nach hinten. »Tu nicht so als wären wir Freunde.«

»Aber wir sind Freunde.« Tränen schimmern in Lydias Augen, aber meine eigene Sicht ist auch längst verschwommen. Ich kann nicht mehr.

»Wir sind keine Freunde.« Ich hasse es, dass meine Stimme bricht. Als ich geschrien habe, fühlte ich mich stark und überlegen, aber nun kann ich nicht mehr verbergen, wie verletzt ich bin. Vor all diesen Leuten, unter den Blicken von Charlie und Lydia, fühle ich mich nackt und verletzlich. »Wärst du meine Freundin, hättest du mir nicht verschwiegen, dass Sebastian und Matt so etwas wie eine Familie waren. Du hättest mich nicht dazu ermutigt, mich in ihn zu verlieben, obwohl du wusstest, dass er mich die ganze Zeit belogen hat. Ich habe dir gesagt, dass ich Angst davor habe, er könnte mir das Herz brechen. Ich habe dir anvertraut, wie verletzlich ich bin und du hast in diesem Moment genau an diese Lüge gedacht, richtig? Deswegen hast du danach deine Worte so sorgfältig ausgewählt. Du hast nicht bestätigt, dass er mich nicht verletzen würde, sondern hast nur gesagt, dass Sebastian ein guter Mensch sei. Spätestens da hättest du etwas sagen müssen, aber du hast geschwiegen. Und damit sind wir keine Freunde.«

»Du verstehst das nicht«, sagt Lydia weinerlich. Tränen hinterlassen Mascara-Schlieren auf ihrer hellen Haut.

»Nein, *du* verstehst nicht«, erwidere ich aufgebracht. »Ich bin hierhergekommen, um Antworten zu finden und meinen Vater kennenzulernen. Das wusstest du. Du warst die Erste, der ich mich anvertraut habe und du wusstest, dass Sebastian und ich uns angefreundet haben. Du wusstest, dass er Antworten hatte. Er hätte mir von Matt erzählen können ... es hätte mir geholfen, meinen Vater kennenzulernen.«

»Aber Sebastian hätte dir niemals Antworten geben können«, sagt nun Charlie. »Nicht wirklich. Der Junge war in den letzten Jahren so voller Hass, wenn es um Matt ging. Er hat es immer versucht zu verbergen, aber jeder von uns wusste, wie verletzt er tief im Innern war, weil Matt nach der Trennung nicht weiter zu ihm gehalten hat. Niemand von uns konnte ahnen, dass ihr euch so nah kommt. Für uns alle war klar, dass er dir mit größter Skepsis begegnen würde, immerhin bist du Matts leibliche Tochter, während er nicht mal mehr sein Ziehsohn war. Wir dachten, wir würden dich schützen, wenn wir es nicht sagen. Du hattest es nicht verdient, Matt nur durch die Augen eines verletzten Mannes zu sehen.«

»Aber Lügen habe ich verdient? Nachdem meine Mutter mich schon mein Leben lang belogen hat?«, frage ich an Charlie gerichtet. »Alles, was ich wollte, alles, was ich wirklich verdient habe, ist die Wahrheit.«

Lydia schluchzt auf. »Riley, es tut mir leid.«

»Mir auch«, sage ich nun wieder harsch. »Aber ich weiß nun genug über diesen Ort und die Menschen hier. Genug, um zu wissen, dass dies nicht mein Zuhause sein kann. Ich verschwinde. Heute noch.«

»Lass uns doch in Ruhe reden.«

»Nein. Es verlassen jetzt auf der Stelle alle den Laden. Sofort! Und dann bin ich hier weg. Ein für alle Mal.«

Ich drehe mich um und stapfe die Treppe hoch. Kurz rechne ich damit, jemand würde mich aufhalten oder mir nachgehen, aber ich höre nur noch Lydias Schluchzen und das Läuten der Türglocke.

Die Tür vom Apartment fällt hinter mir ins Schloss und in diesem Moment spüre ich, wie die Wucht mein Herz zerspringen lässt. Meine Mutter, Charlie, Lydia, Sebastian. Vier Leute denen ich dieses Herz und mein Vertrauen geschenkt und die es missbraucht haben. Ich drohe ebenfalls zu zerbrechen, alles in mir zieht sich zusammen. Tränen laufen mir inzwischen pausenlos über die Wangen. Aber ich kann es nicht zulassen. Nicht jetzt, nicht hier. Ich renne regelrecht zum Kleiderschrank, hole meine Reisetasche daraus hervor und schleudere mein Hab und Gut in Rekordgeschwindigkeit hinein, nur noch getrieben von dem Wunsch das alles hinter mir zu lassen und so zu tun, als wäre nie etwas passiert. Als wäre ich nie hier gewesen. Auch wenn der Gedanke, damit meinen Vater zu verraten, ebenso groß ist, wie es die Trauer und die Wut über die Erkenntnisse des heutigen Tages sind. Meine Finger greifen automatisch zu dem Fotoalbum, das auf meinem Nachtisch gelegen hat. Unwillkürlich schlage ich es auf und sehe auf die sechs Briefe, die ich dort drin verwahrt habe. Es ist der Moment, in dem ich tatsächlich zusammenbreche. Tränen, die eben noch kontrollierbar waren, werden nun zu einer unaufhaltsamen Flut, angetrieben von meinem Schluchzen und dem Ziehen meines Herzens.

»Ich kann es nicht«, sage ich zu dem Fotoalbum, aber ich hoffe, dass mein Vater es hören wird, egal wo er sein mag und von wo er mir zusieht. »Ich liebe dich, das habe ich bereits entschieden, aber Seagulls kann nicht mein Zuhause sein. Ich kann nicht hierbleiben.« Ich schluchze auf und rolle mich auf dem Bett zusammen. Dort weine ich, wie es mir vorkommt stundenlang, ehe mein Schluchzen irgendwann verebbt und nur noch ein stetiges Zittern meines erschöpften Körpers dazukommt. »Bitte sei nicht enttäuscht von mir«, flüstere ich, ehe ich die Augen schließe und mich meiner Erschöpfung hingebe.

Als ich aufwache, bin ich kurz orientierungslos. Einen wundervollen, aber flüchtigen Moment denke ich, alles nur geträumt zu haben, bis ich die gepackte Reisetasche neben dem Bett entdecke. Schlagartig ist alles wieder da. Die Erinnerungen. Der Schmerz. Und auch die Erkenntnis, dass ich nicht weiß, wie es weitergehen soll. Ich kann nicht in Seagulls bleiben, aber zurück nach London, in die Nähe meiner Mutter, zu fahren, ist genauso unvorstellbar. Ich habe keinen Heimathafen mehr, keinen Ort, zu dem ich gehen kann. Keine Menschen, kein Vertrauen. Übrig bleiben nichts als Scherben.

Ich nehme das Album, das noch immer neben mir im Bett liegt und packe es behutsam in meine Tasche, ehe ich sie nehme und durchatme, auch wenn ich das Gefühl habe, meine Brust würde immer enger werden. Hier in Seagulls scheine ich nicht fähig zu sein, noch einen klaren Gedanken zu fassen und neue Orientierung zu gewinnen. Ich muss erstmal hier weg, mir irgendwo zwischen Seagulls und London ein Motelzimmer nehmen und in Ruhe Abstand gewinnen, um zu überlegen, wie es weitergehen soll.

Ich werfe einen letzten Blick auf das Apartment und die dunklen Möbel, lasse meinen Finger kurz über den Esstisch streifen, bis ich das Brennen in meinen Augen nicht mehr ertrage. Noch eine Sekunde mehr und ich verliere mich wieder in den Tränen. Es wird Zeit, mich von der Illusion eines Zuhauses zu verabschieden.

Die Reisetasche über der Schulter gehe ich die Treppe hinunter und durch den Hinterausgang, ohne das Café noch einmal anzusehen. Ich öffne die schwere Metalltür, hinter der mein VW Beetle auf seinem Stehplatz steht, aber soweit komme ich gar nicht. Direkt vor der Tür liegt die kleine Holztruhe, die ich bereits verloren geglaubt hatte. Meine Wut wird bei dem Anblick kurz fortgespült, mitgerissen von Tränen, die diesmal Hoffnung und Glück geschuldet sind. Ich dachte, die Worte meines Vaters für immer auf dem Grund des Meeres verloren zu haben. Niemals hätte ich gedacht, diese

Truhe nochmal zu sehen. Ich drehe sie in meiner Hand, betrachte sie von allen Seiten. Sie ist es unverkennbar.

Kurz löse ich meinen Blick von ihr und sehe mich um, doch niemand ist hier. Derjenige, der mir die Truhe hierhergelegt hat, ist bereits weg. In meinem Innern weiß ich sofort, wer es war. Mein Herz meldet sich schlagartig, aber ich dränge dieses positive Gefühl zurück. Sebastian war der Einzige, der von der Truhe wusste, also hat er sie gerettet. Aber das macht seine Lügen nicht ungeschehen.

Ich öffne meine Reisetasche, nehme ein Shirt heraus und wickle die Truhe behutsam hinein, ehe ich es wieder in der Tasche verstaue und mich in meinen Wagen setze. Ich kämpfe erneut mit Tränen, das Gefühl von Verlust zerrt an mich, während ich einen Blick auf das Haus vor mir werfe. Ein Teil von mir will diesem Ort und den Menschen hier nicht den Rücken zuwenden, will nicht akzeptieren, was geschehen ist. Aber der andere Teil, der, der von dem Verrat enttäuscht und verletzt ist, wiegt stärker. Also starte ich den Motor und fahre los, verlasse die verwinkelten Gassen von Seagulls, fahre vorbei an den Leuchttürmen, bei denen meine Reise begonnen hat und verlasse Cornwall.

Kapitel 31

Die Tapete vom Motelzimmer ist senffarben und hat hunderteinundzwanzig bordeauxfarbene Rauten. Inzwischen starre ich schon so lange darauf, dass sie vor meinen Augen verschwimmen. Mein Kopf rast, schon seit Tagen wandle ich zwischen Ermüdung und Ruhelosigkeit. Meine Augen sind durch die vergossenen Tränen längst geschwollen. Früher habe ich Tränen immer für reinigend empfunden, doch heute spüre ich nichts davon. Auch nach acht Tagen noch nicht. Acht Tage, in denen ich mich so orientierungslos gefühlt habe, wie noch nie. Als wäre ich ein Schiff auf rauer See, ohne Anker, ohne Orientierungspunkt in der Ferne, das immerzu mitgerissen wird von dem Sturm um mich herum. Es fällt mir schwer, es zuzugeben, aber Seagulls und die Menschen dort fehlen mir. So sehr, dass ich die Scherben meines gebrochenen Herzens nicht zählen kann. So sehr, dass ich stattdessen Tag für Tag die Rauten zähle, um irgendwie meine Gedanken sortiert zu bekommen.

Lautes Geschrei dringt durch die Wände in mein Zimmer. Ich stelle den kleinen Fernseher lauter, der gegenüber von meinem Bett angebracht ist, aber trotz hoher Lautstärke verstehe ich jedes Wort, das das Pärchen von nebenan sich an den Kopf wirft. Sie streiten immer, zu jeder Tages- und Nachtzeit, mit heftigen Fäkalausdrücken, nur um sich danach noch lauter zu versöhnen. Ich reibe mir die Stirn und schließe erschöpft die Augen. Ich bin das alles hier so leid. Den Krach, die durchgelegene Matratze, von der ich Rückenschmerzen bekomme, das Fast Food aus dem Imbiss um die Ecke und den tropfenden Wasserhahn im Badezimmer. Aber am schlimmsten sind die ruhelosen Nächte, in denen ich mich hin- und herwälze und mich frage, wie es nun weitergehen soll. Wie ist mein Plan? Ich kann nicht nach Seagulls zurück, allein der Gedanke an die verwinkelten Gassen, das Café und die Leute dort bringt wieder Sehnsucht und Wut zurück. Aber nach London, in die Nähe meiner Mutter kann ich auch nicht. Also liege ich weiter hier und starre die Rauten auf der Tapete an, höre dem Pärchen beim Streiten und Versöhnen zu, während meine Gedanken immerzu kreisen und nicht zur Ruhe kommen.

Wie jedes Mal wird mein Blick von meiner Reisetasche angezogen. Von der kleinen, in mein Shirt gewickelten, Truhe, die noch immer unangerührt dort drin liegt. Der Wunsch, endlich hineinzusehen und den Brief zu lesen, ist groß. Die Angst ist es ebenso. Angst vor erneuten Trauerwellen, Angst davor, dass die Reise nach Seagulls damit endgültig zu Ende sein wird. Wenn ich diese Truhe öffne, wenn ich den letzten Brief wirklich in den Händen halte, habe ich meine Mission erfüllt. Dann habe ich den letzten Wunsch meines Vaters tatsächlich respektiert, habe die Schnitzeljagd beendet und hätte damit einen echten Grund, Seagulls für immer den Rücken zuzukehren.

Seufzend gehe ich auf die Tasche zu. Letztendlich kann ich mir nur einen neuen Plan für mein Leben machen, wenn ich endlich mit dieser Schnitzeljagd abschließe. Das weiß ich. Und doch habe ich sofort wieder das Gefühl nicht richtig atmen zu können, während ich die Truhe auswickle und sie zum Bett trage. Ich nehme mir vor, sie endlich zu öffnen, aber stattdessen sitze ich nur da, während hinter mir im Zimmer geflucht wird, und frage mich, ob ich wirklich genug Kraft habe, um die Worte meines Vaters zu lesen.

Ich lege meine Beine in den Schneidersitz. Tief ein- und ausatmend betrachte ich die kleine Holztruhe, die inzwischen vollständig getrocknet ist. Noch immer ist es ein echtes Wunder, das sie nicht an den Felsen der Höhle zerschellt ist. Und das Sebastian sie überhaupt im Meer finden konnte. Ich atme zischend ein. Alleine der Gedanke an ihn, lässt mein Herz sich wieder schmerzhaft zusammenziehen. Also löse ich mich schnell wieder von dem Gedanken und versuche mich stattdessen auf meinen Vater zu konzentrieren, auch wenn es nun schwerer ist, wo ich weiß, dass die Leben der beiden Männer so ineinander verwebt sind.

Mit zitternden Fingern öffne ich endlich die kleine Truhe. Darin liegt ein Brief, eingebettet in eine Schutzhülle aus Plastik, unversehrt und eindeutig mit der Handschrift meines Vaters. Der letzte Brief. Seine letzten Worte an mich. Obwohl das Papier federleicht ist, erscheint es mir in diesem Moment zentnerschwer. Dennoch öffne ich den Schutzumschlag.

Hallo Sternchen,
So viele Momente meiner Kindheit habe ich an diesem Ort verbracht. Ich habe gelacht und geschrien, geweint und getanzt. Es war eine glückliche Kindheit. Ein glückliches Leben.

Heute wurde diesem Leben der Schlussstrich verkündet. Höchstens vier Wochen, länger geben mir die Ärzte nicht mehr. Die Behandlungsmethoden sind fehlgeschlagen und es gibt nichts mehr, was sie noch tun können. Ich kann nichts mehr tun. Mein erster Gedanke, nachdem ich gehört habe, dass ich sterben werde, warst du. Ich habe bereut. Bereut, dass ich die vierzehn Jahre verschenkt habe. Zeit, die wir gehabt hätten. Ich habe geweint, um die Beziehung, die wir nun haben könnten. Und ich habe mich einsam gefühlt. So einsam, dass ich drauf und dran war, wieder nach London zu fahren. Doch wäre das nicht egoistisch gewesen? Aus meiner Einsamkeit heraus vier Wochen lang in dein Leben zu treten, um dann zu sterben? Aber ich konnte auch nicht einfach dem Tod ins Auge blicken, ohne dich zu berücksichtigen. Also habe ich mich dazu entschieden, dir diese Briefe zu schreiben. Ob dieser Weg hier nun besser ist? Ich weiß es nicht. Aber so hast du es in der Hand. Du hast in der Hand, ob du nach Seagulls kommst. Ob du meinem Aufruf folgst und diese Briefe findest. Du hast es in der Hand, wie du mit den Informationen darin umgehst und ob du eine Bindung zu mir aufbauen willst, trotz des Wissens, dass ich schon längst nicht mehr da bin. Und es ist deine Entscheidung, ob du diese Reise bis zum Schluss gehst und du jeden meiner Briefe lesen willst oder nicht. Ich wollte dir eine Wahl lassen. Dich respektieren. Und ich wollte, (nenn auch das gerne egoistisch) eine Bindung zu dir aufbauen, ohne von deiner Mutter beeinflusst zu werden. Diese Momente sollten nur uns gehören. Wir zwei sind das, was zählt.

Vierzehn Jahre und den Tod im Nacken habe ich gebraucht, um das zu verstehen. Traurig, oder? Und dennoch habe ich keine Angst vor dem Tod. Nicht wirklich.
Ich hatte ein langes, erfülltes Leben.
Nur du hast gefehlt.
Ich liebe dich,
Dein Matt

Ich sehe seine Worte, während mir Tränen unkontrolliert über die Wangen laufen. Mein Körper ist müde, aber mein Geist ist plötzlich hellwach, während ich den Brief nochmal und nochmal lese und die Bedeutung seiner Worte richtig verstehe.

Und ich wollte, (nenn auch das gerne egoistisch) eine Bindung zu dir aufbauen, ohne von deiner Mutter beeinflusst zu werden. Diese Momente sollten nur uns gehörten. Wir zwei sind das, was zählt.

Ich denke an Sebastian, Charlie und Lydia. Obwohl ich sie aus meinem Kopf verbannen wollte, schleichen sie sich hinein. Sebastians Bild wird immer klarer, ebenso wie der Halt und die Kraft, die er mir während der letzten Wochen gegeben hat. Seine Lüge schmerzt noch immer, aber plötzlich ist da auch etwas anderes: Verständnis.

Ich stehe auf und tigere durch den Raum. Immer wieder halte ich inne, lese die Worte erneut und analysiere alles, was geschehen ist. Mit jedem Mal habe ich habe das Gefühl, ein wenig klarer zu sehen. Jedes Mal ein wenig mehr zu verstehen. Letztendlich haben die Lügen mich sehr verletzt. Sebastian hätte mich viel früher einweihen müssen. Aber hat er mir damit nicht auch Chancen gegeben? Chancen, meinen Vater auf meine Weise kennenzulernen, ohne von seinen negativen Erfahrungen beeinflusst zu werden? Würde ich Matt nun so lieben wie ich es tue, wenn ich früher von seiner Vergangenheit mit Sebastian erfahren hätte?

Plötzlich weiß ich, was ich tun will. Weiß, was ich tun *muss.* Sobald ich diesen Gedanken zulasse, reagiert mein gesamter Köper. Wärme breitet sich in mir aus, gleichzeitig fröstelt es mich vor Aufregung, während mein Herz sich nicht entscheiden kann, ob es mir aus der Brust springen oder aussetzen will. Fieberhaft klaube ich meine Klamotten zusammen und stopfe sie in die Tasche. Je mehr Minuten vergehen, umso sicherer bin ich mir.

Als ich aus dem schäbigen Motel auschecke und losfahre, bin ich wie in Trance, allein getrieben von meinen Gefühlen, meiner Sehnsucht und von den Worten meines Vaters.

Es dauert viel zu lange, bis ich endlich in der zugewachsenen Einfahrt halte und förmlich aus dem Wagen stolpere. Ich klopfe an der Tür. Der Brief ist noch immer fest in meiner Hand. Ich klammere mich regelrecht daran. Er ist mein Anker, mein Erinnerungsknoten, um mir immer wieder klar zu machen, dass der Schritt, den ich jetzt gehen werde, der richtige ist. Um mir ins Bewusstsein zu rufen, dass es das ist, was ich will.

Doch die Haustür von Sebastian öffnet sich nicht, alles bleibt still.

Ich habe das Gefühl gleich zu platzen, wenn ich nicht sofort etwas unternehme. Also fahre ich weiter, halte mit quietschenden Reifen vor Lydias Haustür und klopfe. Als sie öffnet und ich ihre zerzausten Haare und verheulten Augen sehe, sticht der Anblick mir regelrecht ins Herz.

»Riley«, sagt sie überrascht, aber die Erschöpfung in ihrer Stimme ist deutlich herauszuhören. »Ich habe nicht erwartet, dich nochmal zu sehen.« Sie sieht mich traurig an. Die Reue springt mich förmlich an.

Ich sage nichts weiter, sondern falle ihr nur in die Arme. Es ist diesmal keine Entscheidung der Wut und der Enttäuschung, sondern nur eine Entscheidung des Herzens. Lydia atmet überrascht ein, kurz ist sie wie erstarrt, bis sie sich sichtlich entspannt und auch endlich ihre Arme um mich legt. Dann beginnt sie zu schluchzen.

»Ich wollte dich nicht verletzen«, sagt sie. Warme Tränen tropfen auf meine Schulter. Der Druck, der von meinen Armen ausgeht, wird stärker. Ich halte sie fest, fange jede ihrer Schluchzer auf, während ich selbst mit den Tränen kämpfe.

»Das weiß ich«, sage ich. »Es tut mir leid, was ich gesagt habe. Du *bist* meine Freundin, Lydia, ganz egal was passiert ist. Ich konnte immer auf dich zählen. Es war nicht fair, dich nur auf diese Lüge zu reduzieren und das andere nicht zu sehen. Alles, was du für mich getan hast ... es bedeutet so viel mehr als diese Lüge.«

Sie löst sich von mir und sieht mich an. »Heißt das, du verzeihst mir?«

»Ja«, sage ich. »Das tue ich. Es ist nicht so, als hätte mich all das nicht verletzt. Das hat es, ganz ehrlich.

Aber ich kann nicht so tun, als hätte die Zeit hier in Seagulls nicht stattgefunden. Es ist mein Zuhause geworden, ihr seid so etwas wie meine zweite Familie.« Ich seufze. »Aber ich habe auch zwei Bedingungen.«

»Welche? Ich mache alles.«

»Verheimliche mir nie wieder so wichtige Dinge. Ich will alles wissen, egal wie verletzend es vielleicht auch sein mag. Ich habe keine Kraft mehr für irgendwelche Lügen oder Geheimnisse.« Lydia nickt eindringlich. »Und ich will, dass du mir hilfst.«

»Wobei?«, fragt sie.

»Ich muss mit Sebastian reden.«

Lydias Blick wird wärmer. »Er liebt dich wirklich, weißt du? Ich weiß, dass er dich verletzt hat, aber in Bezug auf seine Gefühle dir gegenüber hat er nie gelogen. Es ging ihm die letzten Tage unfassbar schlecht, er hing total in den Seilen.«

»Deswegen will ich mit ihm reden«, erwidere ich. »Ich muss einfach herausfinden, ob das mit uns beiden vielleicht trotzdem eine Zukunft hat. Ich war gerade bei ihm, aber er ist nicht da.«

»Ich weiß, wo er ist«, sagt sie sofort. Das für sie typische Funkeln tritt in ihre Augen und vertreibt die Tränen. »Komm mit.« Sie schnappt sich einen Cardigan von den Haken neben ihrer Tür und stürmt aus dem Haus. Sie lotst mich durch die Straßen, weg aus Seagulls, bis wir in Dawnshaven landen.

»Hier links.« Ich rase durch die Pfützen, in meinem Herzen bereitet sich Aufregung aus. Plötzlich habe ich furchtbare Angst, das, was Sebastian und ich hatten, zerstört vorzufinden. Was, wenn es nicht mehr zu reparieren ist, egal wie sehr ich es mir wünsche?

»Die nächste Straße rechts. Dann sind wir am Ziel.«

Ich folge Lydias Anweisungen und halte vor einer Bar, die von grellem Neonlicht beschienen wird. Das Schild bewirbt Livemusik.

»Sebastians Auftritte«, fällt mir ein. »Er hat also ein festes Arrangement bekommen?«

Lydia nickt. »Er ist da drin.«

Mein Herz drängt sich gegen meine Brust, während wir uns dem Laden nähern. Schon von draußen höre ich Sebastians Stimme und sofort reagiert jede Faser meines Körpers. Mein Herz ruft nach ihm, ruft danach mich wieder mit ihm zu versöhnen und ihm zu verzeihen. Lydia bekräftigt mich mit ihrem Blick und dann betreten wir die Bar.

Jeder Stehtisch ist besetzt, überall stehen Leute, trinken Bier und wippen mit dem Fuß zur Musik, aber mein Blick wird allein von der kleinen Bühne angezogen. Von Sebastian, der die Augen geschlossen hat und eine Ballade singt. Ich höre den Schmerz in seiner Stimme, noch viel mehr als sonst, und ich frage mich unwillkürlich, ob unser Streit Grund für diesen Schmerz ist. Es bricht mir das Herz, ihn so zu hören. So verletzlich.

Unwillkürlich gehe ich einen Schritt weiter auf die Bühne zu, Lydia noch immer neben mir.

Sebastian beendet das Lied, Applaus ertönt. Er öffnet seine Augen und sie finden mich sofort. Ich kann den Moment, in dem er mich entdeckt, erkennen. Ich sehe die Überraschung und die Sehnsucht in seinen Augen aufblitzen. Und die Frage, wieso ich hier bin. Ich antworte ihm, indem ich sanft lächle und seinen Blick erwidere. Die Hoffnung, die ihm plötzlich aus dem Gesicht abzulesen ist, durchströmt mich selbst genauso intensiv. Kurz bleibt mir der Atem weg.

»Ich würde gerne ein ganz besonderes Lied spielen«, sagt er plötzlich. Seine Stimme klingt rauer als sonst. »Dieses Lied begleitet mich schon fast mein ganzes Leben. Früher als Kind, war es meine Quelle der Inspiration, bis es mich irgendwann nur noch an Vergangenes erinnert und aufgewühlt hat. Bis vor ein paar Wochen. Wenn ich es jetzt höre, denke ich an Glück«, sagt er und sieht mich bei jedem dieser Worte an, als wären sie nur für mich bestimmt.

Lydia seufzt leise auf, ihre Hand legt sich auf meine Schulter, aber meine Konzentration gilt allein Sebastian und seiner Gitarre. Die Melodie, die kurz danach ertönt, erkenne ich sofort. Während er beginnt zu singen, sehe ich uns wieder in meinem Apartment, tanzend und frei. Zusammen. Das Lied von *Bruce Spingsteen* bringt mich sofort wieder zurück zu diesem Moment und dem puren Glück, das durch meine Adern geflossen ist. Zu der Liebe, die ich in diesem Moment gespürt habe. Und ich lächle. Ich lächle immer weiter. Diesmal sehe ich nicht meinen Vater, während ich das Lied höre, auch wenn ein Teil meiner Gedanken immer wieder bei ihm ist. Diesmal konzentriere ich mich auf den Mann mit der Gitarre, der mir zu Briefen verholfen, aber dafür mein Herz gestohlen hat. Unwiderruflich.

Kapitel 32

Sebastian legt endlich die Gitarre weg und stürmt auf mich zu. Sofort finden seine Hände zu mir, ziehen mich ein wenig näher zu sich.

»Was machst du hier?«, fragt er und strahlt mich an. Lydia zieht sich zurück an die Bar, um uns Raum und Zeit zu geben, aber Sebastian führt mich schon an der Hand hinter die Bühne, in einen kleinen Raum mit einem Sessel, einem Schrank und ein paar Getränken.

»Ich verstehe es jetzt«, platzt es aus mir heraus. »Ich verstehe jetzt, dass ich Seagulls nicht einfach den Rücken zukehren kann. Weder der Stadt noch den Leuten … schon gar nicht dir. Ihr seid ein Teil von mir geworden. Mein Zuhause. Auch wenn –« Meine Stimme bricht kurz, ich drücke seine Hand. »Auch wenn du mich sehr verletzt hast. Ich hätte viel früher von dir erfahren müssen, was damals passiert ist. Ich hätte die Wahrheit verdient. Wenn das hier wirklich dein Ernst ist, wenn du wirklich mit mir zusammen sein willst, wie du gesagt hast, dann musst du von nun an absolut ehrlich zu mir sein. Keine Geheimnisse mehr.«

»Nie wieder. Versprochen.« Sein Blick zeigt Ehrlichkeit. »Aber ich verstehe noch nicht, was deine Meinung geändert hat.«

»Das hier.« Ich ziehe den Brief aus meiner Hosentasche. »Der letzte Brief meines Vaters. Du hast ihn aus dem Wasser gerettet, oder? Dass du ihn überhaupt gefunden hast, ist unglaublich. Und ich verstehe jetzt, wieso er diese Schnitzeljagd gemacht und diese ganzen Spielchen gespielt hat. Er hätte diese Briefe auch einfach hinterlassen können, ich hätte sie direkt vom Nachlassverwalter oder bei der Ankunft in die Wohnung bekommen können, aber es wäre etwas ganz anderes geworden. Die letzten Wochen waren so intensiv. Ich bin in die Welt meines Vaters eingetaucht, habe Abenteuer erlebt, geweint, gezweifelt, gelacht. Ich habe mit jedem Brief mehr Gespür für Matt bekommen und erfahren, wieso ich ihn nie kennenlernen durfte. Langsam, in meinem Tempo. Ich durfte sie erleben, diese Vater-Tochter-Momente, von denen immer alle sprechen. Diese Momente gehörten nur uns, nur meinem Vater und mir. Ich konnte sie auf meine Weise erleben.« Ich sehe ihn an, tief und ehrlich. »Du hast mir diese Momente geschenkt. Du hast mir geholfen, sie zu erleben und dadurch, dass du dein Geheimnis vor mir bewahrt hast, hast du es geschafft, dass diese Momente nicht vergiftet werden. Ich weiß«, fahre ich fort, als Sebastian einlenken will, »dass du es nicht deswegen verheimlicht hast. Aber es ist okay. Hättest du mir die Antworten gegeben, die ich gesucht habe, wäre es einfacher gewesen, Matt kennenzulernen. Aber ich hätte mich durch dich und deine Vorgeschichte mit ihm beeinflussen lassen und hätte nicht selbst diese Magie gespürt. Ich hätte niemals dieses Vaterbild, das ich nun von ihm habe, aufrechterhalten können. Jetzt ist es stark genug, um es von eurer Vergangenheit nicht zerstören zu lassen. Und neben den Lügen und den Geheimnissen, werde ich nicht vergessen, dass ich ohne dich niemals diese Briefe gefunden hätte. Ohne dich wäre ich verloren gewesen.«

»Du stellst es so hin, als wäre ich derjenige, der dir geholfen hat. Aber ich denke, es war eher umgekehrt«, überlegt Sebastian. »Bevor du kamst, war ich so verbittert, wenn ich an Matt gedacht habe. Ich hatte all die Jahre eine wahnsinnige Wut im Bauch. Du hast mich Stück für Stück davon befreit.« Seine Worte verschaffen mir eine Gänsehaut. »Ohne dich, wäre ich genauso verloren gewesen.«

Meine Finger wandern zu seinen Lippen, ganz sachte, bis ich sehe, wie sein Adamsapfel zittert.

»Ich würde alles tun, damit du mir verzeihst, Riley. Dieses Geheimnis ist nur so groß geworden, weil meine Gefühle für dich immer stärker wurden, und damit auch die Angst, dich zu verlieren. Als ich gesagt habe, dass ich mich in dich verliebt habe, war es die Wahrheit. Ich liebe dich, Riley. Ich liebe es, wie du dich manchmal in Rage redest und deine Stimme dann eine Oktave höher rutscht. Wie du strahlst, wenn du über Matt sprichst und wie du an deinem verbeulten Auto hängst. Ich liebe es sogar, dass du das einfachste Omelett versaust und du aus Tollpatschigkeit den Inhalt deiner Tasche auf dem Gehweg verstreust.«

»Wie bei unserem Kennenlernen«, lache ich leise.

Sebastian macht einen Schritt auf mich zu, nun stehen wir uns so nah, dass sein Atem mich kitzelt. Es löst eine regelrechte Lawine aus, ein Kribbeln in der Nähe meines Ohrläppchens, an dem der Atem mich trifft, bis hin zu meiner Fußsohle.

»Ich wollte nie, dass diese Lüge irgendetwas zwischen uns zerstört. Ich wollte nie lügen. Ich wollte immer nur dich, Riley. Ich *will* dich. Mit jeder Faser meines Körpers und ich würde mir nie verzeihen, wenn ich mit dieser einen dummen Entscheidung alles, was zwischen uns war, zerstört hätte. Matt hat geschrieben, dass diese Schnitzeljagd dir dabei helfen sollte zu entscheiden, ob du ihn liebst oder hasst. Diese Entscheidung hast du gefällt. Jetzt bleibt nur die Frage, ob du diese Entscheidung auch in Bezug auf mich treffen kannst.«

Meine Finger wandern wie von selbst zu seiner Wange und streichen darüber. »Ich könnte dich niemals hassen«, flüstere ich.

Sebastian blinzelt. Obwohl seine Augen bei meinen Worten aufblitzen, sehe ich noch immer Unsicherheit darin. Angst.

»Ich liebe dich«, erwidere ich. »Das ist meine Entscheidung.«

Sebastians Augen sind hoffnungsvoll auf meine Lippen gerichtet, aber ich lege meinen Finger darauf und schüttle sachte den Kopf. Noch ist nicht alles geklärt. Es gibt noch immer Dinge zu besprechen.

»Die eigentliche Frage ist, ob du mich auch so lieben kannst«, sage ich. »So, wie ich bin.«

»Natürlich.« Sebastian lacht, als wäre meine Frage überflüssig.

»Mich. Riley. Matts Tochter.« Die Art, wie ich die letzten Worte betone, lassen Sebastians Mundwinkel nervös zucken. »Ich weiß nicht, wieso Matt dich so behandelt hat. Ich weiß nicht, wieso er es nicht schaffen konnte, dein Vater zu sein, wo er doch so offensichtlich Lust auf diese Rolle hatte. Und ich verlange auch nicht, dass du ihm verzeihst«, sage ich und wähle meine Worte bewusst. »Aber ich liebe Matt. Er ist mein Vater, ob tot oder lebendig. Das muss dir klar sein. Dir muss klar sein, dass ich ihn niemals hassen kann, egal was er in deiner Vergangenheit gemacht hat. Egal, was war. Ich liebe ihn trotzdem und werde immer seine Tochter sein. Und wenn du das mit deiner Wut auf ihn nicht vereinbaren kannst, wenn das irgendwie zwischen uns stehen würde, dann sag es jetzt.«

»Ich liebe ihn doch auch«, sagt Sebastian seufzend. »Deswegen konnte er mich ja überhaupt so verletzen. Ich bin noch immer wütend, aber ich möchte mich von diesen Gefühlen nicht mehr steuern lassen. Mir ist bewusst, dass du seine Tochter bist. Ich habe mich für dich entschieden – für jede Seite von dir. Auch für die, die dich für immer mit Matt verbindet.« Seine Finger streichen mir eine Haarsträhne aus dem Gesicht. »Ich liebe diese Seite sogar an dir. Es hat mich meine Wut auf ihn verarbeiten lassen. Ich kann nun etwas klarer sehen ... wieder mehr die Liebe für ihn zulassen.«

»Dann meinst du das hier wirklich alles ernst? Das mit uns? Und unserer Zukunft?«

»Immer«, flüstert Sebastian, nur Sekunden ehe ich endlich meinem Drang nachgebe und ihn küsse. Nach den Tagen, an denen wir uns nicht gesehen haben, nach der Wut und dem Verrat, nach den vergossenen Tränen und der Sehnsucht, ist dieser Kuss beinah schmerzhaft. Wir scheinen all diese Emotionen, all diese Ängste, hineinzulegen und uns zu küssen, als hätten wir Angst uns sofort wieder zu verlieren. Als wäre dies ein Abschied, kein Anfang.

Sebastian seufzt leise, seine Hände spielen mit meinen Haaren, lösen den Zopf und lassen sie in sanften Wellen über meine Schulter fallen. Obwohl ich es sonst hasse, sie offen zu tragen, störe ich mich gar nicht daran, sondern genieße nur seine Finger darin, seine Nähe. Den Duft nach Kaminholz.

Als wir danach Nase an Nase dastehen, mit den Augen geschlossen, durchlebe ich nochmal die gesamte Reise, die wir gemeinsam erlebt haben. Jeden Moment, der uns zusammengeschweißt hat. Unsere Hände verschränken sich ineinander, wie zwei Puzzleteile, die sich perfekt zusammenfügen.

Kapitel 33

Eine Woche später mache ich Nägel mit Köpfen und kündige meine Wohnung in London. Es ist ein gutes Gefühl. Noch vor ein paar Monaten wäre ich bei dem Gedanken in Panik ausgebrochen, aber nun weiß ich, was ich will. Ich gehöre nach Seagulls. Dieser kleine Ort mit den verwinkelten Gassen und den eigensinnigen Menschen ist mein Zuhause geworden.

Ich packe mein Handy weg und grinse. »Alles erledigt.«

Lydia fällt mir kreischend um den Hals. »Dann bleibst du wirklich hier?«

Meine Gäste drehen sich zu mir um. Obwohl ich neun Tage weg war und den kleinen Wutausbruch im Café hatte, wurde das Vertrauen in mich nicht erschüttert. Die Menschen kommen trotzdem zu mir, fast jeder Tisch ist belegt und ich habe bereits glückliche Stimmen darüber gehört, dass Sebastian und ich nun ganz offiziell ein Paar sind. Meine Finger wandern unwillkürlich zu meinen Lippen, während ich an unsere letzte Nacht denke. An seine Lippen auf meiner Haut, sein sanftes Seufzen. An seine Finger um meine Taille.

»Ich wusste doch gleich, dass du hierbleibst«, sagt Lydia und stößt mit ihrer Hüfte an meine. »Und ich wusste auch das mit Sebastian. Unglaublich wie lange du es leugnen wolltest.«

»So ähnlich wie mit dir und Mateo«, ziehe ich sie auf. »Wer hat denn schon das dritte Nicht-Date innerhalb von drei Wochen? Da geht doch etwas.«

Lydia wird rot. »Vielleicht. Mal gucken.«

»Kommt er morgen zu unserem Liveabend?«

»Klar, er lässt sich Sebastians Auftritt doch nicht entgehen.«

Ich gehe zu einem meiner Gäste, der mich ruft, um zu zahlen, während Lydia die Apfelmuffins auslegt. Wir haben gestern eine Glaskuppel gekauft, unter der wir sie nun auf dem Tresen präsentieren, und auch sonst habe ich etwas mehr Deko in den Laden gebracht, um ihm meine persönliche Note zu verleihen. Lydias Anmerkungen, dass die mintfarbenen Schmetterlinge, die nun von der Decke hängen, nur verstauben, habe ich gewissenhaft ignoriert. Das Gefühl, nun nicht nur den Einfluss meiner Großmutter und meines Vaters in diesem Café wiederzufinden, sondern mich auch einbringen zu können, ist zu aufregend.

Mit schwerem Portemonnaie gehe ich wieder zurück zum Tresen. Lydia lächelt mich an. »Unfassbar wieviel wir heute schon eingenommen haben. Matt wäre so stolz auf dich.«

»Das glaube ich auch«, sage ich. In der Kuchenvitrine herrscht bereits gähnende Leere, weil die Gäste so viel bestellt haben. »Auch wenn ich denke, dass ich ihn ohnehin nicht enttäuschen könnte, egal was ich tue. Er hat mich wirklich geliebt.«

Lydia, die inzwischen von den Briefen weiß, nickt wissentlich. »Das hat er«, sagt sie bekräftigend. Dann fällt ihr Blick zur Tür. »Da kommt Charlie.«

Es ist das erste Mal seit unserer Auseinandersetzung, dass er wieder in mein Café kommt. Sein Lächeln ist warm, aber ich sehe auch Unsicherheit in seinen Augen. Ich tausche Blicke mit Lydia.

Sie legt kurz ihren Arm auf meine Schulter. »Ich passe auf den Laden auf. Dann habt ihr etwas Zeit.«

»Danke«, erwidere ich und gehe mit Charlie nach oben. Die Stimmung ist angespannt, was ich vor allem meiner Nervosität und meinen Schuldgefühlen zuschreibe.

»Es ist ganz schön was los bei euch«, sagt Charlie, kaum dass ich die Tür hinter uns geschlossen habe.

»Ohne dich wäre das alles nicht möglich gewesen«, sage ich ehrlich und sehe ihn an. »Es tut mir alles so leid, Charlie. Es war nicht fair, so mit dir zu reden. Du warst immer für mich da, von der ersten Minute an, hast du mich unterstützt. Jeden Tag hast du hier deinen Kaffee getrunken ... du bist mir wichtig. Und auch wenn es mich verletzt hat, nicht alle Informationen von dir zu bekommen, verstehe ich deine Beweggründe.«

»Da bin ich froh. Ich könnte es nicht ertragen, wenn du böse auf mich bist.« Er nimmt meine Hand und drückt sanft zu. »Matt war mein bester Freund, und – ich hoffe, es ist okay, wenn ich das so sage – ich betrachte mich ein wenig wie deinen Patenonkel. Ich bin sicher, Matt hätte mir diese vertrauensvolle Aufgabe zugetragen, wenn er die Chance gehabt hätte.«

»Das glaube ich auch«, sage ich und drücke ebenfalls seine Hand.

»Sicherlich kann ich Matt nicht ersetzen und ich will gewiss nicht die Rolle deines Vaters annehmen. Aber für mich gehörst du dennoch irgendwie zur Familie.«

»Das ist ein schöner Gedanke«, sage ich leise. Seine Worte sind wärmend, aber sie bringen mich auch dazu, ernster zu werden. Er hat es verdient, von den Briefen zu erfahren.

»Gerade deswegen will ich, dass wir uns in Zukunft alles sagen. Ich will keine Geheimnisse mehr.«

»Ich werde dir nie wieder etwas verheimlichen. Versprochen.«

Ich nicke, dann räuspere ich mich. »Ich auch nicht mehr.« Ich gehe zum Nachttisch, öffne die Schublade und hole das Album heraus. »Deswegen wird es Zeit, dass du davon erfährst.« Ich halte das Album hoch. »Das hier habe ich gefunden. Es war unter meinem Bett.«

»Ich weiß«, sagt er und lächelt.

»Du weißt es?«, frage ich überrascht. »Aber wie? Woher?«

»Ich habe mich bei der Eröffnungsfeier hochgeschlichen und es dahin gelegt. Es stand in Matts Brief. Er bat mich, es dort zu platzieren, wenn du auftauchen solltest.«

Mein Mund steht offen. »Dann wusstest du von der Schnitzeljagd?«

»Was für eine Schnitzeljagd?«, fragt er zurück.

Ich mustere Charlie, suche nach Indizien für eine Lüge, aber er scheint ernsthaft verwirrt über diese Aussage zu sein.

»Was genau wusstest du?«, hake ich nach.

»Nur, dass ich dieses Album und einen Brief bei dir hinterlegen sollte.«

»Dann wusstest du nicht, was in diesem Brief drinstand? Oder was er damit bezweckt hat?«

»Nein, ich habe angenommen, dass er dir einfach nochmal erklären wollte, wieso er dich hier nach Seagulls gelotst hat.«

»So war es auch«, sage ich und setze mich auf einen der Stühle. »Aber es ging ihm um mehr.« Ich nehme den ersten Brief und schiebe ihn zu Charlie, der sich ebenfalls setzt und ihn öffnet. Ich beobachte ihn, während er die Worte liest und versteht, seine Miene wird immer überraschter. Am Ende sieht er mich an, erstaunt und besorgt, glücklich und verwirrt. So viele verschiedene Emotionen spiegeln sich in seinem Gesicht wider.

»Er hatte schon immer seltsame Einfälle«, sagt er. »Es ist doch verrückt. Sieben Briefe … so viele Fotos.« Er sieht nochmal auf den Ledereinband des Albums. »Aber ich bin sicher, ich kenne einige dieser Orte. Wir finden schon die Briefe.«

»Das ist nicht nötig.« Ich öffne das Album, hole die restlichen Briefumschläge heraus und schiebe sie zu ihm. »Ich habe sie gefunden. Alle sieben.«

Charlie sieht anerkennend zu mir, sein Lächeln ist strahlend. »Und du hast dich entschieden hier zu bleiben«, erkennt er. »Dann ist Matts Plan wohl aufgegangen, oder?«

»Ist er«, bestätige ich.

Charlie lächelt mich an, aber es wirkt nachdenklich. »Ich hätte dir gerne dabei geholfen, die Briefe zu finden.«

»Das weiß ich«, erwidere ich. »Aber irgendwie wollte ich es allein machen.«

»Du bist eben Matts Tochter. Er war auch immer sehr stur.«

»Und als ich dann gemerkt habe, dass ich es nicht allein schaffe, wollte ich eine neutralere Person finden, die mir hilft. Jemand, der nicht mit Matt in Verbindung stand. Das war zumindest der Plan.«

»Wer hat dir geholfen?«, fragt er.

»Sebastian. Ich wusste ja nicht, dass er mit Matt aufgewachsen ist.«

Charlie nickt nachdenklich, dann fährt er sich über das graue Haar. »Es hat den Jungen hart getroffen, dass Matt sich von seiner Mutter getrennt hat und plötzlich nicht mehr Teil seines Lebens war.«

»Was meinst du, wieso er das gemacht hat? Er hätte doch trotzdem noch für Sebastian da sein können.«

»Das habe ich ihm auch lange vorgeworfen.«

Ich kaufe auf meiner Unterlippe, während mir Gedanken zufliegen. »Meinst du, es lag an mir? Daran, dass er von mir erfahren hat? Sebastian denkt das.«

»Gut möglich. Jetzt, wo ich von dir weiß, sehe ich auf einiges viel klarer als früher. Wieso er plötzlich so oft verreist war. Wieso er sich noch mehr zurückgezogen hat. Er war schon immer sehr eigensinnig und brauchte seine Ruhe, aber in den letzten Jahren wurde es immer mehr. Ich denke, dass er sich sehr viel damit beschäftigt hat, dass du nicht hier bist.«

»Er war sehr oft in London«, erzähle ich Charlie. Jetzt, wo er von den Briefen weiß und von Familie redet, habe ich das Bedürfnis, absolut offen zu ihm zu sein. Ich hole den Schuhkarton mit den Fotos von mir.

»So viele Bilder«, sagt Charlie erstaunt. »Er muss dich wirklich sehr geliebt haben.«

»Und ich liebe ihn. Klingt es komisch, wenn ich das sage? Obwohl ich ihn nur durch diese Briefe kenne?«

Charlie schüttelt den Kopf. »Ich finde, das klingt total verständlich. So eine Vater-Tochter-Liebe kann man nicht erklären. Das ist ein besonderes Band. Das weiß selbst ich, der keine eigene Tochter hat. Aber wenn ich nach wenigen Monaten schon so ein starkes Band zu dir fühle, will ich nicht wissen, wie es Matt ging. Es war sicher wie Liebe auf den ersten Blick, nur sehr viel tiefreichender. Weißt du, insgeheim habe ich immer gedacht, dass Matt die Frau seines Lebens gesucht hat, in jeder Frau, die er mit hierhergebracht hat. Vielleicht hast du ihm endlich das gegeben, was er gesucht hat. Einen Anker. Vielleicht war er danach ruhiger, weil er nicht mehr suchen musste.«

Tränen schimmern in meinen Augen. Charlie kommt zu mir und zieht mich in seine Arme, seine Hand streichelt mir über den Rücken.

»Du machst ihn sicherlich stolz«, flüstert er mir ins Ohr. »Und mich auch.«

Eine Weile stehen wir da, Arm in Arm, bis Charlie sich schließlich von mir löst. Er lässt mir Zeit, um mir die Augen trockenzuwischen und packt in der Zeit die Fotos wieder in den Karton.

»Wir sollten wieder runtergehen«, sagt er.

»Ja. Lydia kann sicher meine Hilfe gebrauchen. Aber ich brauche noch kurz eine Minute.«

»Alles klar. Ich helfe ihr solange.«

»Danke«, erwidere ich und meine damit so vieles.

Als er die Tür hinter sich zuzieht und ich allein bin, kommen erst die Nachwirkungen seiner Worte. Ich nehme mein Handy. Seit unserer Auseinandersetzung gab es keinen Anruf meiner Mutter, sie befolgt Charlies

Rat und gibt mir Zeit. Aber sie ist es nicht, die ich sprechen möchte. Meine Finger wählen. Ich setze mich auf mein Bett, noch immer aufgewühlt.

»Riley.« Jacks Stimme klingt überrascht. »Ist alles in Ordnung? Geht es dir gut?«

»Ja«, sage ich und meine Stimme stockt. »Jack?«, frage ich zögerlich. »Bist du sauer auf mich?«

»Wie könnte ich denn jemals sauer auf dich sein?«

»Ich weiß nicht.« Jetzt strömen Tränen über mein Gesicht. »Ich bin hierhergefahren und habe mich kopfüber in das Leben von Matt gestürzt, ohne dich einmal zu fragen, wie es dir damit geht. Ich ... ich will nicht, dass du denkst, ich würde dich ersetzen wollen.«

»Ist schon gut, Kleines. Ich verstehe dich. Ich bin dir nicht böse.«

»Dann weißt du, dass du trotz allem auch mein Vater bist? Und ich dich nicht ersetzen will?«

»Das weiß ich«, sagt er sanft.

»Und du weißt, dass ich dich trotzdem liebe?« Nun ist meine Stimme nur noch ein Krächzen.

»Aber natürlich weiß ich das. Ich kenne dich fast seit dem Tag deiner Geburt. Nichts kann diese Bindung erschüttern.«

»Gut«, sage ich nickend und versuche mir seine Worte einzuprägen. Neben all den Rebellionen gegen meine Mutter, der Suche nach den Briefen und meinen Lebensumstellungen, habe ich Jack und seine Rolle in meinem Leben irgendwie vergessen. Er stand auf der Ersatzbank, obwohl er immer für mich gekämpft hat. Und das ist nicht fair.

»Dann ist es in Ordnung, wenn ich Matt und dich beide meinen Vater nenne?«

»Natürlich, wieso sollte es denn nicht in Ordnung sein?«

»Ich weiß nicht ...«, überlege ich.

»Wenn du das so fühlst?«, fragt er.

»Ja. Genau das fühle ich. Du bist mein Vater, Jack. Du warst immer für mich da, hast mich großgezogen und warst mein Fels in der Brandung, wenn es mit Mum wieder scheiße lief. Du *bist* mein Vater. Aber Matt ist es auch.«

»Dann finde ich das in Ordnung«, sagt er. »Und ich finde es auch in Ordnung, dass du in Seagulls bleibst.«

»Wirklich?«

»Hauptsache du bist glücklich. Das ist alles, was ich mir wünsche.«

Bei seinen Worten versiegen meine Tränen endlich. »Das bin ich. Ich habe hier Freunde, sogar so etwas wie eine beste Freundin. Lydia. Sie ist quirlig und offen und sie leitet mit mir zusammen das Café. Eine Arbeit, die mich viel mehr erfüllt, als es diese Stelle in der Agentur jemals konnte. Und ... und da ist ein Mann.«

»Ein Mann?« Ich höre ihn förmlich lächeln.

»Sebastian. Du musst ihn irgendwann mal kennenlernen.«

»Das würde mich freuen. Ich würde dich gerne besuchen kommen.«

»Das fände ich schön«, sage ich ehrlich.

»Riley?« Jack seufzt. »Kannst du deiner Mutter irgendwann verzeihen? Sie vermisst dich.«

»Ich weiß. Aber ich brauche noch Zeit.«

»Aber warte nicht zu lange, okay? Wenn dir Matt eins gezeigt haben sollte, dann, dass das Leben kurz ist und es manchmal zu spät ist, um Dinge persönlich zu klären.«

Ich schlucke schwer. »Da hast du recht.« Trotz seiner Worte, die mich tief im Herzen berühren, kann ich meine Wut auf meine Mutter dennoch nicht zurückdrängen. Sie ist noch viel zu präsent. »Ich werde daran denken«, sage ich. »Aber sie muss mich einfach selbst entscheiden lassen, wann ich ihr verzeihe.«

»Das hat sie inzwischen eingesehen. Sie wird sich zurückhalten, bis du auf sie zukommst.«

»Gut. Aber wir bleiben im Kontakt?« Jetzt, wo ich seine Stimme gehört habe, spüre ich ein heftiges Verlangen, wieder öfter mit ihm zu sprechen. Es ist mir unerklärlich, wie ich in den Monaten hier nie auf die Idee kam, ihn anzurufen. Die ganze Reise hat alles andere in den Hintergrund gerückt. Aber das darf mir nicht nochmal passieren, nicht mit den Menschen, die ich liebe.

»Du kannst mich immer anrufen. Zu jeder Tageszeit.«

»Du mich auch«, antworte ich. Dann fällt mein Blick auf die Uhr. Ich will nicht wieder das Gespräch beenden, aber ich kann nicht mehr länger hier oben bleiben. Also verabschiede ich mich von Jack, mit dem Versprechen mich im Laufe der Woche wieder zu melden, und lege auf. Ich blicke noch ein paar Sekunden auf das Handy in meiner Hand. Ich fühle mich befreit, als wären endlich alle Dinge geklärt und zurechtgerückt. Als würde ich wieder viel mehr ich selbst sein. Nur das mit meiner Mutter fehlt noch ... aber damit kann ich mich noch nicht befassen.

Ich gehe ins Badezimmer, wische die Spuren meiner Tränen ab, lege eine Schicht Concealer auf, und gehe dann zurück nach unten. Sebastian wartet am Fuß der Treppe auf mich. Auch er kommt inzwischen fast jeden Tag hier her, um sich einen Kuss und einen Kaffee zu holen, manchmal auch einfach nur, um mich kurz zu sehen.

»Geht es dir gut?«, fragt er besorgt.

Zur Antwort gebe ich ihm einen Kuss, langsam und sanft. Ich blicke auf zu ihm und nehme seine Hand. »Jetzt schon«, sage ich und gehe mit ihm in den Laden zurück. Als Paar. Als ein Wir.

Lydia erblickt uns und macht eine anzügliche Augenbewegung. Charlie hingegen lächelt uns glücklich an, ebenso wie die anderen Gäste, die unsere Hände mustern. Sebastians Hand drückt meine, aber meine Augen sind auf die dunklen Holzregale gerichtet, die hinter der Theke hängen. Im Geiste sehe ich Matt davorstehen, ebenfalls lächelnd, und zufrieden mit meiner Wahl. Zufrieden mit der Art, wie ich seine Aufgaben gemeistert habe. Jedes Pochen meines Herzens ruft Sebastians Namen, jeder Schlag ist für ihn bestimmt. Aber heute Abend, wenn wir wieder an unserem Strandabschnitt sitzen, eingehüllt in eine Decke und mit dem Wind, der mit meinen Haaren spielt, werde ich den Wellen lauschen. Und jedes Rauschen wird meinem Vater bestimmt sein. Jede Welle wird seinen Namen rufen, jeder Stern wird mich daran erinnern, dass ich von ihm geliebt wurde.

Sieben Briefe, eine Reise ins Unbekannte, viele Tränen und ein Streit mit meiner Mutter ... aber ich bin endlich angekommen. Bei meinen Wurzeln. Bei mir selbst. Und bei Sebastian, dem Mann, den ich liebe.

Danksagung

Ein Buch zu schreiben ist immer etwas ganz Besonders. Das Örtchen Seagulls zu entwickeln und mit Riley auf diese abenteuerliche Reise zu gehen, war für mich regelrecht erdend. Begonnen im Schreiburlaub auf Mallorca, mit Blick auf das Meer, habe ich die zweite Hälfte des Buchs nach einem Schicksalsschlag in meiner Familie geschrieben. Die Schnitzeljagd, die Kleinstadt und vor allem Riley und Sebastian haben mir sehr dabei geholfen, den Halt nicht zu verlieren. Vielleicht ist das der Grund, wieso diese Geschichte einen besonderen Platz in meinem Herzen bekommen hat.

Umso dankbarer bin ich dem dp Verlag insbesondere Alexandra Fölker, dafür, dass sie Rileys Geschichte ein Zuhause gegeben und es so freundlich empfangen haben. Danke auch an meine Lektorin Stephanie Schilling für die tolle Zusammenarbeit.

Ich danke Susanna und Chiara für das Testlesen der Leseprobe. Danke an meine Schwester Natalie für das Überarbeiten des Exposés und so viel mehr, denn von meinem ersten Manuskript bis hierher war sie mir immer wieder eine große Hilfe und Unterstützung. Außerdem ist sie einfach eine verdammt gute große Schwester.

Auch bei meiner restlichen Familie möchte ich mich bedanken. Vor allem bei meinen Eltern, die mir immer mit Rat und Tat zur Seite stehen. Ich danke meiner

Schwester Susanne und meinem inzwischen verstorbenen Schwager Mike. Ich bin sicher, dass du das hier irgendwie mitbekommst und es ein Lächeln auf dein Gesicht zaubern wird. Ich habe euch alle sehr lieb.

Niklas, dir danke ich für den permanenten Zuspruch und deinen Halt, egal ob das Autorenleben gerade grau und dunkel, oder hell und strahlend ist. Du findest immer die richtigen Worte und Gesten.

Ich danke Eva, wegen der zahlreichen Worte, die während unserer gemeinsamen Schreibsessions bei Flammkuchen und Cola entstanden sind. Ohne dich wäre das Autor*innen-Dasein nicht dasselbe. Ich danke außerdem den Leuten vom Kölner und Essener Autor*innentreffen, insbesondere Laura L., Laura N, Helena, Jeannette, Lilu und Angelina. Ich vermisse unsere Treffen und den Kuchen.

Zuletzt danke ich euch. Jedem, der dieses Buch gelesen und Rileys Reise begleitet hat. Ich hoffe, ihr fühlt euch in Seagulls genauso zu Hause wie ich. Ich würde mich freuen, über Instagram von euch zu hören.